비시간성에 의한 그림자 시학

비시간성에 의한 그림자 시학

권영옥 평론집

새미

책머리에

　시집을 읽고 시평론을 한다는 건 여간 힘든 작업이 아니다. 왜냐하면 시를 잘 이해하고 텍스트를 성실하게 분석해서 가치평가를 해야 하기 때문이다. 시집을 통해 보이기 싫은 부분을 보여야 하는 일부 시인들은 시평론에 대해 그다지 달가워하지 않는다. 그런데도 나는 무슨 사명감 같은 마음으로 시평론집을 탄생시켰다. 평론을 쓰면서 염두에 둔 것은 틀에 짜인 비평 정의에서 벗어나 조금은 자유로운 평론쓰기였다. 그래서 문학 분야를 공부하는 사람들이 시평론에 다가가기 쉽고, 난해한 시에 접근하기 쉽도록 이해와 활용도에 그 목적을 두었다. 이 평론집에는 시단에서 문제작을 써온 시인들의 시 텍스트를 예시로 들었고, 덧붙여 문예이론이나 철학을 반영했다. 그리고 한국 시문학과 관련성 속에서 시인의 시 작품을 규명하고 판별한 후 문학적 가치나 위상을 드높이는 것에 중점을 두었다. 지면을 빌어 시 인용에 동의해주신 시인들께 감사하고, 또한 신문 지면과 문학지 지면을 열어주신 이영자 대표님, 이상태 발행인님, 김광기 발행인님께 감사한 마음 전한다.

　한편 이 책은, 필자가 지금까지 연재해온 신문의 시평과 문학지의 작품론 그리고 「노천명의 시에 나타나는 고독의 변모 양상」 소논문을 엮어서 출간했다. 신문이나 문학지에 발표할 때는 나름 꼼꼼하게 정리한다고 했는데 내용을 보면 볼수록 이론적으로 부족하고, 시에 있어서도 범박하게 분석한 부분이 있었다. 필자는 이 평론집을 엮으며 앞서 발표했던 내용을 다소 정리하고 수정 및 보완작업을 했다.

1부는 신문에 발표한 시평론을 실었다. 신문 지면의 한계 때문에 한 시집에 나타나는 주제나 모든 특성을 다 쓸 수가 없었다. 그래서 가장 비중 있는 주제나 특성에 관해 다루었다. 필자가 전체를 보지 않고 부분만 보고 쓴 것이 아니라 지면상의 한계 때문에 중요한 부분만 다루었다는 걸 주지하는 바다. 1부에는 여성 구성체에 속하면서도 탈예속화를 보이는 심리와 드랙퀸(Drag Queen) 적 수행을 보여주는 이탈된 남성의 심리에 관해 다루었다. 이 외에도 가족공동체의 해체로 인한 자아의 불안과 가족의 부정성 때문에 생긴 상처와 불안에 대해서도 정리하였다.

2부에는 문학지에 연재한 작품론으로 시평론을 엮었다. 주로 타자윤리의 책임의식, 특정 장소에 대한 시인의 장소 시학과 장소성에 의한 정체성 찾기라는 특성에 관해 다루었다. 이 외에도 불안의 기표를 통해서 본 현대인의 정서에 관해서도 다루었다.

3부에는 학회에 발표했던 「노천명의 시에 나타나는 고독의 변모 양상」 소논문과 그동안 시집 해설을 했던 작품을 모아서 엮었다. 여기에는 여성성의 원형을 찾아가는 깊고 푸른 여성성과의 해후가 있고, 불가의 인연과 생태시학에 관한 해설도 엮었다. 특히, 소논문은 1930년대 후반부터 1950년대 사이 남성 시단에 유일성을 가진 여류 시인, 노천명의 고독이 어디서부터 생성되었고, 그 심사가 어떻게 변모되어 가는지에 대해서 다루었다.

현대를 살아가는 다수의 사람은 디지털 노마드족이라서 평론을 읽지 않는다. 읽는다고 해도 이해하기 힘들다. 그런데도 필자는 어렵고 이해의 폭이 넓지 않은 평론집을 왜 엮고자 하는지 이 부분에서 출간하기 전 많이 고민했다. 그럼에도 불구하고 그 누군가는 시평론 작업을 계속해야 하고, 또 누군가는 제대로 시 분석을 해서 한 시인의 가치를 드높여야 한다. 평론집을 내기 위해 비평가가 갖추어야 하는 공정성에 심혈을 기울였고, 갖은 정성을 다했지만, 아직도 부족한 점이 많으리라고 본다. 이후에 문제점이 또 발견되면 수정하고 보완할 것이다. 아무튼 이 평론집을 읽는 분들이 조금이라도 시에 가까이 다가갈 수 있고, 평론 쓰는데 도움이 되었으면 한다.

2022년 깊은 가을날
불곡산 아래 서재에서

목차

3부

깊고 푸른 여성성과의 해후 _____

1부 /

타자얼굴이 보여주는 근원적인 윤리

긴 호흡의 므네모시네적 사랑

김윤이 시인

　　인간이 한세상을 살아가는 동안 어떤 형태로든 간에 사랑은 현존재의 기반이 된다. 김윤이 시인은 2007년 조선일보 신춘문예로 등단한 이후 두 권의 시집 (『흑발 소녀의 누드 속에는』, 『독한 연애』)에서 죽은 사랑에 대한 상처와 고통의 극한을 보여주고 있다. 그 후 정화를 통해 제3시집『다시 없을 말』에서는 므네모시네적 사랑을 말하고 있다. 망각된 사랑은 애도에서 대상을 포기하거나 망각하기에 본래의 자신으로 회복할 수 있다. 하지만 '기억'에 관한 므네모시네적 사랑은, 시인이 사랑의 기억을 가슴에 꼭꼭 여며두고 필요할 때마다 회상하기에 상처가 오래가고 끝을 모른다. 왜냐하면 연인과의 사랑을 자신이 사별시켜 그 죗값으로 불안하고 고통스러운 나날을 지낸다. 그러다가 자신의 그 고통을 스스로 제어할 수 없기에 다시 내면에 잠식시켜놓기 때문이다. 가라앉은 고통은 어떤 계기를 통해 의식 표면으로 올라와 자신의 전체를 흔들어 정신을 혼미하게 한다. 그 결과 시인의 죽은 사랑은 탈고를 끝내지 못하고 다시 내면에 가라앉게 되는 것이다. 이 말은 결국 더 사랑하는 자가 기억을 보존하기 위해 대상을 오래 끌어안는 방식이라고 할 수 있다.

이런 사랑하는 사람과의 이별과 이별에 대한 시인의 정신적 태도는『다시 없을 말』에서 설화 기법을 차용해 기다림의 비극을 보여주고 있다. 시인은 자신의 사랑을, 타인의 사랑에 투사해 자신의 죽은 사랑에 대한 기억을 독자들에게 조곤조곤 말하고 있다. 그런데 보통 시에서는 사랑이 주제일 때 시인의 산 경험을 시에 녹여내는 고백적 언술을 사용한다. 또는 대상에 대한 원망, 애틋함을 녹여내는 특별한 대상적 언술로 이루어진 경우가 있다. 그러나 김윤이 시인의 경우 시에서 사랑의 부재에 관한 주제는 대상을 향한 감정이 아니다. 말해서는 안 되는 사랑의 금서를 한평생 몸에 지닌 채, 자신의 기억과 객관적 사랑에 대한 음각에 관한 것이다.

특히 블랙홀로 빠져버린 대상을 마음에서 철수하지 못한 채 시인은 사투리와 고어로 시를 깁고 (「여자는 촉촉하니 살아 있다」, 「배꼽」, 「바다에 쓰다」, 「풍경에서 헤매다」) 어조의 경계를 수시로 넘나들며 망부석화 된 사랑을 보여주고 있다.

꽃이 낭자해 이른 봄 다저녁때야
사원 어둡고 유작집을 읽다 그와 헤어질 일 생각한다
인적 그쳐 징하게 길목 어둔가 봐
불과 이주 전 그와 거닐던 밤 수풀의 꽃떨기들
꽃발 들고 잡으려 해도 떨어지는 소리들, 따가워
그립다 보니 버릇처럼 펴던 책을 자리 삼아 때 없이 잔다

먼 훗날 눈떠 보면 사이프러스 사이일 거야
내 사랑의 종착은 구릉진 들판 지나
방치된 묘지에 자란다는 수십 미터 사이프러스 숲일
거야
무모히 그를 잡겠단 눈물은 새끼 쳐 실뿌리쯤 심겼을까
하, 나의 한숨은 소로(小路)에…

독백이 된 사랑을 향해 이 밤도 흘러들 것 같아

밤에 말이야
사이프러스는 부부처럼 홀로 남겨진 시신을 살핀대
수십 세기 이녁을 저버리지 않는 사랑의 형상
못난 사랑은 세상 변해도 변경에서 자리 지키는 그런
거니까
후에, 훨씬 후에 자취없이 말랐거나 싶어 눈 번쩍 떠도
퍽은 그렁그렁 고인 슬픔의 묘지

한 시도 그 없이는 못 살지만
맘속으론 울고 눈이고 코고 입술로는 웃을런다
달궈진 나무못 박아 입관된 사랑을 티 내진 않을런다
사이프러스식으로 그이 주변에만 서성이던 내 사랑에
관하여

언짢아는 말아 줘 꽃 따 안고 누운 훗날에도 나는, 오직
그를 사랑함으로 사랑하겠네
사랑을 뒤좇다 땅끝까지 파 내려가고 또 파내려가고
말겠네
숲속에서 묻는다 그대도 여태
자신을 훨씬 넘는 키높이 사랑을 하느냐고
긴 호흡의 므네모시네적 사랑

—「사이프러스식 사랑」 전문

　김윤이 시인의 사랑시는 대상에 대한 감정적 전달이 아니라, 타인의 사
랑을 빌려오는 방식을 취하거나, (「물이 눈으로 변할 때 사랑의 위험한 이
쪽에서 탄생한다」) 더 많이 사랑하는 자가 더 오래 기억하는 방식을 취하

고 있다. 이러한 사랑법이 므네모시네적 사랑이다. 그 시작으로 그녀는 타인의 유작집을 읽다가 글쓴이의 심리적 고통이 느껴져 자신의 죽은 사랑과의 단절을 생각한다. 그러나 그녀가 "꽃발 들고 잡으려 해도" 소리들이 떨어지고, 추억의 한때처럼 "펴던 책을 자리 삼아" 누워도 때 없이 자기만 한다. 그녀는 부재의 대상을 끊고자 하지만 사랑의 기억 때문에 그렇게 하지 못한다. 계속 부재의 사랑을 생각하는 것, 이것이 애도이다. 시인의 애도는 이별한 대상을 자신이 내면에 끝까지 안고 살아가는 것으로 판단된다. 그것이 문제. 프로이트에 의하면 부재의 대상을 내면에 안고 살 경우 트라우마로 인해 그 부재의 대상은 리비도에 대한 투여의 여지를 남긴다고 한다. 이러한 욕망은 유아 때부터 기본적인 욕구를 충족하기 위해 '엄마', '맘마', '물'처럼 언어를 통해 제 욕구를 해결하게 된다. 그녀 역시 상실한 대상에게 결핍의 사랑을 계속 말함으로써 제 욕망을 드러내고 있다. "먼 훗날 눈떠 보면 사이프러스 사이일 거야"/"수십 미터 사이프러스 숲일 거야" 이 시행처럼 그녀는 부재의 사랑을 '먼 훗날'까지 끌고 가겠다는 의지를 보인다. 결국 그녀의 실존적 삶은 "멍한 얼굴로 나앉은 흐리멍덩한 색감"(「파랑을 건너다」)같은 것이며, 꿈에서 깨어나는 곳은 부재의 대상이 방치된 '사이프러스 숲' 같은 것이다. 여기서 "사이프러스 숲"은 이별한 대상의 묘역을 지키는 그녀의 죽음 같은 고통을 상징한다. 이때 시인의 자기고백적 언술은 여기서 그치는 게 아니라 더 나아가 수십 세기 지나도 "이녁을 저버리지 않고", "세상 변해도 변경에서 자리 지키"겠다고 하는 욕망을 드러낸다.

이 뜻의 진위는 "뭐든지 사랑의 메시지다 큐피트다" 거짓없이 믿어버린(「우유 따르는 여자와 큐피트」) 자신의 마음에서 가려진다. 시인은 "파장한 매장처럼 시간이 멎거나"/"심장이 오그라들어도"(「경」, 「사랑의 아랑후에스」) 부재의 대상에 대해 사랑하는 일을 운명으로 받아들이고, 뒤좇다 땅끝까지 파 내려간다고 한다. 이러한 그녀의 일직선적 사랑은 누군가가

'망부석적 비극'의 위험을 알린다고 해도 걱정될 게 없다. 왜냐하면 그녀가 힘내서 땅 짚고 자신의 사랑을 계속 써나가는 일(「새 폴더」)을 하고 있기 때문이다. 죽은 사랑시를 쓴다는 것은 어떤 기억을 환기해 감정을 드러내기 때문에 죽은 사랑의 대상으로부터 자신의 영혼을 자유롭게 할 수 있다.

그런데도 김윤이 시인은 끝까지 죽은 사랑을 지키겠다고 한다. 욕망은 결코 이루어지지 않는 대상에게 바쳐지는 슬픔의 심로여서 애절하고 아프지만 이러한 슬픔이 시를 쓰게 하는 원동력이 되기도 한다. 그러한 면에서 김윤이의 시는 독자들의 가슴에 한줄기 눈물을 흘리게 하는 승화효과를 주고, 무엇보다 자신의 마음을 구원하게 하는 것이다. 그녀는 시쓰기 작업을 통해 한평생 자신의 시 속에서 몸 감추고 죽은 사랑을 기억할 것이다. 므네모시네적 사랑은 'one night stand'를 하는 일부 독자들을 반성케 하고, 또다른 독자들에게 귀감을 주며, 무엇보다 자신의 굳은 의지를 보여주는 거울인 셈이다. 따라서 '명경'(「경」)을 세우는 작업은 사랑을 최선의 상태로 드높인다는 점에서 중요한 가치를 지닌다.

죽음, 그 가여움과 윤리적 책임으로서의 근접성

허연 시인

인간에게 죽음은 하나의 통과제의다. 불가항력적이고, 슬프고, 비통하다. 현존재가 단순하게 이 죽음을 부정할 수 없고, 그렇다고 어떻게 막아볼 수도 없다. 그래서 죽음은 죽음 그 자체로 부적절한 사건이고, 타자에게도 의식에 직접 타격을 주는 충격이다. 허연 시인 역시 『당신은 언제 노래가 되지』에서 많은 부분 의식에 직타를 가하는 죽음의 그림자가 출몰한다. 다른 시인들과 달리 허연 시인의 시편에는 죽은 자에 대한'가여움'이 들어 있다. 가엽다는 것은 현세에서 고유한 존재로 살아가던 인간이 지하 세계에 묻힘으로써 성립하는 슬픈 심리다. 산 자의 시선으로 본 죽음이란 죽은 타자가 현실세계를 버리고, 초월적인 경계를 넘어서 알 수 없는 영역에 속하는 무無다. 타자의 죽음을 바라보는 시인은 떠맡을 수 없는 마음을 갖게 되며, 죽음이 주는 무에 대해서도 물음을 제기하지 못한다.

하지만 허연 시인은 죽은 자가 그 무에 대해 듣든 듣지 못하든 간에 질문을 하고 있다. 어쩌다 죽었는지? (「죽은 소나무」) 왜 시간의 타격을 방어하지 못하고 죽었는지 등이다. (「소년記」, 「애인에게는 비밀로 말하겠지만」, 「하얀 당신」) 허연 시인의 죽은 자에 관한 '가여움'은 1960년대 구상 시인의 『초토의 시』에서 주체의 무한 책임의 특징과 비슷하다. 구상은 전쟁터에서 죽은 어린 북한군의 얼굴에 사로잡혀 무한 책임감을 느낀다. 이때 구상은 죽음에 대한 저항이나 거부감 없이 오직 자신의 책임으로 응답한다. 그에 반해 허연 시인은 연대 너머에 존재하다 죽은 자들을 가엽게 생각한다. 그 '가여움'은 그 존재성에 대한 아픔이고, 불쌍함이며, 딱함이다. 이런 점으로 봐서 허연 시인의 시편들은 거시적인 죽음과 미시적인 죽음의 양상을 취한다고 볼 수 있다. 거시적인 죽음은 '신'의 죽음과 '경원선'의 죽음처럼 전체가 분해되고 정신이 소화되지 않는 불내장성을 띤다. 미시적 죽음은 인간의 죽음 (「발인」, 「상수동」, 「이장」, 「소년記」)과 비인격적인 죽음 (「무반주」, 「시월」, 「빵가게가 있는 풍경」, 「해협」)으로 나누어진다. 소재적 측면으로 보면, 미시적 죽음은 새, 나비, 밀랍인형으로 상징화 된다. 시인은 상징이 자신의 내적 동요를 일으키고, 인격적 안정을 뒤흔든다고 한다. 따라서 시인에게서 죽음은 총론과 각론에 의해 자신의 모든 것을 드러내고 있는 것이다.

이러한 죽음의 대상은 힘의 논리에서 패한 피지배층 타자이다. 물질과 정신이 빈곤한 아픈 가족, 주변부 사람, 나비 등은 자신의 정체성을 세계에 드러내지 못하고 사라진 존재다. 지하 세계에 묻힌 이들은 주변부적 시각에 매몰될 수밖에 없어, 세계에 대해 제 목소리를 내지 못한 채 지워진 존재가 된다. 시인은 이들을 호명하고 공감하면서 '가여움'을 표출하고 있다. 그리고 산 자와 죽은 자의 관계 속에서 자신의 죄까지도 규명하려고 한다.

> 어떻게 검은 내가 하얀 너를 만나서 함께 울 수 있겠니
> 죄는 검은데
> 네 슬픔은 왜 그렇게 하얗지
> 드물다는 남녘 강설强雪의 밤.천천히 지나치는 창밖
> 에 네가 서 있다 모든 게 흘러가는데 너는 이탈한 별처

럼 서 있다 선명해지는 너를 지우지 못하고 교차로에
섰다 비상등은 부정맥처럼 깜빡이고 시간은 우리가 살
아낸 모든 것들을 도적처럼 빼앗아 갔는데 너는 왜 자
꾸만 폭설 내리는 창밖에 하얗게 서 있는지 너는 왜 하
얗기만 한지
살아서 말해달라고?
이미 늦었지
어떻게 검은 내가 하얀 너를 만나서 함께 울 수 있겠니
재림한 자에게 바쳐졌다는 종탑에 불이 켜졌다
피할 수 없는 날들이여
아무 일 없는 새들이여
이곳에 다시 눈이 내리려면 20년이 걸린다

ㅡ「하얀 당신」 전문

이 시에서 시인은 화자를 '검은색'으로, 너를 '흰색'으로 표현해서 죽음과
삶의 경계를 완벽하게 규정짓고 있다. 1연에서 '검은색' 상징은 산 자의 죄
에 속하며, '흰색'의 상징은 죽은 혼령, 곧 너의 색이다. 따라서 각자의 세계
를 지니고 있는 이들은 "함께 울 수"없다. 하지만 "남녘 강설의 밤"에 죽은
자가 이 계에 나타남에 따라 주체 자신도 교차로에 서 있을 수밖에 없다.
왜냐하면 산 자에게 "비상등이 부정맥처럼 깜빡여" 죽음의 위험을 알리기
때문이다. 죽은 자가 강설의 밤을 통해 혼령의 모습을 선명하게 드러냈다
면 이승에서의 친분을 갖춘 주체도 모습을 드러내야 한다. 따라서 주체는
"죽음 직전"과 "비상등"을 통해 죽음에 대한 동일성을 취하고 있다. 이 외
에도 3연 5행에서 시인은 "폭설"과 "혼령"을 '흰색'이라는 색채로 비유해서
죽음의 세계를 말하고 있다.

너와 내가 함께 살다가 너의 죽음을 보았을 때, 시인에게서 죽음이란
"비닐봉지를 머리에 쓰는" 일이고, 자신의 완성을 위해 일구어낸 시간의

업적을 도적질 당하는 일이다. 그렇더라도 주체는 레비나스의 말처럼 산 자가 죽음에 주체할 수 없을 정도로 이끌리게 되는 경향이 있다. 과잉된 이 끌림은 시인 자신이 죽음에 관한 유일성을 인식하는 일이고, 책임으로 서 는 일이며, 맡을 수 없는 책임을 떠안게 되는 일이다. 결국 죽은 자를 향한 주체의 '가여움'은 지금까지 누리던 자신의 편안한 자리의 반납이 아닐까.

이러한 죽음에 대해 주체는 제기하지 못할 질문을 한다. 너는 "폭설 내 리는 창밖에 하얗게 서 있는지/너는 왜 하얗기만 한지"라고 묻는다. 주체의 질문은 인간의 죽음과 비인격적 죽음이 외적 요인의 경험에서 오는 것인 지, 내적 동기에 기초해서 오는 것인지 그래서 바깥에 '하얗게' 서 있는 너 를 알 수 없다는 것이다. 그렇지만 주체는 혼령을 생전의 '너'처럼 지칭하면 서 가엾게 보고 있다. 이러한 심리 속에는 '검은' 내가 스스로 죄 사함을 통 해 '하얀' 너에게 가까이 가고 싶다는 근접성이 들어 있다. 그러나 현존재인 주체는 현실에서 눈으로 온 혼령과 함께 할 수 없다는 걸 잘 알고 있다. 그 래서, 주체는 "재림한 자"가 "종탑에 불을"켜는 행위를 통해 너와 같이 있 고 싶음을 암시한다. (「절창」) 따라서 죽은 자에 대한 주체의 '가여움'은 비 유와 암시를 통해 먼 미래의 세계로 이동하고, 확장하게 된다. (「경원선 부 고」, 「죽은 소나무」)

허연 시인의 시에서 삶과 죽음은 동떨어져 있지 않다. 죽음은 교각의 그 을린 맹세에 있고, 화단에 떨어진 자목련 속에도 있으며, 물고기 형상을 한 채 무한 속으로 사라지기도 한다. 또한 그의 시는 죽은 대상을 의인화시켜 가난하거나 고통스럽게 하고, 때로 신까지도 죽게 한다. 그렇다고 시인이 굳은 틀 안에 박혀서 그런 죽음의 세계만 바라보는 건 아니다. 그는 죽음에 대한 폭넓은 세계관을 가지고 있다. 초월적 죽음의 세계관이나 세속적인 육체의 소멸에 대한 질문을 던지기도 한다. 이런 죽음의 세계관은 죽은 자 에 대한 가여움이고, 떠맡을 수 없는 윤리적 책임으로서의 근접성이자 열망이다. 따라서 죽은 친구를 나의 고유한 신체처럼 인식하는 행위는 친구에 대한 지향성으로의 변모인 것이다. 죽은 친구에 대한 시인의 감정이입은 수많은 사물들 속에 친구의 혼령을 발견하는 소중한 시인의 의식에서 비롯된다. 그것은 지향의식의 또 다른 이름이며, 이런 지향의식은 이후 시집의 변화를 예고하는 지표이기도 하다.

타자얼굴이 보여주는 근원적 윤리

조정인 시인 작품론

1. 신적 계시성과 타자윤리의 탐색

우리가 사는 지구에는 나와 다른 얼굴을 가진 타자들이 무수히 존재한다. 그중에서도 죽어가는 타자, 병든 타자, 기아에 허덕이는 타자는 세상속에서 결여를 가진 존재다. 윤리적 책임이 강한 사람들은 정상적인 타자보다 결여를 가진 타자를 향해 손을 떠받들고 있다. 이런 윤리적 호소를 보내는 타자들은 신이 그들에게 준 욕망이며, 인간 영혼에 근원적으로 존재하는 지향적 본질이다. 그런 이유에서 우리는 이웃의 고통을 대면하는 순간, 나를 개방해서 환하게 환대해야 한다.

그러나 현대인들은 다르게 말한다. 속도전을 방불케 하는 과학, 문명 시대에 내 몸과 다른 낯선 타자의 고통까지 어떻게 헤아리느냐고, 그들을 위해 어떻게 지고의 선을 행할 수 있느냐고 말이다. 여기에 대한 답을 조정인시인의 시에서 찾아볼 수 있다. 시인은 시에서 가족, 이웃뿐만 아니라, 다수 타자에 이르기까지 그들의 절규에 귀를 기울인다. 타자들은 시인에게 배고픔과 불구의 몸을 통해 윤리적 책임을 느끼도록 요청하고 동시에 시름하는 얼굴을 보이며 자신을 높이 떠받들게 한다. 이런 절규에 대한 시인의 인식은 자신의 위치를 깨닫고 그들의 고통에 대해 수동적으로 답하게 된다. 시인에게서 이 같은 책임은 종교의 사회적 원칙인 인간 구제의 구체화이다. 환언하면 조정인 시인의 무한 책임의식은 타자 얼굴에 대한 자신의 개방이며, 신의 영혼을 가진 종교인으로서의 윤리적 책임이라고 할 수 있다. 따라서 얼굴의 호소는 높이의 차원에서 오는 타자의 결핍에 기인한다.

조정인 시인의 윤리적 책임은 이번 시집에서만 나타나는 게 아니다. 첫 시집 『그리움이라는 짐승이 사는 움막』(천년의 시작 2004)에서는 타자의 고통이 자신의 타자윤리 책임의 연원이라고 생각해서 시림(詩林)의 깊은 탐색과정을 거쳤다. 그리고 이번 『사과 얼마예요』(민음사 2019)에서도 탐색의 진폭이 추가, 확대되어 나타났을 뿐이다. 그만큼 『사과 얼마예요』에 나타나는 타자윤리 시학은 자신의 끝없는 탐색과정의 결실을 통해 한국 시단의 한 위치를 점하는 성과라고 할 수 있다. 타자의 고통이 바로 자신의 연원이라는 데서 문제적이다. 다른 시인들이 물질문명을 비판하는 시를 쓸 때나, 인간 내면의 무의식적인 분열 양상에 관한 시를 쓸 때 시인은 불의와 병고에 시달리는 타자를 공감하고, 또 그에게 다가가고자 마음으로 열망했던 것이다. 이 뿐만 아니다. 시인은 타자들의 죽어가는 얼굴이 자신을 인질로 잡고 박해하지만 그에 아랑곳하지 않고 윤리적 책임을 느낀다. 그의 이러한 선적 덕목은 사랑의 가족공동체가 결국에는 가까움의 보편성에서 기인한다는 것을 깨달았기 때문이다. 이처럼 시인이 타자윤리 개념을 자신 안에 들인다는 것은 자신의 권리를 해체하는 것이고 타자에게 자신의 권리를 이양하는 것이다. 그런 점에서 『사과 얼마예요』에 나타나는 타자윤리의 개념은 신적 계시성에 의한 공감이고, 근접성이라고 할 수 있다.

2. 고통스러운 타자 얼굴을 향한 근접성과 공감

기본적으로 조정인 시에서 타자를 향한 근접성은, 시인이 불안과 어둠에 휩싸인 타자 얼굴의 계시성을 보고 열망하고 지향하는 데서 나타난다. 얼굴의 계시성은 인간의 얼굴에 강림하는 절대자다. 또한 타자를 향해 나를 개방시키는 존재의 근원이기도 하다. 말하자면, 어둠과 불안에 놓여 있는 타자 얼굴의 계시가 시인에게 윤리적 책임을 지워 자신을 공감과 환대케 하는 것이다. 만약 타자 얼굴에 계시성이 없다면 시인은 타자를 근접하지 않을 것이고, 또한 타자에게 공감하고 싶은 욕망도 일어나지 않을 것이다. 하지만 시인은 이런 파토스적인 타자 얼굴의 태도에도 불구하고 반항이나 저항 한번 없이 타자에게 수동적으로 마음 자세를 취하고 있다. 따라서 근접성을 위한 열망은 시인의 선지주의적인 무한 책임이고, 수동적으로 타자를 지향하는 영감이다.

먼저, '근접성'과 '공감'에 앞서 조정인 시인은 『사과 얼마예요』에서 타자윤리의 연원이라고 할 수 있는 가톨릭 교리의 신(「기념하는 사람들」, 「입들」)을 언급한다. 「입들」에서 신은 "일만 페이지의 구약에서 신약을 곧장 먹어 치운 사과의 소화기관은 얼마나 유구한가"/ "그중에 하느님의 물병이 흘린 새벽이슬을 선호한 사과의 취향을 나는 경배한다"라고 말한다. 시에서 보듯이 하느님(가톨릭 절대자의 호칭이다)은 구약과 신약의 중심에 서 있으며 물병으로 새벽이슬을 흘리는 초월자다. 또한, 그는 "죽은 지 사흘 만에 홀연히 무덤을 빠져나"와 노아의 방주를 타는 종교관의 상징이자 가톨릭의 신이다. 시인은 이런 신을 선호하고 경배한다. 이 시에서 '사과'란 구약에서 선악과의 상징이자, '여성성'의 상징이기도 하다. 이 여성성이 곧 시인 자신을 의미한다. 그런 신적인 영혼을 가진 타자를 시인이 열망하면서 '근접'하는 것은 타자윤리라고 할 수 있다.

흉곽 안쪽 달그락거리는 눈물을 수습해서 잠든 날은 잠의 맨바닥에
　　동전 한 움큼을 품고 웅크린 걸인 여자가 보였다

새벽엔 비가 와서 추웠고 어깨까지 모포를 끌어 올렸다 맑은 멸치 국
물에 만
　　국수 그릇을 앞에 놓고 성근 스웨터 같은 사람하고 마주 앉고 싶었다
맑다는 건
　　허기의 다른 기분 허기를 뒤집으면 위기가 튀어 나오므로 패를 눌러두
는데
　　목적을 밀고 울음의 구근이 아프게 불거졌다.

　　……〈중략〉……

숲이 돌발적으로 빛났다 석양에 물드는 붉은 금빛을 띤 갈잎들이 들불
처럼
　　번져 있다 영문 모를 금화 한 닢이 놓인 걸인의 접시처럼 휘둥그렇게
사방을 둘러보는 여자

숲속 빈 벤치엔 누군가 방금 일어선 자리 같은 환한 온기
　　숲 안쪽이 가만히 밝았다 몸속을 일렁이던 울음의 그림자가 데려온
　　서쪽이 셔츠에 번져 있다
　　　　　　　　　　　　　　　　　　　　　　　　－「서쪽」 일부분

　이 시에서 나타나는 시인의 타자윤리의 촉발점은 꿈속이다. 꿈에서 시
인은 '걸인 여자'를 본다. 바쁜 현대인의 라이프 사이클로 봤을 때, 일반인
이라면 "동전 한 움큼을 품고 웅크"리고 있는 여자에게 아무런 느낌을 가
지지 않았을 것이다. 그러나 조정인 시인은 시인됨의 표상이자, 우주 만물
의 제1 신에 대한 성찰과 반성을 통해 회두(回頭)하는 가톨릭 신자다. 그 때

문에 새벽 비에 "모포를 끌어올리는 걸인 여자"의 고통을 보고 거기에 시선을 고정시킨다. 그리고는 "맑은 멸치 국물에 만 국수 그릇을 앞에 놓고," 그녀와 마주 앉고 싶다는 욕망을 내비친다. "마주 앉고 싶었다"는 것은 곧 걸인 타자에게 근접하고 싶다는 시인의 열망이다. 시인이 근접할 수 있는 타자는 사회 중심부에 놓인 존재가 아닌, 맹인, 앉은뱅이, 과부, 걸인, 죄수, 미혼모, 환자 등 결여가 있는 이미지 군이다. 시인은 이러한 사람들을 환대한다. 그 이유는 그들이 사회 주변부의 환유적 기표이기 때문이다. 어찌 됐건, 꿈은 꿈으로 끝날 수밖에 없기에 '걸인 여자'는 허기를 느낀다. '허기'는 곧 '위기'의 동일성이다. 그러므로 시인은 '패'로 그녀의 위기를 누른다. 시인은 꿈속에서라도 '걸인 여자'의 허기를 면치 못하게 했으므로 '울음의 촛대'에 봉착하게 된다. 하지만 꿈은 또 비현실적이어서 풍경을 발생하기도 하는데 이때 '숲'은 어둠의 상징이다. 시인의 마음 속에서 어둠을 제거하자 '빛나'는 풍경은 "촛대 끝에 펄럭이는 꽃숭어리" 즉 '촛불'이 된다. '붉은 금빛'이 된다. 따라서 '촛불'과 '금화'는 서로 연관성이 없지만 자유 연상을 통해 번쩍이는 '빛'과 연결된다. 이처럼 '숲'은 몇 개의 이미지 전이를 통해 치환 은유의 옷을 입게 된다.

시에서 시인이 '걸인 여자'와 동일시가 아니고, 꿈에서도 '사방을 둘러보는 여자'가 자신이 아니라면 그녀를 근접하지 못했을 것이다. 또한, "누군가 방금 일어선 자리 같은 환한 온기"도 느끼지 못했을 것이다. '거지 여자'에 대한 시인의 근접성은 '촛불', '금화'와 같은 환한 온기와 연결되면서, 시인은 타자의 고통을 공감하게 된다.

그날 내가 받아 온 건 한 덩이 불안 해수면에 반짝이던 물거울 한 조각

얼굴 없는 불안에 팔베개를 베어 주고 자장가를 불러줬지 젖을 물렸지 한 덩이 불안에 습기가 돌고 온기가 돌았지 피가 돌았지

어지러워, 어지러워, 흙에 스며든 초원의 빛 한 덩이 흙에도 봄은 왔지

……<중략>……

한 덩이 불안이 응아, 팔다리를 휘저으며 울음을 터뜨렸지
불안도 오래 어루만지면 혼이 깃들지 눈을 맞추고 웃기도 하지
미소가 얼마나 먼 데서 온 별빛인지 그대가 알까

발가숭이 불안을 물가로 데려가 세례식을 치렀지 '안드로메다의 봄'이라
　이름을 주었지 그때, 시야 가득 연푸른 노트 낱장들이 펄럭펄럭 날아
들었지

—「새가 태어나는 장소」 일부분

어둠은 그러므로 우리의 종교 자장자장 나의 아씨 지금은 커튼을 내리고
　너와 나, 친밀 의식을 나누는 때 밤의 진흙을 통과하는 검은 혼례를 치르
고 나면
　잠의 베일을 걷어 올린 바로 그 지점 펼쳐진 빛의 벌판에 맑게 서 있을
　너

—「습(習)」 일부분

　조정인 「새가 태어나는 장소」에서 시인은 '언어 담론'에 의해 타자를 공
감하고 있다. 왜냐하면 고통스러운 타자 얼굴에는 신적 계시가 담겨 있어,
얼굴 자체가 담론이기 때문이다. 예컨대 '불안'이 울음을 통해 계시되는 그
자체가 담론이기에 시인은 '물 거울' 한 조각에도 공감할 수 있다. 이처럼
조정인의 윤리적 시어들은 시인의 인식에서 비롯된 언어가 아닌, 신적 계
시라는 외재성에 의해 공감하는 언어다. 다시 말해 공감은 '불안한 얼굴'이
계시하는 사물 타자에 의해 느껴지는 것이지, 시인 내부의 자발적 의지에

의해서 일어나는 감정이 아니다. 즉 수동적 근접성이다. 예컨대 "베개로 베어 주고", "자장가를 불러"주며, "오래 어루만"져 주는 행위이다. 이 시에서 '흙'의 상징은 불안의 양육자인 동시에 '어머니'와 동일한 구체성이다. 불안은 양육자의 보살핌에 의지해 "봄이 오고", "눈을 맞추며 웃기도" 한다. 평온해진 불안을 본 시인은 "미소가 얼마나 먼 데서 온 별빛인지", 진술로 흙의 노고에 외경심을 갖는다.

또한 시인은 「습(習)」에서 "발가숭이 불안을 물가로 데려가 세례식을 치르고, '안드로메다의 봄'이라는 이름을" 지어주었다고 진술한다. 이 시행에서 조정인 시인의 시인상이자, 타자윤리상의 백미인 '선지주의'를 알 수 있다. 시인의 선지(先知)자적인 행동은 '물'로 죄를 씻어 내리는 세례식을 하고, 이것에 의해 신은 불안을 '새'로 부활시킨다. 이 부활이 곧 '안드로메다의 봄'이다. "먼 데서 온 별빛"과 "안드로메다의 봄"이 서로 연결되면서 시는 한층 더 윤리적 선성을 밑바탕에 깔게 된다. 시인의 선지주의적 행위는 가톨릭 공동체적 연대의 가능성을 종교적인 상징(「새가 태어나는 장소」)으로 나타낸 것이다. 불안을 통해서 보면, 조정인 시인의 시는 관념과 구체적인 이미지의 동일화에 의해 윤리적 공감을 상징으로 극대화하고 있다. 이러한 점에서 시인은 상징적 타자를 통해 선적 윤리를 실천하고 있는 셈이다.

「새가 태어나는 장소」에서는 '불안'이 주체였다면, 「습(習)」에서는 '어둠'이 주체 역할을 한다. 빛은 '불안'과 '어둠'을 잠재우는 에로스의 강한 생명력이다. 에로스는 타자를 향한 지향성으로서 시인에게 공감을 끌어내지 않는다. 그러나 고통스러운 얼굴의 계시에 의해 시인은 공감하게 된다. 대표적인 예가 "어둠"이다. 어둠이 "우리의 종교라고 할 때", 신적 계시성은 시인의 본질을 추구하는 타자와 나의 관계가 아닌, 뭇 타자들이 사는 세속의 얼굴을 표현한다. 이 어둠은 마침내 기나긴 '잠' 의 베일을 벗고 '빛'에 의해 '초원'의 생명력을 펄럭이게 된다. 따라서 종교의 역할은 '빛'을 통해 '어둠'을 제거하는 일이다.

이처럼 조정인 시인 시의 장점은 '불안'과 '어둠'을 두려워하지 않는 담대함이고 또한 결여가 있는 타자를 감싸 안는 포근함이다. 그녀는 타자의 고통을 끌어안고 잠재우는 강한 모성성을 가졌다. 그런데 이 시에서 중요한 것은 "'어둠'과 '내'가 '밤의 진흙'에서 친밀의식을 통과해야 만 내가 공감할 수 있다"라고 한다. "밤의 진흙"과 같은 어두운 타자 얼굴의 계시를 보고 시인이 어떻게 "검은 혼례"를 치를 수 있을까? '검은 혼례'는 '죽음의 허무'와 '내적 침묵'으로 일관하는 견고한 화합체이다. 다시 말해서 '검은 혼례'는 '검은 진흙' 얼굴이라서 타자윤리의 책임 담론을 형성하고 있다. 윤리적 담론 그 자체가 시인을 향해 다가오는 계시라서 "빛의 벌판에 서 있는 너"와 친밀하게 된다는 것이다. 그러므로 '빛'은 신적 타자의 초월적 진리를 표현하는 것이어서 '너'와 '나'는 그 빛에 의해 무한히 사랑하게 된다.

3. 사랑과 박애의 가족공동체

'너'와 '나'는 만남을 통해 사랑의 결실을 보고 임신과 출산을 거쳐 가정공동체를 형성하게 된다. 조정인 시에서 시인과 타자가 만나는 사랑의 흔적은 타자성을 근본으로 하는 '타자'와 '나'의 관계에 있다. 대부분 시인은 타자성을 '남'과 '여'의 에로스적 관계에 초점을 맞춘다면, 조정인 시의 타자성은 출산을 통해 자녀가 탄생하고 모성을 중심으로 가족공동체(「내 잠속에 기숙하는 이」, 「개의 영혼을 보았다」)의 관계를 형성하는 데 있다. 시인은 여기서 더 확장해 민족공동체(「조선인」)의 형제애까지도 형성하게 된다. 그런 의미에서 '모성'은 자녀를 통해 자신의 무한 미래를 구체화는데 필요한 가족애를 보인다. 그런데 「거절된 꽃」에서는 부성이 자녀에게 폭력을 행사함으로써 우애의 가족공동체를 형성하지 못하므로 탈사랑에 의한 가족공동체의 해체를 보여주고 있다.

자정 지난 빈 거실, 당신은 여전히 티브이를 켜 둔 채 헝겊인형처럼
소파에 가라앉아 고개를 꾸벅이네, 어두운 드라마 어디쯤 출구를 찾아
한 세기 전으로 이어진 복도를 더듬으시나,

……＜중략＞……

그이를 닦는 데 온밤을 다 썼네 남은 생의 양동이 물을 들이부어도
가시지 않을, 육친이라는 말의 비린내 진흙에 피를 이겨 쓴 한 줄 문장을
통과하는 캄캄한 시간 진흙은 아프고 피 섞인 진흙은 더 많이 아프네

엄마 어디 가시나, 스윽 스윽 가지 부러진 검은 사과나무를 끌며 여전히
귓속, 좁고 긴 복도를 지나 저만치 골목 입구에 기다리는
등 굽은 슬픔

― 「진흙은 아프다」 일부분

무서워, 아버지, 아파, 거긴 벌써 무너졌어, 밟으면 허공이야
아버지, 내 어두운 아버지, 그곳에 발을 디디면 다시 뺄 수 없어……
세계의 마룻바닥엔 액체가 되어 흐르는 아이들 연일 새어 나가는
어린 숨 이제 막 발색을 시작한 옅은 하늘색 둥글고 말랑거리고
가볍고 머뭇머뭇 떠도는 어린 영혼들

오지 않는 버스를 기다리며 동동거리는 발아래 점점 형체를 띠는
……＜생략＞……

― 「거절된 꽃」 일부분

조정인의 시에서는 '흙'과 '진흙'이라는 상징어가 가끔 출몰한다. '흙'의 상징은 "왼쪽 가슴에 애도의 소임을 갖고 태어나서"(「그날 상상할 수도 없이 먼 그곳의 날씨와 어린 익사자의 벌어진 입에 대한 서사 3. 꽃을 말하다」) 공감을 통한 생명력의 기표로 드러나고, (「습(習)」, 「흙을 쥐고 걸었다」) '진흙'의 상징은 '죽음'과 '불안'을 받들고 끌어안는 '사랑'과 '박애'의 표상으로 드러난다. (「진흙은 아프다」, 「새가 태어나는 장소」, 「조선인」) 위의 「진흙은 아프다」 이 시들에서 가족공동체 중심에는 아버지가 아닌 어머니가 중심 대상으로 등장한다. 어머니와 시인의 관계는 '실존의 가능성'을 통해 관련성을 짓는 것 이상, 사랑으로 연결된 모녀관계의 윤리적 은유성이다. 그런데 어머니의 현 상태는 "어두운 드라마 어디쯤 출구를 찾아 한 세기 전으로 이어진 복도를 더듬"을 정도로 죽어가고 있다. 또한, 어머니는 "부러진 검은 사과나무를 끌며 여전히/ 귓속, 좁고 긴 복도를 지"나 여성성을 놓은 채 죽음에 근접해가고 있다. '동굴', '귓속', '복도'는 죽음의 통로와 연결되고, '부러진 검은 사과나무'는 죽어가는 여성성이라는 은유의 기표로 쓰인다. 죽음이 임박한 어머니를 보는 시인은 "남은 생의 양동이 물"을 들이붓고", "진흙에 피를 이겨 쓴 한 줄 문장을" 통과할 정도로 캄캄한 시간을 견디고 있다. 가족공동체 개념으로서 사랑을 보면, 어머니가 시인을 사랑하는 게 아닌, 역으로 시인이 죽어가는 어머니를 사랑하고 있다. 따라서 역사랑은 사랑의 곡진함이 배가 될 때 가능하다.

이와 달리 아래 「거절된 꽃」에서 조정인 시인은 폭력적인 가족공동체의 전체성을 보고 집안의 주체인 부성을 비판하고 있다. 우애의 가족공동체에서 부성의 역할은 가족의 중심이며 모성과의 사랑을 통해 자녀를 출산하고 보호하는 일이다. 하지만 「거절된 꽃」에서의 부성은 자녀를 살해하고 죽음을 두려워하는 자녀를 관망하는 자세를 취한다. 이때 아버지 때문에 죽어가는 아이 얼굴의 계시가 시인에게 윤리적 책임으로 돌아온다. 아이가

"액체가 되어 흐르"고, "아이들의 숨이 가늘게 새어"나간다. 아이 죽음의 기표가 '액체'와 '새어나가는 숨'이다. 죽어가는 아이의 "머뭇머뭇 떠도는 영혼"의 계시성 역시 시인의 책임으로 돌아온다. 이처럼 폭력적인 부성은 "내 어두운 아버지"라고 아이가 말할 만큼 배타성을 띤다. 동시에 부성은 우애의 가족공동체를 해체하고 있다.

조정인 시인의 시에서 사랑은 어머니의 죽음 과정을 통해 육적 사랑을 신성에 가깝게 끌어올리는 역사랑이다. 그에 반해 폭력적인 가족공동체에 관한 시에서 박애는 부성의 비상호적인 배타성에 의해 파괴된 가족애를 그린다. 따라서 「진흙은 아프다」와 「거절된 꽃」을 통해 시인의 사랑과 박애는 절반의 실패로 마감하게 된다. 하지만 시인은 가족공동체 사랑을 넘어 민족공동체 형제애를 보여줌으로써 확장된 타자윤리를 말하고 있다.

4. 박해 속의 대속

타자와 타자 사이에서 발생하는 사랑과 박애는 누군가의 희생과 대속이 없이는 이루어지지 않는다. 『사과 얼마예요』에서 대속은 타자의 박해부터 얻어진다는 점에서 무게가 더해진다. 대부분 시인들의 시 주제는 인간의 부조리나 산업화의 폐해, 사이버 시대의 지식의 정체성 같은 것들을 비판하는 데 초점을 맞추고 있다. 그에 비해 조정인 시인의 시 주제는 동물 타자와 뭇 타자들의 죽어가는 얼굴이 시인을 인질로 잡고 박해하는 무한 책임에 초점을 맞추고 있다. 여기서 박해는 죽어가는 타자의 모든 영광과 불행 그리고 파산까지 시인의 주체성을 보여주고 대속을 단정 짓게 한다. 이 대속이 바로 타자에 대한 시인의 책임의식이다. 말하자면 대속이란 시인이 죽어가는 타자들의 영광과 벌까지도 대신 짐을 지고 책임을 떠맡는 행위다. 그러나 이 대속이 시인의 무력한 수동성 너머에 위치한 죽어가는 타자의 행위와 결합한 수동성보다 더 깊은 수동성일 때 시인은 박해에서 해방되어 자유를 맛보게 된다. 즉 자신의 죄 사함을 받게 된다. 따라서 대속의 또 다른 의미인 속죄는 타자를 대속하면서 받은 박해이며, 나의 자유 속에서 자신을 완전히 비웠을 때 얻게 되는 사실 그 자체이다.

아래 시는 동물 타자와 뭇 타자를 통해 '대가 없음'인 무한 대속을 행하는 조정인 시인의 윤리 책임의식이 드러난다.

개 한 마리 방향의 미열을 따라 길을 건넜을 것인데, 길 건너를 향해 막막한 걸음을 뗴었을 것인데, 길 건너는 검은 미궁이 되고 있었다. 낭패로군, 녀석이 부서진 개의 둘레를 돌며 습관적으로 벌어진 상처를 핥다가 아직 온기가 남은 주검 속으로 들어가 비스듬히 눕는다. 모든 게 아늑하고 단출해졌다. 저의 가장 나중에 깃들어……

― 「부서진 시간」 일부분

감은 눈 속으로 물이랑이 밀려든다. 물가에서 그는 그를 넘어선다. 확장된다. 마음의 발생이여, 이것은 누구의 돌연한 개입인가. 만장의, 허공을 응시하는 눈동자가 산 자의 눈동자 속으로 뜨겁게 들어왔다. ―나는 지금 네가 아프다. 그는 Y의 눈꺼풀을 느리게 감겼다. 아니, 그의 눈꺼풀을 쏠었다. 손바닥 가득 타인의 눈꺼풀이 들어왔다. 세계의 재배열이 이루어지는 느린 순간이었다.

― 「Angel in us」 일부분

위 시들은 조정인 시학의 최고봉이라고 할 수 있는 대속의 경험적, 비유적 사유가 들어 있다. 여기서 시인의 경험적 사실은, 자신의 심리를 동물 타자에게 투사해 죽어가는 타자의 계시성이 자신을 박해하는 인질에 대한 정황이다. 인질은 "죽음의 커버를 그리는 일종의 꽃나무 인간들"(「폐허라는 찬란」)이고, "갈 건너 막막한 걸음을 떼다" 죽어버린 동식물 인간이다.

또 하나의 "비유적 사유" 속에는 시인이 동굴 깊숙이 잠든 개의 내장(「그날 상상할 수 없이 먼 그곳의 날씨와 어린 익사자의 벌어진 입에 대한 서사」) 속으로 들어가 그의 고통과 온기를 느끼는 것이다. 할 수 없는 행위를 하는 타자의 행위는 숭고에 해당하는 대속이다. 그만큼 대속은 죽어가는 타자의 눈빛이 자신을 인질로 삼고, 타자의 삶 속에서 벌과 파탄까지 받들게 하는 수동성 중의 수동성이라고 할 수 있다.

「Angel in us」에서 찾아볼 수 있는 대속은 "만장의, 허공을 응시하는 눈 동자가 산 자의 눈동자 속으로 뜨겁게 들어"오는 데 있다. 이 시행에서 타자의 죽어가는 눈동자는 시인의 눈으로 들어와 그 시인에게 '대가 없이' 대속의 짐을 지게 한다. 그렇게 동화된 자의 죽음은 시인의 심로를 거쳐 마침 내 "나는 지금 네가 아프다"라고 손바닥으로 절규하게 된다. 절규 이후 시인은 "손바닥 가득 타인의 눈꺼풀이" 들어온다. 여기서 '눈꺼풀'은 '떴다'와 '감았다'라는 행위를 통해 많은 의미를 지닌다. 이를테면 '떴다'는 것은 이성의 빛과 연관이 있으며, 사물을 보는 행위가 이성을 꿰뚫어 보는 신성을 지닐 정도로 생명력이 강하다는 의미다. 또한, 인간이 세계 속에서 자신의 일을 끝내지 못하고 미련이 남아 있다는 것을 내포한다. 그에 반해 '감았다' 는 것은 지성이든 벌이든 세속의 일체를 비우고 죽었다는 의미다. 시인은 타자의 눈꺼풀을 손으로 쓸어주며 그의 벌과 파탄까지도 자신의 죄라고 생각하고 속죄한다. 이러한 행위는 죽은 자와 시인의 마음이 일체화되지 못했을 때 타자의 눈을 쓸어줄 수 없으며, 또한, "검은 꽃 한 송이를 먹일" 수도 없다. (「그날, 상상할 수도 없이 먼 그곳의 날씨와 어린 익사자의 벌어진 입에 대한 서사」)그리고 "검붉은 울음이 대지를 적시고 문턱을 넘어 인간의 잠 속으로 흘러"들 수도 없다. 그렇지 않았기에 시인은 타자의 눈을 손으로 감긴다. 그럼으로써 시인은 잠 속에서 축생의 피 울음을 자신의 것으로 껴안게 된다.

시인의 대속은 잠이든, 현실이든 우주에 속해있는 타자들을 자신의 기억에서 불러내어 받드는 무한 책임의식이다. 이는 블랑쉬가 이 세상의 안정성은 내 삶이 부서질 때 그 자체의 상태에서 휴식을 취할 수 있다고 말하는 것과 같다. 모든 타자의 죽음이 곧 내 삶의 박해로 돌아왔을 때 이를 끌어안거나 포괄한다는 것은 죽어가는 이의 행위 그 너머의 무력한 수동성을 받듦으로써 나는 죄로부터 벗어나 자유와 기쁨을 알게 된다는 것이다. 그런 의미에서 조정인 시인의 시는 타자의 죄업까지도 나의 책임으로 돌리는 숭고한 윤리적 세계관을 가졌다고 할 수 있다.

5. 타자윤리 시학의 가치 발현

조정인 시인의 시편들은, 독자들이 무의식적이든 의식적이든, 또는 타자윤리 쪽이든 어떤 면에서든 다 개방되어 있다. 특히 시집 속, 시의 많은 부분을 관류하는 타자윤리는 우리로 하여금 이성이나 합리성의 중심이 되는 주체 중심보다, 너, 이웃, 다수 타자까지 끌어안는 타자의 타자성이다. 여기에는 시인이 너를 사랑하고, 이웃을 향해 박애를 실천하며, 뭇타자에게까지 대속을 실천하는 것에 관한 '시쓰기' 특징을 내보이고 있다. 타자에 대한 사랑과 공감에 관한 표현들은 조정인 시인의 작품 속에서 숭고한 윤리의식으로 발현된다. 필자는, 독자들이 이점을 수용하기를 바란다.

조정인의 타자윤리의 연원은 가톨릭 교의에 따라 신을 신뢰하고 동시에 시인 자신이 근원적인 타자성을 열망하는 데서부터 시작된다. 타자에 대한 사랑은 사회공동체의 일원으로서 사회현실에 참여하는 일이다. 거기서 고통스러운 타자얼굴이 드러내는 계시성에 따라 타자를 근접하게 되고 열망하게 된다. 「새가 태어난 장소」에서 시인은 "얼굴 없는 불안에 팔베개를 베어 주고 자장가를 불러준다" 이러한 행위를 통해서 보면, 시인은 자신보다 타자를 더 사랑하며 이해하고 느낀다. (「습(習)」) 시에서의 공감은 관념과 구체적인 이미지의 동일화에 의한 윤리적 실천으로 나타난다. 하지만 윤리적 실천이라고 해서 모든 가족공동체가 우애나 선성으로 단합하는 것은 아니다. 시에서 가족공동체의 우애의식은 아버지가 가족을 사랑하는 게 아닌 딸이 어머니를 보살피는 역사랑으로 나타난다. 더욱이 「거절된 꽃」에서는 폭력적인 부성 때문에 자녀가 죽는 해체된 가족공동체 의식을 보여주고 있다. 그러나 시의 전체 프레임에서 보면, 가족공동체 사랑은 해체의식을 드러내는 데 반해 (「조선인」) 민족공동체의 형제애에서는 확장된 사랑을 보여주고 있다. 확장된 시세계는 사랑보다 타인의 죄업을 짊어지는 대속이다. 이러한 사랑은 조정인 시인이 가톨리시즘에 천착한 사회적 윤리책임과 시인 안에 내재된 본질적인 '타자윤리' 책임이 합쳐지면서 '윤리적 시쓰기'로 나타났다. 타 시인들은 욕심내지 않은 형이상학적 시세계를 조정인 시인은 21년간이나 타자윤리 한 곳에만 집중하고 있다. 그녀의 타자윤리 시학의 형설지공을 한국 시단이 외경심으로 맞이해야 할 이유다.

존재의 욕망, 그 근거로서 장소 시학

이윤학 시인의 작품론

1. 장소에 대한 욕망의 시쓰기

시인 중에서 이윤학 만큼 장소에 대해 천착하는 문학인이 또 있을까. 물론 그는 자신의 생계와 관련해서 주거지 이동이 잦기는 하지만 이런 행위만 가지고 시쓰기를 한다면 지금까지 많은 독자층을 끌어낼 수 없었을 것이다. 또한 그가 시적 세계관과 시적 특성을 발견하지 못했을 것이다. 여기에는 분명 그만의 장소에 관한 욕망의 시쓰기가 있다.

위의 시인처럼, 우리나라 1990년대 이후 많은 시인은 시적 다양성으로 인해 '장소'에 관한 언어실험을 했다. 그 이유는 각 시인의 장소적 취향이라기보다, 가스통 바슐라르의 『공간의 시학』이나 에드워드 렐프의 『장소와 장소상실』 번역서 등이 국내에 반입되면서 장소는 지금까지의 존재의 삶을 제한하는 것이 아니었다. 시인의 창조적 공간으로 자신과의 관계를 구축할 수 있고 타협할 수 있었기 때문이다. 에드워드 렐프에 의하면, 장소란 "인간이 체험하는 의미의 공간"이라고 한다. 시인들은 장소를 통해 세계와 타자를 만나 교류하고 문예이론을 밑바탕으로 자기만의 사고와 의미의 유연성을 길렀다. 그렇다면 이윤학의 '장소'에 관한 시쓰기는 다른 시인들과 어떤 식으로 차별화되는가?

이윤학을 장소에 민감한 시인이라고 할 때, 그는 장소에 관한 '실존적 내부성'을 특징으로 하고 있다. 실제 실존적 내부성은 농촌공동체의 구성원인 타자들의 정황을 잘 인식해서 그들의 행위에 대한 공감을 의미한다. 하지만 자아든 대상이든, 또는 대상과 대상 사이든 모종의 실존적 내부성에 의해 갈등과 결핍이 일어나기도 한다. 시인은 이를 잘 인식해서 독자적인 장소의 한계성을 수사적 기법과 창조성으로 재구성하여 언어적인 것을 시적인 예술로 승화하고 있다.

이 외에도 이윤학의 장소에 대한 차별화는, 농촌에서의 탈장소화를 통해 대도시로의 장소 이동이라는 데 있다. 시인은 농촌에서 욕망이 충족되지 못하고 미끄러지자 탈장소화를 꾀한다. 탈장소화는 무력화되는 욕망을 막고, 대도시로의 장소 이동을 통해, 이상화된 세계를 꿈꿀 수 있기 때문이다. 이러한 시인의 장소적 태도는 가난한 농촌 현실을 경험한 후 농촌공동체를 부정한 후 도시적 삶의 안정화와 지속성을 꾀하고자 하는데 그 의미를 두고 있다.

'실존적 내부성에 의한 존재의 욕망'과 '탈장소화에 의한 대도시로의 장소 이동'을 드러내는 이윤학의『짙은 백야』는 시 평론을 할 수 있는 준거점으로서의 공감하는 측면이 강하다.

2. 타자 인식과 농촌공동체의 실존적 내부성

이윤학의 시집에서 자아가 드러내는 타 시인과의 차별화는 '실존적 내부성'에 있다. 자아는 장소를 통해서 존재의 욕망을 드러낸다. '실존적 내부성'의 가장 큰 특징이라면, 농촌공동체의 타자들이 마을에서 일어나는 정황에 대해 알고 있어, 마을의 어떤 타자도 그 점에 대해 자유롭지 못하다는 것이다. 즉 개별자가 끼친 행동은 그 진상 하나하나까지 곧바로 가족공동체에 전달된다. 그 점에서 자아는 가족 간의 내, 외부 고발이 갈등 요인으로 작용한다. 가족 간의 갈등인 '꾸중'은 힘의 논리에 의해 높은 쪽이 낮은 쪽을 야단치는 금지명령이다. 상징질서의 초자아로 대신 되는 부모님, 형과 누나는 가족공동체의 핵심이며, 자아를 향해 사회화된 논리에 집중하도록 금지어를 날릴 수 있는 중심인물이다. 자아가 '꾸중'을 잘못 이해하면 가족과의 갈등을 겪을 수밖에 없다.

> 밥상머리에 앉아 혼날 때 뜸부기가 끼어들었다
> 젓가락으로 마루 골을 팔 때 소쩍새가 끼어들었다
> 모기가 문 팔에 눈물 한 방울 찍어 바를 때
> 수숫대울타리 벌어져 논배미가 머금은 푸른빛이
> 있다
>
> ―「오디가 익을 무렵」 일부분

이 시 속에는 가족공동체의 중심인물인 부모님의 힘 논리가 작용하고 있다. 자아의 '자아 이상'은 내면화된 부모상이다. 그들은 밥상 앞에 앉아 있는 자아에게 모종의 잘못된 점을 꾸중하는데, 이때 자아는 가족 중심인물들에게 변명도 할 수 없다. 왜냐하면 자신의 행위에 대해 그 무엇을 말해도 듣지 않기 때문이고, 또 타자의 말에 의해 이미 자신의 잘못을 알기 때문이다. 그점에 대해 자아는 비언어적 행위로 자신을 항변하고 있다. "젓가락으로 마루 골을 파는 행위"가 그 예이다.

자아와 부모 사이에 갈등 양상을 일으킬 수 있는 행위의 가능성에는 농촌이라는 장소가 있다. 가령, "뜸부기", "소쩍새", "논배미" 등이 그것이다. 이들은 모두 자아의 항변과 함께하는 자연의 조력자들이다. 이 조력자들도 농촌공동체의 한 구성원이기에 실존적 내부성을 지니고 있다. 그 중 '뜸부기'는 자아의 심리를 잘 알고 있다. 자아가 밥상머리에 앉아 혼날 때 뜸부기가 끼어든다. "끼어든다"는 행위 속에는, 자아의 잘못도 크지만 뜸부기가 선처를 호소한다는 의미가 크다. 또한 모기가 문 팔이 가렵고 부어오르자, 자아는 "침"을 바른다. 이러한 행위는 농촌이 도시에 비해 낙후되어 있다는 점을 말하고 있다. 여기에 덧붙여 농촌공동체는 담도 없이 "수수 울타리"에 의존하고 있어 농촌의 근대화되지 않는 비참한 현실이 자아로 하여금 탈장소화를 꾀하게 하는 요인이 되게 한다. 그러나 자아는 "울타리 너머 논배미가 머금은 푸른빛"에 희망을 걸기도 한다. '푸른빛'은 가족중심부로 진입하고자 하는 자아의 '꿈'에 해당된다. 가족의 중심에서 그는 꾸중 듣기보다는, 사랑받고 싶어한다. 그러한 의미에서 '푸른 빛'은 '사랑'의 한 표현이라고 할 수 있다.

한편 자아의 눈은 실존적 내부성에 의해 대상의 결핍과 상실감에 젖어 있는 모습을 꿰뚫어보고 있다. 이때 대상의 결핍과 상실은 다른 대상의 탈장소화에 기인한다. 왜냐하면 다른 대상은 자신과 젖먹이를 두고 농촌을 떠났기 때문이다. 대상이 대도시를 향한 탈장소화든, 천상을 향하는 죽음이든 간에 농촌에 남은 대상은 부재한 다른 대상에 대해 그리움과 욕망에 시달리게 된다.

젖먹이들에게 젖을 빨리는 암캐는
마루 밑 묵은 먼지 냄새를 맡았다
초승달에서 나는 개떡 냄새를 맡았다

물 찬 장화를 신은 원순이 형이 저수지로부터
자갈 징검다리를 밟으며 걸어왔다 비린내 나는
풀 짐을 지고 혀를 빼물고 고개 숙이고
수숫대울타리를 지나 숨 고르기 좋은 오이밭머리

망초밭에 누워 은하수담배 연기를 날렸다

젖먹이 둘을 남기고 떠난 마누라 생각이 차올라
공갈 젖꼭지 설익은 오디 몇 알 따 혀 끝에 문질렀다
밥 지은 연기 낮게 깔린 골짜기 하늘을 담았다

―「오디가 익을 무렵」 일부분

이 시에서 '암캐'와 '마누라'의 젖은 동일시된다. 암캐의 행위가 암시하는 "마루 밑 묵은 먼지 냄새"는 새끼에게 줄 젖이 없는 어미 개의 배고픈 상황을 그리고 있다. 어미 개는 마루 밑의 "묵은 먼지 냄새"를 맡으면서까지 새끼 입에 먹잇감을 주고 싶은 모성성을 보인다. 이와 달리 자아가 느끼는 것은 "초승달에서 나는 개떡" 냄새다. 이때 초승달의 상징은 죽은 이가 머무는 영원한 세계이다. 이 모성적 공간은 원순이형과 아이 둘의 욕망의 기표가 숨어 있다. 인간에겐 모성의 극진함이 상실되는 순간, 생명의 위협을 느끼거나 결핍을 느끼게 된다. 따라서 아내가 부재된 대상의 욕망은 결핍의 등가성이라고 할 수 있다.

이 시에서 자아는 대상의 부재를 암시하고 있다. "초승달에서 나는 개떡 냄새를 맡는다"와 "밥 지은 연기 낮게 깔린 골짜기 하늘을 담았다" 등인데, 이를 통해 알 수 있는 것은 부엌의 인접성이다. 부엌은 '아내', '개떡냄새', '연기'와 '짓다'가 결합 관계를 이루는 환유적 개념이다. 하지만 실제 대상의 아내는 부재 상황에 놓여 있다. '초승달', '연기가 하늘을 담은' 것을 통해서 의미를 추출하면 부재의 동인이 죽음과 연결되었다는 것을 알 수 있다. 대상은 아내의 부재로 인해 "오이 밭머리/망초밭에 누워/은하수담배 연기를 날"리며 힘겨운 자신의 생을 비관하고 있다. 이때 '오이'는 남근을 상징한다. 성욕을 느끼는 대상이 아내의 부재로 인해 성욕의 결핍을 보이고 있는 것이다. 이를 공고히 해주는 시행이 "물 찬 장화"이다. 장화 역시 남근의 상징이다. 남근이 물이 찼다고 하는 것은 결국 대상이 성적 욕망에 시달린 다는 것을 의미하는 것이다.

앞에서 보듯 자아의 심리가 투사된 장소는 가족공동체의 힘의 논리가 있는 중심부이고, 그 중심부로 진입하고자 하는 자아의 욕망은 지향성을 보이고 있다. 또 대상과 아이들은 아내와 어머니의 부재로 인해 허기지고, 그들은 그 허기를 메우기 위해서 '아내 불러오기'라는 욕망을 내보이고 있 다. 하지만 이 욕망은 죽음과 연결되면서 무산되고 만다. 따라서 한 시에서 두 가지의 심리적 양상을 드러내는 것은, '힘의 논리'와 '욕망'이다. 이는 복 잡한 상황과 이미지를 그리는 데서 서사의 중첩을 나타내는 바, 언술 방식 에서도 주목할 필요가 있다.

이 시에서 동사는 '들었다', '맡았다', '날렸다', '문질렀다', '담았다' 등 과 거시제로 나타난다. 현재를 살아가는 화자가 과거를 호명하고 욕구를 드러 낸다는 것은 호명의 배경을 자세히 살펴볼 필요가 있다는 뜻이다. 자아가 이런 행동을 한다면 결국 힘의 논리인 중심부로의 진입에서 갈등을 겪고 주변부 삶을 살게 된다는 뜻 아닐까. 또한, 대상이 "끼어들었다"는 것은 밥 먹는 행위 속에 소리의 물질이 들어와 행위가 중지되었다는 뜻이다. 이 또 한 자아가 행동에 결핍이 있기 때문에 실존적 내부성에 의해 대상과 대상 간, 자아와 대상 사이에 힘을 보태주는 공감의 의미가 강하다.

'실존적 내부성'의 장소에서 각 구성원들은 문제를 안고 살아간다. 문제 의 중심에는 1990년대부터 불어온 후기 자본주의 문화 팽창주의가 한몫하 고 있다. 이에 따라 새롭게 생성되는 국제결혼도 이 시의 쟁점으로 떠오른 다. 이로 인해 우리나라에서도 가족 공동체는 사멸되고, '다문화가정'이라 는 새로운 가족주의가 태동하게 된다. 그 예로 동남아 이주 여성과의 혼인 이다. 전통 가족공동체에서는 각 구성원 간 '정'의 문화가 우선시 되어야 문 제가 일어나지 않는다. 하지만 다문화가정이 생성되면서부터 가족공동체는 사랑과 정의 문제점이 부각되기 시작한다. 그것이 「팬지」이다.

> 동남아 이주 여성이지 싶은
> 아기 엄마가 역사(驛舍) 앞 길쭉한
> 팬지 화분을 물끄러미 바라본다
>
> 포대기에 감싸 안은 갓난아기가
> 나를 보고 웃는다. 포대기에서
> 빠져나온 갓난아기 양말을
> 건너편 할머니가 감싸 쥔다
>
> 내 얼굴을 쳐다본 아기 엄마가
> 아기 얼굴을 포대기로 가려버린다
> 돌아앉을 자리가 없는 벤치에서
> 일어난 아기 엄마가 등을 돌린다
>
> 뒤꿈치를 들고
> 손깍지를 낀 아기 엄마 입술들
> 하염없이 떨리면서 지나간다

ㅡ「팬지」 전문

동남아 이주 여성은 실존적 내부성의 장소를 벗어나 역사(驛舍) 앞에서 '뿌리 뽑힌 자'로 서 있다. 역사(驛舍)란, 존재가 '실존 공간'을 떠나서 자신의 외부성을 갖는 장소이다. 시의 정황상 그 동인은 알 수 없으나, 시적 대상은 아이와 함께 주거 공간을 이탈한 상태에 놓여 있다. 이렇게 동남아 이주여성이 주거 공간을 떠나있다는 것은 전통적 가족 제도에서 보면 추방이라고 할 수 있다. 왜냐하면 대상은 "아기를 포대기에 감싸 안은" 채 "팬지 화분을 물끄러미 바라보고 있"는 데서, 국제결혼한 부부의 문제점을 읽을 수 있기 때문이다. 이때 객관적 상관물인 '팬지 화분'은 그것을 바라보는 시적 대상의 고달픈 현실사를 투사하고 있다. '팬지'는 이국종이다. 그녀 역시 이국인이다. 따라서 '팬지 화분'과 국제결혼한 여성'은 동질성을 지니게 된다. 이주여성과의 결혼이 시작된 것은 후기 자본주의 문화 논리 때문인데, 1990년 이후 성행한 국제결혼은 인간의 사회적 관계를 비인간화된 사물로 보고, 시의 예처럼 탈장소화된 외국인 여성 역시 사물화 경향을 보인다. 따라서 국제결혼한 부부는 동상이몽의 분열상을 보이고 있다.

그런 뜻에서 본다면, 시적 대상은 자신의 경험 속에 구성된 가족공동체 특히, 남편은 기억하고 싶지 않은 인간 본성을 대변하고 있다. 이런 심리는 시적 대상이 자아에게 인간 존재의 진실은 무엇이며, 어떻게 살아야 진실을 알 수 있는가 하는 질문과도 결부된다. 그 점에서 이윤학의 시는 대상과 사물의 결핍 때문에 상처를 메우고자 하는 대상의 주관적 욕망이 작용하고 있다고 볼 수 있다. 덧붙여 이를 목격한 자아도 '실존적 내부성'을 통해 대상의 고통스러운 얼굴을 보면서, 이들을 공감하지 않을 수 없게 된다.

한편, 이 시에서는 자아와 대상 간의 '심리적 거리'가 나타나는데, 그것이 "돌아앉을 자리가 없는 벤치에서/일어난 아기엄마가 등을 돌"리는 시행이다. 대상이 일어날 수밖에 없는 이유는 자아와 시적 대상 사이에는 남편과 연결된 모종의 심리가 작용하기 때문이다. '심리적 거리'는 '갓난아이'를 중심에 두고 '웃음'이라는 태도로 드러나지만 이러한 태도 역시 더는 확장되지 않고 0에 머물게 된다. 이를 살펴보면, 대상은 자신에게 일어나는 현실 상황을 모르고 웃는 갓난아기의 천진함이 싫고, 또한 이 고통을 주는 남편과 자아의 모습이 유사하다는 점이 싫다. 이처럼 시점의 차이는 그 안에 '심리적 거리'가 있느냐 없느냐에 따라 심리적 거리가 달라진다. 대상의 '심리적 거리'를 표출하는 것이 '하이텐션'(high tension)이다. '떨린다' 동사는 대상의 표정을 통해 자아가 대상의 모습을 암시함으로써 시인은 '심리적 거리'에 대한 시적 효과를 노리고 있다. 이와 더불어 자아는 "포대기에 감싸 안은 갓난아기가 나를 보고 웃는" 시행에서는 '미의식'을 드러내고 있다. 갓난아기의 '투명한 웃음'과 할머니의 '감싸는' 손은 자아에게 대상의 심리적 거리를 무화시킬 정도로 텐션을 해소해주기 때문이다.

결국, 이 시에서 실존적 내부성은 자아, 타자, 대상 모두에게 가족 간의 갈등을 일으키고, 가족이 해체되는 요인으로 작용한다. 그렇기에 자아와 대상들은 가족의 중심부로 진입하지 못하고 실패하고 만다. 이처럼 소통 부재는 결핍과 욕망의 또 다른 기표로 작용하지만 중간 중간 이 시는 미래 안적인 요소를 표출하고 있다. 그럼에도 불구하고 이윤학의 『짙은 백야』에서 드러나는 시의 모티브는 '포대기', '검은 비닐', '비가림', '비닐 창' 등 '차단'과 '막'이라는 소통 부재를 보인다. 이는 대상과 자아가 하나같이 가족공동체의 중심부로 진입하지 못하고, 타인과의 소통을 차단당한 채 살아가는 농촌공동체의 장소적 특징을 드러내고 있다. 희망이나 볕을 차단하는 '차광막'의 시적 상상력은 주변부 장소에만 머무를 것인가?

3. 탈장소화와 대도시 중심부로 장소 이동

이윤학의 장소에 대한 또 다른 차별화는, 자아가 농촌에 대한 탈장소화를 통해 대도시로 장소를 이동하는 것에 있다. 자아는 농촌공동체에서 자신의 욕망이 해결되지 않자, 그런 상황에서 삶의 방향을 재조정한다. 자아의 삶은 주거지와 연결되고, 이 주거지는 농촌공동체의 또 다른 기표이다. 만약 자아가 농촌공동체에서 자신의 존재를 인정받고, 삶의 전반적인 것을 인정받는다면 탈장소화를 꾀하지 않을 것이다. 그러나 자아는 농촌공동체나 가족공동체로부터 배제되어 있고, 갈등을 빚어 가족의 중심적인 인물이 되지 못한다. 또한 대리 경험이지만, 자아는 마을공동체 구성원의 교환 불가능한 배제와 상실감과 고통을 경험한다. 이처럼 한정되고 도식화된 농촌 공동체를 벗어나기 위해 자아는 이상화된 세계를 꿈꾸고 있다. 그 꿈은 자아의 대도시적 삶에 대한 욕망이고, 결핍에 대한 보상이다. 만약 자아가 물질주의적 태도로 자신의 삶에 안정화만 꾀할 수 있다면, 또한, 시간의 지속성에도 불구하고 주거지에서의 변화만 겪지 않았다고 해도 그는 대도시적인 욕망을 버리고 농촌에 안주했을 것이다. 하지만 농촌공동체와 가족공동체는 자아에게 욕망을 채워주지 못하고 오히려 결핍을 안겨줄 뿐이다. 따라서 자아의 장소 이동은 불가피한 것으로 드러난다.

아래 시는, 자아가 탈장소화를 통해 대도시로의 장소 이동을 한 경우이다. 자아가 생각한 것처럼 대도시는 그에게 꿈과 희망의 유토피아를 약속하지 못하는 장소이다.

> 강변북로를 따라 거북이 운행을 한다
> 화염에 싸인 아스팔트를 달리는 흰 차선
> 검정색 승용차 범퍼를 타고 기어올라
> 트렁크 속으로 끊어져 들어간다
> 목적지도 가물거리는 여름 한낮
> 밀짚모자를 쓴 인부들이 도로변에서
> 예초기 칼날을 휘두른다
> 문을 닫아도 풀 비린내가 그득해
> 실눈을 뜨고 앞을 바라보게 된다
> 검정색 범퍼를 타고 오르는 건
> 차선이 아닐지도 모른다. 풀밭에서
> 쫓겨난 백사일지도 모른다
> 겨울 눈밭을 긴다는 백사가
> 트렁크에 그득 차서 뒤축이

조금씩 내려앉는 것이다
조그만 트렁크 틈을 벌리고
간신히 들어간 백사가

—「백사」 전문

이 시에서 자아가 서 있는 장소는 도시 외곽을 잇는 강변북로이다. 여기서 자아는 차들이 내뿜는 열기 때문에 화염에 휩싸인 것 같은 착각에 빠진다. 이때 '흰 차선'은 "검은 승용차 범퍼를 타고 올라 트렁크 속으로 끊어져 들어간"다. 여기에서 "목적지도 가물거리는" 시행이 대도시로의 장소 이동에 대한 문제점을 시사하고 있다. 자아는 대도시가 유토피아를 건설해줄 것이라고 생각해서 농촌에서 탈장소화를 꾀했기 때문이다. 하지만 뜨거움과 무료함에 지친 자아는 '흰 차선'을 '백사'로 보고, 인부들이 휘두른 예초기 칼날이 백사 꼬리를 자르는 점에서, 풀밭에서 쫓겨나는 뱀의 환상을 경험하게 된다. '흰 차선'과 '백사'는 '흰색'이라는 계열성에 의한 은유로서의 동질성이다. '선', '실눈' 역시 '줄'이라는 동질성을 드러낸다.

이와 더불어, '화염에 휩싸인 아스팔트 흰 차선'은 대도시의 복잡한 이미지를 함의하는 죽음의 기호이다. 이러한 시인의 이면 심리에는 자아가 농촌을 가난으로 점철된 주변부 공간으로 설정하고, 도시를 산업화의 근원을 이루는 중심부 공간으로 설정하고 있다. 이는 대도시 공해라는 또 하나의 문제점을 지니게 된다.

그런 의미로 본다면, "'흰 차선'은 범퍼를 타고 올라 트렁크 속으로 끊어져 들어간다"와 "백사가/트렁크에 그득 차서 뒤축이/조금씩 내려앉는다"라고 하는 데서 둘은 상관관계를 이룬다. 이 두 시행에서 백사가 사는 장소는 풀밭, 즉 농촌이다. 농촌을 떠나서 도시에 사는 백사는 시적 자아의 또 다른 이름이다. 시적 자아는 '예초기에 의해 꼬리가 끊어진다.' 즉 농촌을 탈주한 자아는 도시 문명과 과학기술의 발달이 주는 중심 장소에서 파괴와 절단을 경험한다. 하지만 백사는 "겨울 눈밭"을 기어서도 살아갈 정도로 강인한 생명력을 지니고 있다. 그렇기에 꼬리가 잘려도 백사의 번식력은 "트렁크 뒤축이 천천히 내려앉을" 정도로 가득 차게 된다. 이 부분에서 자아는 백사를 향해 자신의 마음을 투사하고 있는데, 이는 대도시에서 신생 존재로 재탄생하고 싶은 자아의 욕망을 드러낸다고 할 수 있다.

4. 장소적 욕망의 시쓰기에 대한 위상

지금까지 이윤학의 시를 통한 존재의 욕망적 근거로서 장소적 시쓰기를 분석해보았다. 시분석에 쓰인 시적 기법과 시어의 결은 다채롭다. 시인은 실존적 내부성에서 농촌공동체에 대한 욕망과 갈등을 내보인다. 그럼으로써 가족 중심부로 진입하지 못하고 실패하고 만다. 이 뿐만 아니라 그는 타자와 대상의 결핍을 대리 경험하면서 그들이 갖는 결핍과 상실, 욕망의 이미지를 그리고 있다. 이러한 점들은 이윤학 시인의 내적 추동력인 장소에 대한 욕망적 시쓰기라고 할 수 있다.

먼저, 이윤학의 '장소에 대한 욕망적 시쓰기'는 감각적 언술인 동사를 통해 자아와 타자가 주변부 장소에서 중심부 장소로 진입하고자 하는 욕망을 드러낸다. 하지만 그는 실패하고 탈장소화를 꾀한다. 여기에는 그가 장소이동에 의해 삶의 안정화와 지속성을 꾀하려는 묘수를 두고 있다. 이에 반해 타자 또한 대상의 부재로 인해 상실감과 욕망을 충족시키지 못하고 결핍을 드러낸다. 이는 후기 자본주의 문화 논리에 의한 것인데, 자본주의는 인간의 사회적 관계를 비인간화된 사물화로 보고, 또한 현실에서도 동상이몽을 드러냄으로써 인간의 분열상을 반영하고 있다. 여기에 사용된 시적 기법은 '하이텐션'과 '은유'와 '환유'이다. 이 기법은 '뿌리 내리지 못한 자'의 '심리적 거리'에 대한 자아의 공감력을 드러낸다. 이와 달리 현실의 논리와 무관한 아기와 할머니는 '투명한 웃음'과 '따뜻한 손길'로 나타나는데, 시인은 이를 놓치지 않고 '따뜻함'과 '환함'이라는 형용사를 써서 인간의 '미의식'을 보여주고 있다. 환언하면, 인간의 심리적 거리가 0인 장소에서 이윤학의 '장소적 욕망의 시쓰기'는 인간 본질의 주관인 미적 판단을 드러내는 바, 그의 시는 '공감'과 '미의식'을 언어적인 시의 예술로 승화하고 있다는 점, 특히, '새로움의 미학적' 견지라는 점에서 시사하는 바가 크다.

덧붙여, 국제결혼을 한 여성들은 농촌공동체에서도 중심부로 진입하지 못하고 주변부 존재로 살아가고 있다. 다문화를 형성하는 새로운 가족주의는 정의 문화로 배태된 것이 아니다. 언어와 문화의 벽에 부딪혀 살아가는 인간 존재들의 소통 부재 현상을 드러내고 있다. 따라서 다문화가족은 후기 자본주의 문화 팽창주의가 몰고 온 인간 고립감에 대한 비판이라는 것과 실존적 내부성에 대한 존재의 이탈이라는 점에서 문제가 있다.

이와 달리, 이윤학의 '욕망 근거로서의 장소 시학'은 발 빠르게 살아가는 현대인의 욕망과 견주어보면 욕망의 디플레이션(deflation) 화를 보이고 있다. 만약 이윤학의 시가 농촌에 대한 '느림의 미학'을 말한다면, 이를 도시적 삶에 대한 반성의 측면으로 읽을 수 있다. 하지만 그의 시는 농촌 현실 자체도 부정한 모습으로 묘사하고 있고, 또한, 화염에 휩싸인 아스팔트의 흰차선을 통해 대도시적 산업화의 부산물도 보여주고 있다. 그러한 점에서 자아는 파괴와 절단에 대한 복원력을 보여줌으로써 시인의 도시적 삶에 대한 진입으로 읽을 수 있다. 이 복원력은 실재에 의한 것이 아닌, 환상에 의한 복원력이다. 그러므로 이윤학의 '장소에 대한 욕망의 시쓰기'는 현실을 허구로 재구성하여 실재화하고 있다.

앞에서 필자는 인간 존재의 욕망적 근거가 되는 장소의 시학을 따라가 보았다. 시의 장소적 특징은 자아의 실존적 내부성에서 느끼는 타자와 주체가 어떻게 상호의존성을 가지고 서로 만족하는 가에 있다. 하지만 자아의 심리는 농촌에서 '탈장소화'를 꾀해야 할 만큼 갈등의 골이 깊다. 이를 극복할 수 있는 지점이 삶의 안정화와 지속성을 꿈꿀 수 있는 이상화된 대도시이다. 따라서 이윤학 시에서의 장소에 대한 세계관은 과거에서 현실로, 주변부에서 중심부로, 퇴보에서 생명으로, 변화 확장을 거듭하고 있는 것이다. 그런 이유에서 보면, 이윤학의 『짙은 백야』에서의 '장소에 대한 욕망적 시쓰기'는 과거 농촌공동체의 퇴보된 삶에 대한 반성이다. 또한 탈장소화에 대한 도시 미학의 수용이라는 점에서 한국 시문학사에서 한 위치를 점한다고 평가할 수 있다.

특정 장소에 대한 시인의 정체성 찾기

박준 시인, 박소란 시인, 권애숙 시인

봄비가 홈통을 타고 바닥으로 떨어진다. 점심과 저녁 사이 뭔가 허전해 냉장고를 뒤진다. 눈 높이에 어머니의 손맛이 든 고추장이 자리를 차지하고 있다. 나처럼 다른 시인들도 특정 장소에 대한 정체성을 갖고 있다. 요즘 읽은 시집에서 특정 장소에 관한 정체성을 찾아보았다. 박준 시인의 『우리가 함께 장마를 볼 수도 있겠습니다』, 박소란 시인의 『한 사람의 닫힌 문』, 권애숙 시인의 『흔적 극장』이 대상이다. 이 세 시인의 특정 장소에 관한 특징은 경험과 기억에 관한 정체성 찾기다. 특정 장소의식은 장소를 같이 공유하는 사람, 즉 같이 보고, 같이 입고, 같이 먹는 행위에서 장소 자체가 지닌 동일한 정체성을 성립하게 된다.

박준 시인은 「메밀국수」에서 "히수무레하고, 부드럽고, 수수하고, 슴슴한" 백석의 「국수」처럼 메밀국수집을 특정 장소로 꼽고 시차를 말하고 있다. 이 시차는 시인이 특정 장소에 대한 암시성을 통해 맛의 차이성을 드러내고 있는 것이다.

> 분지의 여름밤에는 바람이 없습니다 밤이 되어도 화기
> 火氣가 가시지 않을 것 같아 저녁밥을 안치는 대신 메

밀국수를 사 먹고 돌아왔습니다

동송으로 가면 삼십 년 된 막국숫집이 있고 갈말로 가
면 육십 년 된 막국숫집이 있는데 저는 이 시차를 생각하
며 혼자 즐거웠습니다 그러고 보니 지난번 말한 제 아버
지는 사십 년 동안 술을 드셨고 저는 이십 년 동안 마셨
습니다

—박준, 「메밀국수」 일부분

파주에 와서야
시간을 긴 눈으로 본다

……＜중략＞……
점심에는
개를 잡았다며
아랫집에서 수육을 삶아 왔다

아버지에게는
단호박을 쪄 온 것이라고만 말해두었다

수육이 담겨 있던 접시를 씻어
아랫집으로 간다

—박준, 「큰 눈, 파주」 일부분

사람은 유목민이 아닌 이상 일정한 장소를 잡아서 거주하고 있다. 화자
의 주거지는 지대가 낮아 더운 공기가 빠져나가지 못하는 철원 '분지'다. 한
여름 '대프리카'라는 말이 유행하듯, 이럴 때는 누구든지 밥하기가 싫다. 더
욱이 화자의 집 주변에는 메밀국숫집이 있지 않은가. 이 시에서 화자는 메

밀국수를 사먹고 돌아와서 특정 장소에 대한 기억을 떠올린다. 철원에는 30년이라는 시간의 차이를 가진 두 식당이 있다. 동송에는 '삼십년 된 막국숫집'이 있고, 갈말에는 '육십년 된 막국숫집'이 있다. 이 두 막국숫집을 생각하면 화자는 왜 즐거울까? 그 의미 속에는 시차의 암시성이 들어 있는데, 두 식당 간의 시차에 의한 손맛이 차이나기 때문이다. 또한, 두 집의 시차 속에는 가족간의 일화도 담겨 있는 듯하다. 가족 중 일부는 동송의 막국숫집 음식을, 또 일부는 갈말 막국숫집의 손맛을 더 좋아하는 게 아닐까. 칼칼하거나 부드러운 혀의 미각은 같은 가족이라고 해도 개별차가 있기 마련이다. 따라서 웃음의 의미는 시차에서 오는 호, 불호로 귀결된다.

　한편, 박준 시인의 경우,「큰 눈, 파주」에 이르면, 시인의 정체성은 타인과의 지속적인 공유 경험으로 드러난다. 세상 정(精)중에서 음식을 나눠 먹는 정보다 더 좋은 인간관계는 없다. 이런 정은, 인간이 살아가는 데 본질적이고 기본적이며, 정신의 정체성과도 연결된다. 그런 이유로「큰 눈, 파주」에서는 개별적인 사람과 개별적인 음식, 음식을 나눠먹는 경험에서 장소성의 정체성이 드러난다. 박준 시인에게서 장소성과 관련된 정은 아버지와 이웃하는 파주 옆집이다. 시 내용의 의도로 보면, 화자와 이웃은 음식을 통해 끈끈함을 이어가는 상호주관성의 관계라서 정이라는 공통분모가 있다. "점심에는/개를 잡았다며/아랫집에서 수육을 삶아 왔다."가 그것이다. 획일화된 도시적 삶에서 사람들은 이웃과 음식을 나눠 먹기 힘든다. 그런데도 '파주'에는 아직 이웃 간의 정이 남아 있어, "수육이 담겼던 접시를 씻어/아랫집으로 가고" 있다. 이 연에 이르면 화자의 마음이 시에 내포되어 있다는 것을 알 수 있다. 화자는 빈 접시를 이웃 손에 들려주면서 인사하는 모습을 암시하고 있다. 이처럼 장소에 대한 시인의 경험은 이웃 간 상호주관성 속에서 정체성을 길러가고 있는 것이다.

　앞에서 보듯 박준 시인의 장소에 대한 경험은 이웃 간의 상호주관성으로 나타난다. 그에 비해 박소란 시인의 장소에 대한 경험은 정을 해체하는 방식으로 나타난다. 달리 말하면, 시인은 이웃 대상을 통해 자신과 타자, 즉 우리의 욕망을 해체하고 있다. 그녀는 「오래된 식탁」에서 '식탁'이 있는 장소를 애착하지 않는다. 애착이란 존재가 장소에 대해 세세한 면까지 기억하고 있어서 깊은 배려와 관심을 가질 때 가능하다. 그런데 박소란 시인의 경우 '식탁'이 있는 장소는 단지 먹는 것을 통해 죽지 않기 위해, 즉 죽음에 대한 공포를 이겨내기 위한 삶의 한 방법으로 사용된다.

어떤 나무의 시체일까

우리는
지금 여기 앉아 밥을 먹는다
그만 먹어 그러다 체하겠다
그렇지만 멈출 수 없다 무서워
무서워서

밥을 먹는다
지긋지긋해 이까짓 먹는 얘기 먹고사는 얘기

…… <중략>……

어떤 나무의 시체일까,
우리는

지금 여기 앉아 밥을 먹는다
식탁은 깨끗하고 식탁 위 그릇은 허연 김을 피워 올리고
우리는 밥을 먹는다 죽기 전에 어서

울면서 먹는다

달아나는 저 개를 붙잡을 수 없다

―박소란, 「오래된 식탁」 일부분

이것 좀 먹어봐요
옆집에서 삶은 감자를 한바구니 내민다
지나치게 감사한다 여러번 머리를 조아린다
어디가 고장인 건지
가스레인지도 보일러도 켜지지 않는 저녁
멀거니 앉아 감자를 먹는다
설익어 설컹거리는 감자를
맛있게 먹는다
먹고 밤새 잔병이나 앓을 것

―박소란, 「고장난 저녁」 일부분

인간이 '식탁'에서 가족과 '밥'을 먹는 행위는 소극적 의미에서 사회화의 한 과정이다. 화자가 먹는 행위를 통해 가족들과 정을 나눔으로서 사회공동체의 일원으로 성장해나간다. 그렇지 않으면 인간은 소외를 경험하고, 행복보다는 생존 그 자체에 집착하게 된다. 가령, "어떤 나무의 시체일까?" '나무식탁'은 시인에게 시의 촉발점이 된다. 이때 식탁은 죽은 나무로 만든 사물일 뿐이다. 그러나 중요한 것은 식탁이라는 한 장소에서 밥을 연속적으로 먹는 화자의 행위는 분명 문제가 있다. 시인의 의도대로라면 먹는 행위가 중지될 때, 화자는 '무서움'을 느낀다. 인간존재가 '죽음 이후'를 소급해보기에 공포를 느끼는 것이다. 내가 없는 미래, 식탁처럼 죽어서 다른 용도로 쓰일 수 있는 미래, 결국 화자는 먹기 위해 사는 게 아닌, 죽지 않기 위해 먹는 존재가 된다. 더 나아가 화자는 죽는다는 기막힌 사실 때문에 먹는 행위조차도 어둡고 무겁다. 행복하지 않은 마음으로 생존에 매달린다. "죽기 전에 어서/울면서 밥을 먹는다"고 하는 것은 가족 중심 거점인 '식탁'에서 화자가 생의 의미를 잃어버리는 것과 같다.

동일한 선상에 놓인 시가 박소란의 「고장난 저녁」이다. 저녁 역시 위의 장소처럼 식탁이 놓여 있는 부엌이다. 부엌은 '고장'으로 점철된 하루 일들이 일어나는 장소다. 그런데 이 장소에서는 '참된 장소감'을 찾아볼 수 없다. 에드워드 렐프에 의하면, 참된 장소감이란, "자신의 실존인 근본적인 현실을 부정하거나 자신의 실존을 환경, 운명의 장난인 듯 설명하는 사람과는 근본적으로 대조적"이라고 한다. 이쯤에서 화자의 언술이 진정성이 아닌 분열되고 파편화된 해체 형식의 언술이라는 걸 알게 된다. "옆집에서 삶은 감자를 한 바구니 내민다/지나치게 감사한다"라고 말한다. "지나치게 감사한다"의 의미는 강한 긍정은 강한 부정을 의미하는 것처럼 이러한 의미는 시에서 무의미화를 불러일으킨다. 다시 말해 화자가 감사의 의미를 잃은 동일한 요소라는 것이다. 이 연은 "여러번 머리를 조아렸다" 와 연결되면서, 동일한 행위의 반복을 낳게 된다. 그러므로 이 연 역시 의미의 무의미화 경향을 내보이고 있다. 화자가 이렇게 행동하는 데는 이웃집에서 "설익어 설컹거리는 감자"를 주었기 때문이다. 박준 시인이 경험한 '파주'의 이웃과 달리, 박소란 시인의 「고장난 저녁」에서의 장소에 대한 정체성은 이웃과 공감할 수 없는 이질성으로 나타난다. 이웃과 단절된 현대인의 소외를 박소란 시인은 비판하고 있는 것이다.

권애숙 시인의 『흔적 극장』 중 「왔어?」를 보면, 박소란 시인의 장소에 대한 이질성과는 차이가 있다. 「왔어?」의 화자는 '새'로 상징된 당신이다. '새'는 밥그릇 위 굽은 발가락을 통해 내 속에 갇혀있는 나를 세계의 지평으로 끌어 내주는 역할을 한다.

밥솥을 열고 당신 다녀간 줄 안다. 저녁은 이미 저 혼자 멀어
져 발소리조차 아득한데 내 몸을 뒤적거리던 바람은 기어이 얇
아진 밥주걱 같은 나를 뒤집는다. 허름한 것들이 구석으로 몰
려들면 내게 바깥을 만들어 준 당신, 구멍은 울보인 너라고 엉
뚱한 담벼락을 세우며 나를 파내던 당신, 가나오나 걸음이 느
린 당신은 뜨거운 새가 되었나 자주 내 식은 밥그릇에 찍어 놓
는 굽은 발가락이 수북하다

　　　　　　　　　　　　　　　　　　　ㅡ권애숙, 「왔어?」 일부분

한 소쿠리 가래떡을 만들었어요
복사꽃이 피우던 봄날과 어린 쑥들을 버무려 만든
뜨신 떡가래 둥근 접시에 얹어 들고
길 끝 여자네 집을 두드렸어요

귀가 어두운 여자와 목이 아픈 나 사이에
말없이 말들이 생겨났죠
눈으로 코로 맛나게 웃으며
거칠한 손 주고받으며
쑥빛 가래떡처럼 말랑말랑
구부러지고 뒤집어졌어요

……＜중략＞……

거무튀튀 쑥물 든 여자들은 가래떡보다 쫀득해져
담장 너머 아프게 걸어온 길들을
고요하고 뜨겁게 쑥떡거렸어요

　　　　　　　　　　　　　　　　　　　ㅡ권애숙, 「송년」 일부분

「왔어?」에서 그리움의 장소는 부엌이다. 밥솥과 연관된 당신은 누굴까? '새'로 변형된 당신의 발자국은 저녁 식사할 때도 훨씬 지나서야 밥그릇에 흔적을 남긴다. 이 '새'의 정체는 우물 안에만 사는 나를 세계의 지평으로 끌어 내준 존재다. 또한, "가나오나 걸음이 느"리고, 내 식은 밥그릇에 발자국을 찍어놓을 만큼 나의 영혼을 성찰케 하는 존재다. 하지만 이 '새'도 '새' 이전 사람의 영혼으로 살았다면 높이 날지 못하고 낮게 날았을 것이다. "왔어" 한 시행만 보더라도, '새'의 존재가 멀리 날지 못하고 자주 와서 밥그릇에 발자국을 찍어놓는다는 것을 알 수 있다. 따라서 새는 지상에 구속되었던 존재이다. 정신적 동경을 생각하는 화자에겐 이 '새'와 관계된 부엌이 상상력의 유연성을 살려주는 정신적 고양인 셈이다.

권애숙은 당신과 상호주관성이 뛰어난 시인이다. 위의 시 「왔어?」나 「송년」을 보면, 타자와 상호교섭을 잘한다는 것을 알 수 있다. 「송년」에서 타자와 교섭하는 화자의 심리적 장소는 길 끝의 집이다. 이 시에서 화자는 음식을 얻어먹는 주체가 아닌, 이웃집에 음식물을 갖다 주는 주체다. "한 소쿠리 가래떡"을 만들어서 그 가래떡을 "둥근 접시"에 얹어 들고 가는 장면은 실재를 보지 않아도 정을 듬뿍 주러 가는 여인 이미지를 떠올릴 수 있는 모습이다. 가래떡도 가래떡이지만, '둥근 접시'로 비유되는 화자의 심성은 타자에게 자신의 내부성과 관련해서 감정 이입을 쉽게 시킨다. 그 결과 두 여인은 "거칠한 손 주고받으며/쑥빛 가래떡처럼 말랑말랑"해지면서 "가래떡보다 쫀득"해진다. 이렇듯 능동적인 행위 주체는 수동적인 행위를 할 때보다 마음의 깊이가 깊고, 강도 또한 세다. 왜냐하면 가래떡에는 화자의 온갖 정성이 담겼기 때문이다. 이처럼 화자와 타자가 한 장소에서 동화되고 수용되는 사이라면 장소에 대한 정체성은 안정적이라고 할 수 있다. 그래서 이 두 여인의 행위는 역동적이고 생생하게 보인다. 다시 말해, 화자가 타자와의 깊이를 생각지 않아도, 정을 주고 받는 둘은 전통적인 구조 속에서 형성된 관계이기에 경험의 폭이 크다고 할 수 있다.

세상 모든 정에는 '나'와'너'의 정성이 들어가지 않으면, '우리'라는 소통은 잘 이루어지지 않는다. 현대인의 이기적 유전자로 세운 벽은 한 사람이라도 실천 의지가 없다면 쉽사리 해체될 수밖에 없다. 권애숙 시인처럼 장소에 대한 정체성이 형성되어 있는 사이라면 나눔은 언제든 이루어질 수있고, 사회적 상호주관성의 넓이로 확장될 수도 있다.

위에서 보듯 시 몇 편에서 느끼는 특정 장소에 대한 정체성이 대상이나사물, 질료와 관련이 있다. 이것은 시인들 마다 유일하고 유의미하다. 정체성은 사적인 경험과 기억이 얽혀서 만들어 낸 고유한 실체이다. 파편화된가족공동체가 '식탁'을 통해 죽은 나무에서 오는 공포심을 드러내는 장소거나 이웃 간 서로 정담을 주고 받는 상호주관성으로서의 특정 장소를 드러내는 경우가 있다. 각 시인들의 특정 장소성은 새로운 시작품이 탄생될때마다 끝없이 재조명될 것이다. 결국 시인의 특정 공간의 영역은 예술의근간이 되며 작품 속에서 조화를 일구어 그 자체로 미적 행위가 될 것이다.

사랑하는 자들 '잘 보내기' 작업

김효선 시인, 권혁재 시인 작품론

우리는, 인간의 삶이 불안정하기에 언제 어디서나 상실을 경험할 수 있다. 인간관계에서 오는 불안정성은 사회의 경쟁 구도 속에서 실직, 이혼, 사고, 질병 등 예기치 못한 일들이 도처에서 발생하는 것과 관련이 있다. 특히, 현대사회 구조 속에서 일어나는 실연과 죽음은 상실을 가져오기에 인간에게 더 큰 상처를 준다. 이는 사랑하는 사람의 변심으로 인해 상실을 경험할 수 있고, 사랑하는 사람의 갑작스러운 죽음 때문에도 상실을 경험할 수도 있다. 자크 라캉의 「욕망, 그리고 '햄릿'에 나타난 욕망의 해석」에 의하면, 애도는 실연과 죽음처럼 주체가 사랑하는 자를 한순간에 잃고 상실과 충격에 의해 기억이 신체로 전환된다고 한다. 그러니까 떠난 자가 남은 자의 심리 과정 속에 같이 합체되는 것을 말한다. 그러나 애도 작업에서 주체가 실패할 경우 남은 자의 심리는 우울증으로 변해서 애도와 다른 애도 거부를 하게 된다.

그 예를 2014년 세월호 참사에서 찾을 수 있다. 참사 당시 유가족들은 한순간에 자녀의 죽음과 맞닥뜨렸고, 지탱할 수 없는 분노를 느꼈으며, 막막한 슬픔에 잠길 수밖에 없었다. 주변 반응이나 시선도 불편할뿐더러 언론의 지지도 그다지 호응을 얻지 못했다. 이들은 소외와 고립 속에서 부인을 반복하다가 상실감에 빠져들었다. 이후 유가족들은 시간이 지남에 따라 자신과의 갈등을 극복하거나, 반대로 그 아픔을 고스란히 껴안은 채 애도 거부를 하며 살아가고 있다. 우리는 유가족들이 죽은 자를 하루 바삐 떠나보낼 수 있기를 바란다. 그런데 문제는 남은 자들이 그 고통에서 얼마나 빨리, 완전하게 벗어날 수 있을까 하는 점이다.

사랑하는 사람을 상실한 주체가 애도작업을 통해서 이들을 어떻게 떠나보내는지, 만약 애도작업에 실패할 경우 어떤 병리적 현상이 나타나는지, 김효선 시인의『어느 악기의 고백』과 권혁재 시인의『당신에게는 이르지 못했다』를 통해서 남은 자의 구조 안에서 이 문제를 다시 생각해 볼 수 있을 것이다.

1. 산자의 사랑을 위해 사랑하는 자들 '잘 보내기'−김효선 시인

김효선 시인은 2004년 계간『리토피아』를 통해 등단했다. 이후『서른다섯 개의 삐걱거림』2018년에『오늘의 연애 내일의 날씨』를 출간했다. 김효선 시인의 시에서는 '개인적 차원'과 '사회적 사건 차원'에서의 애도와 우울증이 나타난다. 먼저, 시인은 '사회적 사건 차원'에서 일어난 것이 어떤 사건인지 시에서 말하지는 않는다. 하지만 제주 시인들이 시에서 다룰 수 있는 죽음에 관한 애도의 주제는 제주 4·3 사건에 큰 비중을 두고 있다. 이 사건으로 인해 시인들은 사랑하는 사람들을 상실한 채 고립상태에 놓여 있다. 왜냐하면 시인이 시에서 '이전에 죽은 모든 사람들'이라고 했을 때, 이러한 죽음은 개인의 죽음이 아닌, 어떤 사건과 연관성이 있다는 걸 알 수 있기 때문이다.

사회적 사건 차원에서『어느 악기의 고백』에 나타난 애도와 우울증의 구조를 살펴보면, 주체는 사랑하던 사람들을 상실하고 슬픔을 애도하지 못한 채 자신의 내부에 대상—카섹시스를 하는데, 이 대상들에 대한 양가적 감정으로 인해 그 대상들을 사랑했던 것처럼, 자아를 자학하게 된다. 비록 주체가 자기 추락이나 자기 소멸에 이르지는 않았지만 무의식적 대상과 연결되고, 애증과 자학의 양상을 드러낸다는 점에서 우울증이라고 할 수 있다.

이 시집에 나타나는 양가적 감정은 주체의 기질적 측면이 아닌, 사회적 사건 차원에서 대상 상실을 포함한 특수한 경험 측면에 일어난 정신적 상처의 승인이라고 할 수 있다. 환언하면 사물에 대한 기억의 경험이 애도의 슬픔처럼 대상—카섹시스(사랑하는 대상에 성적 에너지를 집중하는 것)만 일어나는 게 아니다. 자아에 대상을 합체하는 우울증, 즉 무의식 조직에 의해서 양가적 감정이 일어난다. 그러나 프로이트에 의하면, 이 조직들은 바른 방향을 따라 진행하는데 이 시들의 경우 어떤 원인 때문에 통로가 막히게 된다. 이때 일어나는 애증 병존은 무의식이며 상징인 꿈이라고 할 수 있다. 꿈은 "누군가 물 위로 툭 떨어뜨린 발자국"처럼 알 수 없는 시를 쓰게 한다. (「우리도 소풍일까」) 나를 포함한 대부분의 사람들은 김효선 시인의 '알 수 없는 시쓰기'에 공감하는 측면이 강할 것이다. 인간은 자신도 알 수 없는 무의식의 고통 때문에 의식이 침해당해 우울한 감정선이 열리게 된다.

또한, 김효선 시인의 시적 주체는 '개인적 차원'에서 실연에 의한 대상애의 상실을 경험하게 된다. 이 상실은 자아의 보유 과정을 거친 후, 현실이 아닌 꿈을 통해 이별한 자에 대한 기억의 찌꺼기를 드러낸다. 프로이트의 『히스테리 연구』에 의하면, 대상 상실에 대한 증상은 '기억의 상징'이라고 하는데, 이 증상을 통해 주체는 상실에 대한 고통을 외부로 밝히지 않고, 자신의 내면에 병합한다. 그러다가 애도가 실패하면 모든 기억을 외재화해서 상실한 자를 추념하게 된다. 김효선 시인의 시쓰기의 경우 애도는 꿈을 통해 애증과 자학을 남기며 이별한 자의 기억에 대해 추념하는 심리다. 이는 일종의 특이한 심리 상태에서 느끼는 경험과 같다.

주체는 "이전에 죽은 모든 사람"들을 철회하지 않고, 제 몸 속에 합체한 채 보유하고 있다.

> 또 첫눈이 내리고 오래 아프던 사람이 떠나고 사랑은 떠
> 나야 다시 오는 버스랬지 숲에서 죽은 얼굴은 어떻게 묻
> 어야 할까 버려진 거울은 귀신같이 사람을 알아보는데
> 오래전 죽은 이름들이 어제 들은 비보처럼 서러워지는
> 꿈, 속세처럼
>
> 서른 세 개 서른 세 번의 우기에서 시작된
> 모든 세계가 하나로 합쳐질 때 잘라 낸 소리는
> 리라의 연주처럼 부드럽게 심장에 꽂힌다
>
> 내 마음이 몬순을 지나 건기에 이를 때
> 어떻게 한 사람만을 사랑할 수 있나요?
>
> 가슴 밑바닥에서 오래오래 뒤척였을
> 하심(下心) 하심(下心) 신의 오른팔을 부르는
> 몇 번의 풍장을 치러야 몸은 인연을 버릴 수 있을까요
>
> ─「내 마음의 몬순을 지나」 일부분

주체는 현재 에고에 부착된 대상을 포기하면 새로운 대상(버스)이 올 거라고 믿는다. 대개 '버스'에는 바퀴를 굴린다는 뜻에서 죽은 자를 추방하는 의미가 담겨 있다. 이 버스를 추방하면 다른 버스는 세계 질서의 밝음과 생명을 구성하게 될 것이라고 주체가 믿는다. 이를 역으로 말하면, 정지하지 않는 바퀴는 더 많은 사람과 관계된 사랑의 상실을 경험하게 된다는 암시

다. 따라서 주체는 여성적 원리 안에서는 죽은 자들을 떠나보내야 하는 난제를 안고 있다.

죽은 자들이 현실 세계에서 '버려진 거울'이라면 이 거울은 현실을 덮은 차폐물에 불과한데, 대상 포기의 문제의식을 지닌 주체는 한편으로 이 거울이 자신을 비추는 환영이라고 생각한다. 주체에게 '이전에 죽은 모든 사람들'이 에고에 부착되어 있어 이들을 철회하지 못한 채 그대로 합체해 있다. 그 점에서 주체는 대상애의 상실을 치유하기 위해서 과도한 에너지 소비와 시간의 경과가 필요하다.

그러나 난이도 있는 고통이라도 종교에 귀속하게 되면 상실의 치유과정이 빨리 가능해진다. "서른세 개, 서른세 번의 우기에서 시작된 모든 세계가 하나로 합쳐질 때" 내는 소리가 빗소리다. 33은 불교에서 중생들의 고통인 백팔번뇌와 같아서, 모든 세계가 하나로 통합되는 소리로 나타난다. 이 소리가 눈물이다. 따라서 주체는 마음 안에 있는 고통을 제거해야 '몬순이 지나는 건기'처럼 '리라를 켜는 소리'를 들을 수 있다. 이 시에서 '몬순이 지나가는 건기'와 '리라를 켜는 소리'는 논리적 인접성에 의한 인과관계의 환유다. 따라서 「내 마음의 몬순을 지나」의 시적 언어는 이야기를 가진 서술시라서 환유적 지배소가 강하다.

중요한 것은 주체의 개인적 차원에서 대상애를 포기한 자리에, 사회적 사건 차원의 "죽은 모든 사람"이 꿈을 통해 그 자리를 대체하고 있다는 점이다. 시적 주체에 의하면, 이러한 애도의 구조는 '몬순바람'과 같다. 왜냐하면 애도는 계절풍처럼 리비도의 반복 수행을 하기 때문이다. 이를 테면, 오래전에 죽은 자들이 "하심(下心), 하심(下心) 신의 오른팔"을 찾으며 신에게 구원을 요청할 때 주체가 "어떻게 한 사람만을 사랑할 수 있나요"라고 말하는 데서 몬순바람 같은 리비도의 반복 수행을 알 수 있다. 이는 대상-카섹시스에서 오는 고통의 혼란 상태를 현실이 아닌, 꿈을 통해 드러내는 것과 같다. 결국 꿈을 통해서 자아가 틈새를 보인다는 건, 상실에 대한 주체의 고립이 수위를 높이고 있다는 것이다.

> 기다릴 게 너무 많은 사람이 나무로 태어난대
> 가문비나무에서 불어오는 미래도 시도레도 라라라라
>
> 어느새 벽은 소리를 가둔다
> 비는 언제까지 내리기로 한 걸까
> 아무도 그 벽을 허물지 못한다 딴딴딴
> 벽이 걸어가지 못한 길은 빗방울이 대신 걷는대
> 돌아가지 못한 빗방울이 나무의 소리를 갖는대
> 조금만 더 살아보자 살아 보자
> 아직도 절벽에서 떨어지는 꿈으로 키가 자란다면
>
> ―「여자 47호」 일부분

이 시 역시 꿈에 의한 무의식의 정동을 드러낸다. 주체의 정동, 즉 "기다릴 게 너무 많은 사람"이라서, 주체는 "그 벽을 허물지 못"해서 떠난 자에 대한 그리움과 슬픔에 잠겨 있다. 대상에게 부착된 리비도가 자아로 퇴각하는 순간, 자아는 상처를 입게 되고, 본질에도 문제가 생긴다. 우울증에서 상실은 곧 자아를 의미한다. 이 시에서 주체의 죽음은 '나무'로의 부활이다. 죽음이 나무라면 새잎이 돋는 미래는 자기애의 파괴를 통해 가문비에서 리라 소리(음계)를 듣게 된다.

그러나 이러한 음악적 흐름은 '벽'에 의해 소통을 차단당한다. '벽'의 계열성은 '비'다. 비는 주체를 고립시키는 물질이다. 그렇다고 벽이 중심을 이동해 해체할 수도 없고, 누가 주체의 마음을 해방시켜 줄 수도 없다. 대신 빗방울이 벽을 뚫어 주체의 고통을 허물어뜨린다. 결국 승화되지 못한 빗방울이 나무의 소리를 갖는다고 할 때, 천상의 소리가 지상의 소리를 덮는다는 의미에서 이 둘의 만남은 죽음과 연관이 있다. 그 시행에서 주체는 "조금만 더 살아보자 살아 보자"라고 죽음을 회유하거나 지연시킨다. 만약 대상과의 병합이 죽음으로 소멸된다면 시인의 결핍은 완전히 탈존재화 된다. 주체의 죽음을 지연시키는 꿈과 달리 현실에서 주체는 비와 나무가 자기 자신을 죽음으로 내몰까 두려워한다. 그러한 이유로 주체는 꿈에서 밤마다 자신을 안고 잔다. 따라서 시인에게서 "이전에 죽은 모든 사람"은 유아기 때의 상실된 대상이 아니라 상당히 변형을 거쳐서 모호한 타인으로 나타난 죽은 이들이다.

이 시에서 주체는 애도의 실패로 인해 우울증 초입에 들어서게 된다. 그이유는 애증에 대한 양가적 감정이 싫어서 주체는 에고를 극단으로 몰고가기 때문이다. 「바다유리심장」에는 주체가 어떤 결핍으로 구성되는가를 보여주는 예이다. 이 시에서 대상-카섹시스(cathexis)는 '원왕생'의 발복을 받는, 즉 실연의 상처를 주고 '떠난 자'다.

절벽에 핀 나리꽃은 얼마나 아찔한 목소리인지

휘파람에 허밍이 얹혀 오는 아침
너무 오래 미워하면 너무 오래 사랑하게 된다
깨지기 쉬운 심장을 바다에 던져 버렸다

나비의 잠을 보고 온 날은 너무 빨리 늙어 버린 것 같아서

원왕생 원왕생
한 계절 앞서 달리는 편백나무 숲에서
그릴 사람 있다 사뢰고 싶습니다*

너무 많은 걸 생각하면 나를 잃어버려서
아무리 애써도 알 수 없는 것들
오다가 주웠어 그런 모서리에 기댄 밤

눈썹은 언제 다 자라서 바다를 가질까

*「원왕생가」 중 "원왕생 원왕생/그릴 사람이 있다고 아뢰소서"

― 「바다유리심장」 전문

너는 왜 자꾸 살아 있는 것만 주니?
화분 밖으로 튀어 나가길 좋아하는 애인과
여러해살이풀처럼 자꾸 돌아오는 인연

주머니에 신성한 콜라나무 열매를 간직해
흐리거나 슬픈 기억을 쥐여주고
밤을 지켜 줄 목양견을 만난다면
호루라기를 불어도 오지 않는 사람을 잊었을까

밑동이 잘린 나무 사막에 앉아
가시풀로 제 피 맛을 즐기는 낙타처럼
나를 키운 애인이 불안이라면

문밖의 죽음을 데려와
오래오래 사랑할 테다

― 「애인」 일부분

「바다유리심장」은 개인적 차원에서 실연에 의한 대상 상실이다. 이에
우울증은 실제적으로 대상이 죽은 것이 아닌, 실연에 의해 대상이 돌아오

지 않는 상실을 말한다. 떠난 자의 이별 행위는 남은 자에게 거절 의사와 같다. 시인에게는 이러한 감정이 자기 자학에 의해 애증으로 나아간다. 자기 비하는 일반 슬픔에서 진화된 특수한 사건의 경험에서 오는 우울증이다. 주체는 애증을 배제하기 위해 "깨지기 쉬운 심장을 바다"에 던진다. 사랑하는 사람을 미워하는 것에서 벗어나 스스로 자유롭게 하고 싶은 몸부림이 제 심장을 바다에 던지는 행위로 나타나는 것이다. 이 행위 역시, 꿈, 즉 "나비의 잠"에서나 가능하다. 이 나비의 잠에서 주체는 "나무 사막에 앉아 가시풀로 제 피맛을 즐기는 낙타"와 같은 행위를 한다. 황량한 곳에 앉아 가시풀을 입안에 넣고 우물거리는 낙타가 피맛을 본다는 것은 주체가 자기 자학의 양상을 드러내는 의미와 동일하다. 그러나 주체는 금지된 대상을 내면에 합체하고 있으면 자기 소멸이 된다는 걸 잘 알고 있다. 그 때문에 "모서리에 기대된 밤" 주체가 "너무 많이 잃어버려서" 건전한 자아로 돌아가야 한다는 걸 인식하기 시작한다.

주체에게는 사랑하는 사람을 잃은 상실의 역사가 있다. 일차로 유아기 때 사회적 사건 차원에서 생긴 사랑하는 사람의 죽음을 직·간접적으로 경험해 그 때문에 트라우마가 내면에 자리하고 있다. 유아기 때는 고통을 이기려는 주체의 기능이 취약하기 때문에 상처를 입으면 곧 무의식을 억압하게 되는데, 그 억압이 "모서리에 기댄 밤"에서 생각할 수 있는 "문밖의 죽음"이다. 그것이 "어떤 방식으로든 이전에 죽은 모든 사람"인데, 그들은 시인의 고향과 연결된 서귀포 사람들이라고 할 수 있다. 미루어 짐작해보면, 4·3 사건은 제주의 큰 사건이다. 이 사건이 녹아있는 「애인」에서 '문밖의 죽음'은 집안에서 고요하게 죽은 자가 아닌, 어떤 사건에 의해 '문밖에서' 죽임을 당한 자들이다. 이때 주체와 유가족들은 큰 트라우마를 겪게 된다. 일반적인 슬픔이라면 정상적인 애도로 끝나겠지만 큰 사건으로 인해 사랑하는 사람들을 상실한 주체와 유가족은 애도에 실패하고 무의식의 싱징인 꿈에서 이들을 자신의 내부로 합체하게 된다. 그러므로 이 시는 남은 자들이 애도를 끝내지 못한 채 우울증이 아직도 심리를 지배한다고 할 수 있다.

2차 트라우마인 「애인」은 주체의 현재 심리를 지배하는 '떠나간 자'에 대한 대상 상실이다. 트라우마가 현재 성인기에서 발생한다고 현재에 원인이 있는 건 아니다. 유아기, 짐작건대 사회적 사건 차원에서 생긴 4·3사건이 주체도 모르는 사이에 무의식에 억압되어 그와 비슷한 사건이나 행동이 있을 때마다 환기되었을 것이다. 유아기 때 특수한 경험을 한 주체는 "화분 밖으로 튀어 나가길 좋아하는 애인"의 상실에 마음이 불안해진다. 일반적으로 실연의 상처는 의식적인 대상과 관련이 있어, 세계와 자아가 부착된 자리에 다른 대상이 교체되면 완전한 애도로 끝나게 된다. 그렇다면 사랑하는 대상이 돌아오지 않는 상황에서 주체는 독백으로 "신성한 콜라나무 열매"를 간직하길 원하고, "흐리고 슬픈 기억"을 쥐어 주고 싶어 한다. 또한 "목양견"을 만나고 "호루라기"를 불어도 오지 않는다고 말한다. 주체가 대상을 순조롭게 잊었을까? 양에 대한 네 가지 언어 선택은 세부와 전체 간의 유기적 연결고리인 환유로 이루어져 있다. 하지만 애인이 돌아오지 않는다고 해서 주체는 자신 안에 부착된 이를 쉽게 떠나보낼 수 없고, 그 자리에 새로운 대상을 세워 사랑할 수도 없다. 오히려 불안만 가중시킬 뿐이다. 결국 애인이 자신에게 상실감을 주는 불안한 존재라면, 주체는 '애인'을 부착한 내면에다가 '문밖에서 죽어간 자들'을 다시 데려와 더 오래 사랑하겠다는 의지를 다지게 된다.

주체는 처음 '이전에 죽은 모든 사람'들을 취하고 보유하는 몸의 에고를 철회하고 새로운 대상 선택인 "애인"에게 자리 세움을 한다. 그럼으로써 애도에 대한 정상적인 반응을 하게 되는 것이다. 하지만 그 '애인' 역시 '이전에 죽은 모든 사람'처럼 불안을 주고 상실을 주는 존재다. 주체는 다시 '애인'에게 투사되었던 리비도를 철회하고 그 자리에 '문밖의 죽음'을 데려와 대상애로 세우고자 한다. 이럴 경우 주체의 애도는 대상만 교체했을 뿐 사랑했던 모든 사람들을 자기 내면에 반복 소환해서 이들과 동일시하겠다는 뜻이다. 애도의 중요성으로 볼 때 주체는 억눌렸던 과거의 감정에서 벗어나 현실의 자유를 얻거나 산자와의 사랑을 위해 죽은 자에 대한 대상─카섹시스를 지연하게 된다.

하지만 주체에게는 '나를 잃어버리기' 싫고, 또 '살아야 한다'는 절박한 감정이 내면에서 일어난다. 그것이 '이전에 죽은 모든 사람들'과의 카섹시스에서 벗어나 '이녁'(「이녁이라는 말」)을 세우게 된 이유다. 따라서 김효선 시인의 『어느 악기의 고백』에서 나타나는 기억 속에 있는 사랑하는 자 '잘 보내기' 작업은 성공했다고 할 수 있다.

2. 사회적 사건 차원에서 애증 병존의 갈등─권혁재 시인

권혁재 시인은 2004년 ≪서울신문≫ 신춘문예를 통해 등단했다. 그의 시집으로는 『투명인간』, 『안경을 흘리다』, 『당신에게 이르지 못했다』외 5권이 있고, 저서로는 『이기적인 시와 이기적인 시론』이 있다. 특히 『당신에게 이르지 못했다』 시집에서 권혁재 시인은 제주 4·3사건을 비중 있게 다루고 있다. 제주 4·3 사건이란 1947년 3월부터 1954년 9월 21일까지 제주도에서 발생한 무장대와 토벌대 간의 무력충돌과 진압 과정에서 수많은 제주 도민들이 희생당한 사건을 말한다. 권혁재 시인은 4·3 사건의 과정에서 일어난 가족과 친지 그리고 지인들의 참사를 통해 애도와 우울증에 대한 의식과 무의식 과정을 담담하게 그려내고 있으며, 그 이면에는 잃어버린 대상에 대한 자아 결핍이 언뜻 스치기도 한다.

「바다무덤2」에서 주체는 4·3사건의 총구에 의해 죽어간 제주 주민에 대한 죄의식을 제주 주변 섬에 그 원인을 돌리고 있다. 더욱이 주체는 애도 콤플렉스의 심리적 현상까지 드러내고 있다.

　뜻하지 않게 가는 이들은 모두 서귀포에서 떠났다

　서녘으로 돌아가듯이 해풍을 안고 떨어져 내리는

　목화꽃 같은 목줄 너머로 총구로 밀어 넣는 군화의 정렬

　물에 뜬 주검을 떨어진 물줄기가 시포처럼 덮어

　시퍼런 봉분을 이루며 출렁였다

　보고도 못 본 목격자로 숨죽이다 말 못 하는 돌부처가 된

　숲섬, 문섬, 새섬, 범섬이 사리가 드는 말마다

　정방을 향해 천도재를 올렸다.

—「바다무덤2」 전문

　이 시에서 죽음의 통합성은 「서녘」, 「목화꽃 목줄」, 「주검」, 「시퍼런 봉분」, 「천도재」 등 인접성의 환유 형식을 취하고 있다. 1954년 9월 남로당 무장대 및 토벌대 등에 의해 많은 제주 도민이 학살당했다. 죄 없이 죽어가는 학살자들을 본 네 개의 섬들은 이 사건의 목격자들이어서 정방 쪽을 향해 천도재를 올린다. 이 시에서 천도재는 4·3 사건으로 억울하게 죽은 이를 위해 명복을 비는 독경 의식이고, 불공을 드리는 의식이다. 네 개의 섬들이 느끼는 슬픔은 애도 콤플렉스다. 슬픔은 누구나 느낄 수 있는 감정이어서 대중적 대상 상실로 볼 수 있다. 특히 이 시에서 투사는 사랑하는 대상에

대한 죄의식이기 때문에 주체는 이를 외부 타자에게로 돌린다. 이 중에서 특히 외부 투사는 죄의식에 휩싸인 자아를 부정하는 방어기제 중 하나다. 죽은 이들을 위해 주체는 아무런 역할도 하지 못한 채 죄의식을 느껴 네 개의 섬에 자신의 슬픔을 투사하고 있다. 이 네 섬들이 정방을 향해 천도재를 올리는 것 역시 시인의 심리가 투사된 것이다. 정방은 4·3 제주사건에서 토벌대가 주민 250명이나 학살했기 때문에 큰 사건이 일어난 장소이다.

그런데 큰 사건이라고 해서 모두 애도에 해당되는 것은 아니다. 사고시 죽은 사람의 유가족이 사후 그 사건에서 죽은 자를 그리워하고, 고독과 고립 속에 놓여 있다가 죽은 자를 자신의 심리 속에 합체하면 애도가 된다. 이 시의 주체 역시 죽은 자의 유가족으로서 죽은 자를 떠나보내지 못하고 자신의 심리 속에 합체했기 때문에 애도에 해당된다.

「바람의 길」에서 주체는 사랑하는 자를 잃어버린 유가족의 특별한 심리 상태를 드러내고 있다. 죽은 자는 죽었기 때문에 현실 속의 사람이 아닌, 인간관계 밖에 있는 사람이다. 참사 후 죽은 자를 끌어안고 있는 남은 자는 인간관계에 놓여 있는, 즉 생명에 귀속되는 삶이 아닌 죽음과 같은 특이한 심리 상태를 보이고 있다.

> 바람도 몰랐다
> 돌의 구멍에서 한숨이 나오는 곳인지
> 작은 구멍으로 바다를 들여다보면
> 오래된 화병으로 죽은 조천 고모의
> 한숨이 들려왔다
> 섬에서 죽음은 매일 밤 용암 속으로
> 천천히 손을 밀어 넣는 잔혹한 시간
> 섬의 돌들은 죄다 바람의 길이었다
> 고모부가 끌려가며 몇 번이나 뒤돌아봤던

화산재 깔린 돌길을 바람이 불어와 위로하였다
고모의 한숨은 새의 울음으로 시작하여
날마다 더 커져 거대한 바람의 길이 되었다
화산석같이 구멍 난 고모의 가슴
구멍을 통과한 바람들은
어디선가 또 다른 가슴을 뚫었다
길 밖으로 밀려난 고모는
몇 십 년째 말을 잃었다
바람도 길을 잃은 채 담벼락에 붙어 있었다
섬의 돌들도 길을 잃고
입을 꼭 다물어 버렸다

- 「바람의 길」 전문

 이 시가 말하는 것은 제목이 암시하듯 '바람의 길'이다. 그러나 구체적으로 어떤 사건에 의해 바람이 고모의 가슴을 뚫었는지, 이 바람이 왜 방향을 틀어서 다른 가슴을 뚫는지 알 수 없다. 시인은 암시를 통해 독자들을 시 속으로 유인하고 있는데, 독자의 상상에 따라 내용을 맡기겠다는 뜻이다. 그러니까 독자들은 슬픔의 문맥, 사랑하는 남편을 상실한 고모 삶의 문맥에서 이 시를 읽고 있다. 의미화되지 않는 문맥에는 '화산재 깔린 돌길을 따라 끌려간 자가 세 번이나 뒤돌아본 들길'에 대한 정황이 나타난다. 전 생애를 바치며 농사일을 했던 한 농부의 허무한 삶을 읽을 수 있고, 아내가 자신을 생각하며 농사일을 해야 하는 가슴 아픈 풍경과 사랑하는 사람이 부재한 텅 빈 상실의 공간으로도 시를 읽을 수 있다.

 사랑하는 사람의 부재가 암시하는 공간은 고모의 입에서 나온 '한숨'처럼 '잔혹한 시간'이다. 이러한 시간은, '한숨', '새의 울음', '거대한 바람길'로 드러난다. 고모가 새의 울음으로 우는 것과 이후에 '거대한 바람길'이 된 것은 시인의 슬픔이 시에 투사되었기 때문이다. '새의 울음'을 노래라고도 하듯, 일반적인 새의 울음은 남은 자에게 행복한 울림을 주지만 '거대한 바람 길'이 될 경우 대상 상실에서 오는 결핍은 곧 자애감의 추락으로 이어진다. 라캉식으로 말하면 상징계의 '구멍'은 죽음의 세계를 암시한다. 죽음 같은 암울한 현실은 이웃 타자에게 현실적 삶의 형태를 취할 수 없는 실어증자의 '태양의 소멸'이고, 바람도 방향을 상실한 채 '담벼락'에 붙어 있는 '소통 부재의 공간'이다. 따라서 닫힌 공간은 사랑이 재가동될 확률이 없는 빈곤한 자아 속이다. 이 부분에서 시인의 시세계는 확장되지 않고 다른 목적이나 관심이 제공되지 못하는 불투명한 미래를 제시하고 있다. 이처럼 자아가 빈곤한 상태를 드러낼 때, 즉 10년의 묵언이 자기 비난 속에 스스로 편협하고 이기적인 사람으로 자기 자신을 이해하는 데 가장 가깝게 다가가 있다는 뜻이다.

당신을 오름 한쪽에 묻고 왔지만
울음이 멈추지 않았다
잊을 것도 잃을 것도 없었다

돌담을 쌓아 울타리를 치다 보니
산지기가 되어
세상과 담을 쌓는 듯도 했다

恨은 왜 자꾸 바람보다 먼저
대숲을 헤집어 놓는지
보름밤마다 눈이 붓도록 울었다

죽고 나서도 또 유배지에 들은 당신
총알이 뚫고 간 심장이 여전히 아프다고
거친 숨소리가 들려왔다

말 아닌 말들이
　　사람 아닌 사람들이
　　들어갈 수도 나갈 수도 없는
　　위리안치

―「산담」 전문

　　이 시는 슬픔의 감정을 순식간에 해결해 준다. 대상이 시인의 자아에 합체되면 더는 대상―카섹시스(cathexis)를 철회하지 않아도 문제가 해결되기 때문이다. 이를테면 주체의 "울음이 멈추지 않는" 고통과 "보름밤마다 눈이 붓도록" 울어야 하는 것에서 벗어나 잊을 것도 잃을 것도 없게 된다. 따라서 주체는 사랑하는 어머니에 대한 관심도 사랑할 수 있는 능력의 상실도 잊게 된다. 다만 '거부를 위한 거부', 즉 상실의 이중기제를 드러낼 뿐이다. 그런데 이것은 실질적으로 부차적인 문제다. 주체가 자신을 소모시킨다는 것은 비록 사람들이 잘 알지는 못하지만 슬픔의 한 작용에 관계되는 내면화일 수도 있다. 왜냐하면 묘에 돌담을 쌓아 상실된 대상과 합체하겠다고 하기 때문이다. 주체의 심리 속에 대상을 떠나보내지 않고 합체하는 것은 우울증이다. 이 증상의 문제점은 세상과 단절된다는 점이다. 단절의 공간은 "돌담", "울타리" 등의 비유로 나타난다. 폐쇄된 공간에 놓이게 되면 주체의 내면은 '한'이 강화되어 마침내 대숲의 바람마저 죽은 자의 '유배지'처럼 보인다. (「섬의 섬」) 그 점에서 주체는 무의식의 억압과 슬픔에 빠져버린 감정을 투사로 토로하고 있다.

　　이 시에서 우울증이 드러나는 행은 "말 아닌 말들"과 "들어갈 수도 나갈 수도 없는 위리안치"에서 잘 나타난다. 여기서도 말의 내용이 분명치 않고 방어벽 또한 높아 경계를 넘나들 수 없다는 점에서 무의식이라고 할 수 있다. "말 아닌 말들"에 대한 암시는 현실 세계에 대한 사랑의 상실이고, 사람들이 들어갈 수도 나갈 수도 없다는 점에서 또한 무의식이다. 따라서 '산담'

은, 사랑하는 사람을 상실한 공간이고, 자아의 내면에 상실한 대상을 합체한 우울증의 공간이면서, 주체가 오직 자기애로 되돌아가는 목적을 위해 대상애를 포기하는 공간이다.

　그러나 우울증은 애도처럼 시간이 경과하면 큰 흔적을 남기지 않고 사라질 수 있다. 이럴 경우 주체는 사랑하는 대상에게 향했던 무의식적 표상을 거두고 자유를 만끽하게 된다. 권혁재 시인의 시에서도 그 점이 나타난다.

　　　오늘 이전의 오늘은 오지 마라
　　　어제도 어제의 이전만 있어라

　　　오늘은 하늘이 참 곱다
　　　멀리 물결치는 파도도
　　　방어 떼가 노니는 듯 눈이 부시다
　　　늘 보던 밀감밭의 나뭇잎도
　　　오늘은 윤기가 많이도 난다

　　　바람도 자유를 찾아서
　　　제 뜻대로 불어 가고

　　　오늘 이전의 오늘은 없을 것 같아
　　　하늘이 곱기도 고와
　　　칠십 년 만에 내뱉는 말,

　　　나, 죄 어수다

　　　　　　　　　　　　　　　　　　　　－「최후 진술」 전문

　이 시의 핵심은 "오늘 이전의 오늘은" 오지 말고, "어제도 어제의 이전만 있어라"고 할 정도로 주체는 과거 4·3사건 때문에 깊고 특이한 심리 상태에 고립되어 있었다. 이후 시간이 경과함에 따라 주체 안에 자유의 바람이 불어온다. 이처럼 우울증에도 선물 같은 순간이 찾아오는데, 우울증을 오랜 기간 겪는다거나, 과다한 대상—카섹시스 후에는 성욕망의 이탈이 일어날 수 있다. 그렇게 되면 주체가 자기 내면에 부착한 타자를 무가치하게 느껴, 무의식에서 일어나는 애도의 과정들이 쉽게 풀린다. 그 예를 주체의 심리에서 찾아볼 수 있다. 주체는 "하늘이 참 곱고", 보는 순간 "물결치는 파도도 눈이 부실" 정도로 아름다워서, "밀감 밭의 나뭇잎까지도 윤기"도는 것을 보고 있다. 그러면서 주체는 무의식의 억압에서 벗어나게 된다. 그러기까지 칠십 년이나 걸렸다. 그러나 기다림은 기다림으로 끝나는 게 아니다.

"오늘 이전의 오늘은 오지 마라/어제도 어제의 이전만 있어라" 라고 했을 때 아이러니의 실제는 '자유'가 아니라 "나, 죄 어수다"에 있다. '죄 없다'는 말은 4·3사건과 관련된 암시를 함의하고 있다. 오늘 이전에는 주체가 죄수로 살아온 억울함이 있었고, 사랑하는 사람들을 동시에 상실한 고통도 있었다. 또한 주체는 죽은 자를 자신에게 부착하며 이를 사랑했다는 것도 산자가 자신이라는 것도 잊는다. 이때 주체에게는 자기 비하와 자기를 부정하던 상처가 남아 있다. 오늘 이후부터는 죄인 아닌 사람이 죄인이 되어 살아온 날에 대한 누군가의 보상이 필요하고 사과가 필요하다는 것이다.

3. 투명과 불투명에 대한 '잘 보내기' 시학—권혁재 시인

라캉의 『욕망이론』이 그랬던 것처럼 권혁재 시인의 『당신에게 이르지 못했다』에서 가장 핵심적인 애도 과정은 자신이 자신의 죽음을 직접 경험하지 못하는 게 아닌, 가장 사랑하는 자의 죽음을 들여다보는 고통에 있다. 자연사에 의한 죽음이었다면 애도로 끝나고 말 것인데, 지배권력에 의해 집단 살해된 사회적인 사건 차원에서 오는 죽음이었기에 주체의 에고는 특이한 심리상태 놓여 있다가 세계와 소통 부재를 일으킨다. 고립감에 젖은 주체의 우울증은 마침내 자기 비하와 죄의식에 빠져 자아를 소멸하기에 이른다. 그러나 주체의 애도와 우울증은 무의식의 일련의 과정에서 쉽게 극복되는데, 이는 시간이 지남에 따라 자신 안에 부착된 타자가 시들해지고 무가치하게 느껴졌기 때문이다. 하지만 권혁재 시인은 사회적 사건 차원에서 입을 꼭 다문 채 자기 일만 하는 (「모래비늘」) 사람들의 병리적 증상이 아직 미해결 단계에 놓여 있다고 보고, 누군가 해결해 주기를 바라고 있다. 그의 혜량한 시세계는 나직한 목소리로 아직 닿지 못한 불투명한 사건에 투명한 표제를 제시한다고 한다고 할까.

이에 비해 김효선 시인의 이번 시집은 사랑의 상실에 있어서 떠나보냄과 떠나보내지 못하는 불가피성을 꿈으로 드러내고 있다. 사랑하는 이들에게 오래 집착하다 보면, 사랑이 양가적 감정으로 변하고, 곧 자학에 이르게 된다는 것쯤 시인도 잘 알고 있다. 하지만 기억에서 이들을 떠나보내는 것은 말처럼 쉽지가 않아서 시인은 내면에다 이들을 반복 수행하게 된다. 그러나 인간의 사랑이란 영원성을 지향할 수 없다. 그렇기 때문에 시인은 많은 것을 잃었다는 (「바다유리심장」) 상실과 자신을 위해 살아야 한다는(「2월 29일」) 절박함에 사로잡혀 있다가 마침내 자기 인식을 통해 이들을 떠나보내게 된다. 그렇게 '너'와 '당신들'을 떠나보낸 자리에 시인은 새살을 올려 새로운 사랑을 세우게 된다. (「이녁이라는 말」) 이처럼 김효선 시인의 시편은 꿈을 통해 지배 권력에 상처받은 사람들의 고통을 재현해내는 증언의 문학이고, 자기 인식을 통해 기억 속에 사랑하는 자들을 포기하는 '잘보내기' 시학이다.

어린 날의 오이디푸스 욕구

조민 시인, 하린 시인, 장인수 시인 작품론

　내 어릴 때, 고향에서는 다섯 살 정도의 사내아이들이 어른으로부터 제 사법을 배운다. 겨우 대여섯 살 정도의 아이가 가정의례를 배운다는 것은 프로이트의 말처럼 남근기에 '아버지의 거세불안'으로 인해 유아적 삶을 버리고 풍습과 규범이 있는 사회질서를 따르는 것이라 할 수 있다. 오이디 푸스 욕구란 강한 리비도를 지닌 아이가 엄마와 아빠 관계 속에서 운명적 으로, 또는 본질적으로 맞이하게 되는 양가적 감정과 갈등 욕구다. 이 시기 아버지는 유년기 아이에게 애정 대상인 엄마와의 욕망 관계를 끊고, 현실 에 맞게 행동할 것을 요구한다. 그러나 모든 인간이 거치는 오이디푸스 콤 플렉스지만, 아이의 성향에 따라 '아버지의 요구'를 순순히 받아들이며 순 응하는 아이가 있고, 어머니를 미워하고, 아버지를 증오하는 아이도 있다. 그런가 하면, 아버지에게 욕망을 부착시키다가 성인이 되면 애정 대상에게 로 퇴행 욕구를 드러내는 어른도 있다.

　서점가 시집 중에서 '오이디푸스 콤플렉스'를 소재로 하는 시집 세 권을 골라보았다. 물론 세 권의 시집 속에 들어있는 모든 시들이 '오이디푸스 콤 플렉스'를 소재로 하는 건 아니다. 하지만 몇 편이라도 더 실린 시집을 대상으로 했다. 조민『구멍만 남은 도넛』, 하린『1초 동안의 긴 고백』, 장인수『적멸에 앉다』 등이 그것이다. 필자는 이 시집 속에든 오이디푸스 콤플렉스에 관한 텍스트를 세밀하게 읽어보고, 시적 형상화나 기법적 장치를 어떻게 했는지, 그것이 오이디푸스 콤플렉스와 어떻게 연결되어 있는지 분석을 하고 거기에 맞춰 가치평가도 해볼 것이다.

1. 일렉트라 콤플렉스와 가부장제 질서-조민

남자아이들과 여자아이들은 유년기에 강한 성 욕구를 느낀다. 이런 성욕구를 남자아이에겐 오이디푸스 콤플렉스, 여자아이에겐 엘렉트라 콤플렉스라고 한다. 여자아이들은 자기에게는 없고 사내아이에게만 있는 남근을 보고 적잖게 놀란다. 동시에 여아는 남자아이들처럼 자신에게 남근을 주지 않는 어머니에게 강한 원망과 증오심을 드러내면서도 남근을 욕망한다. 여아는 이를 위해 아버지를 찾아 결핍을 해결하려고 한다. 아이가 아버지 편에 서는 이상 아버지로부터 선택당하는 고정 위치에 서게 되는데, 문제는 아버지에게서 아이가 여성성을 얻지 못한다는 점이다. 이러한 이유로 여자 아이는 자신의 여성성을 찾기 힘든다.

밑창 없는 구두와

트렁크에 심은 해바라기 꽃

태양을 뚝뚝 떼서 끓인 수제비
마른 도마 위에서 해 대는

마른 칼질

엎어져 숨도 쉬지 않는 모자, 모르는 발자국 위에 찍힌
입술

투명 유리 화병에 꽂힌

열두 개의

손가락

―조민, 「비인칭 화법」 전문

조민은 이 시에서 무의식을 상징하는 기법적 장치를 적절히 사용하고 있다. '구두', '트렁크', '태양', '모자', '칼질' 등은 남근을 상징하는 기표다. 이와 달리 여성성을 상징하는 기호로는 '입술', '화병'이다. '뚝뚝 떼서 끓인', '마른 칼질', '엎어져 숨 쉬지 않는' 이러한 무의식의 정서는 편안하고, 평화로운 것과 달리, 파괴적이고, 분해적인 요소라서 자기 파괴적 양상을 드러낸다. 따라서 이 시는 엘렉트라 콤플렉스에서 부모 중 어디에도 속하지 못하는 유년기의 화자가 성인이 된 이후에도 복합적인 갈등 속에 살게 되는 것이다.

1행에서 '아버지'를 상징하는 남근은 '밑창없는 구두'다. 리비도가 강한 남성이라면 그냥 '구두'라고 하겠지만, '밑창 없는 구두'라고 하는 데서 '노화된 아버지'의 형상과 동일시를 이룬다. 이 행과 연결되는 시행이 "태양을 뚝뚝 떼서", "수제비를 끓인"다 이다. 이때 '태양'은 강렬한 리비도의 남근을 상징하는 바, 이런 남근 자체가 이미 힘의 약화를 암시하고 있다. 이 시에서 상징이 뜻하는 동일성의 하위 분류 중 암시성은 "엎어져도 숨 쉬지

않는 모자"로 나타난다. '모자' 역시 남근의 상징이다. '엎어져도 숨 쉬지' 않을 정도의 화자의 힘이라면, 이 화자는 자신을 추스릴 힘조차 없다는 것이다. 왜냐하면 '힘'은 '남근'과 불가분의 관계이기 때문이다.

비슷한 비유를 들면 여성의 상징은 "트렁크에 심은 해바라기꽃"이다. '트렁크'의 상징은 가부장제 질서에 놓인 뿌리없는 그런 여성이 '태양(남근)을 뚝뚝 떼서 수제비를 끓인다'고 할 때에 '수제비'는 남성 질서를 역전이 시킬 수 있는 저항의 여성 아이콘이다. 그리고 이 여성성은 남성을 도마 위에 올려놓고 "마른 칼질"을 할 수 있는 존재다. 즉, 이 시행은 젠더 위계질서 상층부에 여성을 올려놓고, 위계 하층부에 남성성을 위치시키는 것이다. 왜냐하면 "엎어져도 숨 쉬지 않는 모자" 때문이다. 남근이 엎어져서 숨 쉴 수 없다면 이미 남근은 여성성의 질서에 배제당했다는 것이다. 이와 연결된 시행이 "투명 유리 화병에 꽂힌/ 열두 개의/ 손가락이다" 배제당한 남성성은 누구든 다 볼 수 있는 유리 화병에 갇히게 된다. '열두 개의 손가락'은 일 년 동안 갇혀있어야 하는 대상이어서 무의식의 상징이다. 다시 말해, 세계와 소통을 할 수 없는 '열두 개'의 '손가락'을 통해 남성 가부장제 질서는 무의식에 억압되어 세상과의 소통을 차단당한 채 살아가게 된다. 여기서 '열두 개'는 다의성을 드러낸다.

프로이트의 학설에 의하면, 어머니와 이자 관계에 있던 아이에게 '아버지'가 출몰하는 순간, 둘 관계에서 애정 욕망은 무너지고 '아버지의 요구'에 따라 아이는 문화 질서에 순응하며 살아가게 된다. 이때 아이는 거세불안을 느껴 어머니를 증오하게 된다. 성인이 된 화자가 유아기 때와 같은 고통에 계속 시달리게 되면, 분열과 갈등을 극복하지 못한 채 결국에는 '자기 부정'을 드러내고 만다.

2. 어머니로의 귀향, '퇴행 욕구'—하린

위의 시처럼 부모에게 증오를 표출하는 시인이 있는가 하면, 유년기 오이디푸스 욕구 때문에 '아버지 요구'를 응하면서도, 어머니에게 욕망을 부착시키는, 즉 '퇴행 욕구'를 보이는 아이도 있다. 프로이트에 의하면 퇴행 욕구란, "인간이 사회적 논리에 심각한 고통을 느끼거나 문화 질서의 논리에서 인간으로서 잣대를 피하고 싶을 때가 있다고 말한다. 이때 인간은 유년기에 맛본 욕망을 잊지 않고 다시 쾌락을 맛보고 싶어" 한다. 아버지의 '거세 요구' 때문에 성인은 제 인생에서 애정 욕망이 단절되었다고 느껴 어머니와 이자 관계에 있던 유년기로 되돌아가게 된다. 그러한 후라면 현실에서 다시 안정된 삶을 찾을 수 있을 거라 생각한다.

하린의 「통조림」과 「물고기인간」에서 화자는 유년기 어머니에게 욕망을 부착시키다가 아버지의 '거세 요구'로 인해 아버지와 동일시하며 문화 질서 속으로 편입된다. 이후 아버지의 위치에 선 화자는 다시 어머니에게로 욕망을 부착시킨다. '밀폐'된 공간인 어머니의 품 (자궁) 속에서 편히 쉬고 싶은 화자의 '퇴행 욕구'를 드러낸다. 이를 상징화한 작품이 「통조림」과 「물고기인간」이다.

> 겨울잠 자기에 가장 좋은 곳은 통조림 속이다
> 이렇게 완벽한 밀봉은 처음
> 모든 수식어가 바깥에 머문다
>
> 이곳에서 1인극은 생리적 현상
> 숨이 막혀도 웃을 수 있고 들키지 않게 울 수도 있다
> 그대로 멈춰서 극한의 목소리를 삼키면 그뿐

믿어야 할 것은 오직 잠이고
유통기한은 무한대니 적을 필요가 없다
용도는 단순하게, 목적은 비릿하게

미발견종으로 1000년쯤 살다가
우연히 발견되는 고고학적 취향을 즐기자
미라가 돼서 타인의 꿈속을 유령처럼 걸어 다니자

— 하린, 「통조림」 일부분

엄마 내가 전체적으로 물고기인가요? 넌 지느러미 없
이도 골방을 잘도 헤엄치잖니 엄마 지겨운! 까치 소리 좀
꺼 줄래요 신경 쓰지 마라 넌 인어(人魚)가 아닌 인조
인간이란다 그럼 엄마 난 슬플 때 교미를 해야 하나요
섹스를 해야 하나요 물을 채워 주마 익사한 채 흐르거라

— 하린, 「물고기인간」 일부분

위 하린의 시들은 화자의 심리적이고 생리적인, 무의식의 상징이 주로
시적 장치로 들어와 있다. 제목으로 쓰인 「통조림」과 「물고기 인간」은 원
관념을 감춘 채 보조관념만으로 편안하고 행복한 화자의 휴식을 형상화하
고 있다. 두 제목에서 공통적으로 나타나는 원관념은 '자궁'이다. '통조림'
과 '자궁'은 서로 상관없는 비유지만, 연상기법에 의해 둘은 '밀폐'된 공간
이라는 유사성을 드러내고 있다. 이 시에서 무의식의 상징은 전부 '퇴행 욕
구'와 관련이 있다. 소망 충족과 같은 의미로 화자는 심한 좌절감과 고통을
느낄 때면 유년기에 생생하게 맛보던 쾌락을 다시 한번 지각해보고 싶은
욕구가 인다. 위의 시들을 그러한 의미로 본다면, '통조림'은 탄생 이전에
느꼈던 어머니의 '자궁'이라고 할 수 있다. 이 자궁은 현실의 고통과 좌절감
을 잊기 위한 화자의 심리적 안식처로 제공된다.

'겨울잠'을 통해 나타나는 화자의 심리는 인간 간의 갈등이나 고통에 시달릴 경우 밀폐된 공간을 통해 안온한 휴식을 취하고 싶어 하는 마음 작용이다. '자궁'과 연결되는 또 다른 시행은 "완벽한 밀봉"이다. 오이디푸스 콤플렉스에서 어머니와 아이는 이자 관계에 놓인다. 이 둘은 서로 욕망하는 사이다. 그러한 이유로 화자는 밀봉된 어머니의 자궁 속에서 '퇴행 욕구'를 느끼고 싶어 한다. 화자가 이를 '통조림'이라고 말하지만 그 이면에 가리어진 심리는 현실원칙에서 벗어나 맘껏 '웃을 수' 있고, '울 수' 있는 열린 감정이다. 화자처럼 상징계의 문화논리에 젖은 한 인간이 제대로 된 남자 역할을 하자면 힘들고 고통스럽다. 매일 만나는 대상에 따라서 현실원칙에 맞게 가면을 써야 하고, 분별력 있는 말을 해야 한다. 이런 상태에서 마음대로 웃는 웃음은 웃음이 아니고, 울음 또한 울음이 아니다. 절제하고, 타인의 시선에 맞추어 사는 현대인의 라이프 스타일이란 이처럼 "극한의 목소리를 삼"키는 것이다. 따라서 화자가 믿는 것은 어머니의 자궁뿐이다. 화자는 어머니의 자궁 속으로 퇴행해서 쉬고 싶다. 실컷 자고 천년 이후에나 그곳에서 벗어나 문화논리의 질서에 편입하고 싶은 마음, 엄마와 둘이서만 살던 자궁에서 물고기처럼 유영하고 싶은 마음, 그런 마음이 화자의 현재 심리 상태다.

「물고기인간」에서도 화자는 양수가 든 어머니 자궁 속을 헤엄치며 살고 싶어 한다. 무의식의 상징화를 드러내는 '퇴행 욕구'는 "넌 지느러미 없이도/ 골방을 잘도 헤엄"친다고 하는 것에서도 잘 드러난다. 이처럼 '골방'은 '밀봉'과 동일한 장소를 상징한다. '골방'은 햇볕이 들지 않고, 아무도 근접하지 않는 공간이다. 달리 말하면, 이곳은 화자의 유년시절 애정욕망을 가졌던 어머니와 나만의 공간이다. 이 시에서 실제 물속이 아닌 물속은 인간 무의식이 상징화된 어둠의 공간이다. 그 예가 "난 슬플 때 교미를 해야 하나요/섹스를 해야 하나요"로 나타난다. 실제 유아는 오이디푸스 콤플렉스기에 어머니를 욕망하게 되는데 그것이 근친상간의 성환상이다. 유아는 이런 강한 성욕망 때문에 성환상을 무의식에 억압시킨다. 그러다가 어떤 계기가 되어 무의식에 억압된 유년기 상처는 반복 재생되고, 화자처럼 '퇴행 욕구'로 드러나게 된다. 초자아로서의 어머니는 "너는 인어가 아니고 인조인간이"기에 "물을 채워주마 익사한 채로 흐르거라"라고 한다. 이때 어머니는 화자의 무의식의 억압된 상처를 '인조인간'이라고 말한다. 즉, 모종의 변화인 의식화로 표상하지 말고 숨어 있으라는 것이다. 인조인간은 어머니의 따뜻한 양수 속에서 안온하게 살고 싶은 화자 소망충족의 또 다른 말이다. 따라서 문화가 발달하면 발달할수록 인간관계는 복잡해지고 그에 맞서 타인의 시선에도 부담감을 느껴 모든 것이 속박으로 다가온다. 이뜻은 화자가 오이디푸스 콤플렉스에서 느끼던 상처처럼 현실에서도 자기애를 심하게 다칠 수 있음을 의미한다. 고통과 무력감이 그냥 오지 않듯이, 화자의 심리적 치유도 어머니의 자궁 속의 양수처럼 따뜻하고 나만이 오직 쉴 수 있는 안온한 공간이 필요하다.

3. 거세불안과 순한 오이디푸스 욕구―장인수

아이의 생리적이고 심리적인 욕망에 따라 오이디푸스 콤플렉스를 순하게 넘기는 유아가 있다. 이 시기 어머니와 둘이서만 있던 유아에게 사회적 문화 논리가 서서히 스며든다. 아이의 생각에 '이제 엄마는 나 아닌, 다른 대상을 욕망하고 있구나' 하고 의구심을 품는다. 한편으로 아이는 엄마와 이별을 준비한다. 그럴 때 아버지의 '거세 요구'가 들어오면 아이는 여느 아이들처럼 자기애를 심하게 다쳐 상처를 입지만 결국 자신의 남근이 거세당할까 두려워 아버지의 문화 논리에 따라 순순히 응하고 만다. 사회문화적 논리란, 유아가 언어를 배우고, 규범과 사회 법칙을 배우기 위해 아버지와 동일시하면서 사회공동체의 일원으로 조화롭게 살아가는 능력을 의미한다. 아버지의 거대한 힘에 밀려 동일시를 느끼는 아이는 실제 아버지와의 관계도 그다지 힘들지 않게 넘긴다. 여기에 적합한 시가 장인수의 「아버지 옆에 가만히 눕다」이다.

> 대청마루에 술상을 차렸습니다
> 개불을 아버지가 가장 좋아하십니다
> 소주 한 병이 금방 빕니다
> 하지만 얼마나 고단하셨는지
> 곧바로 곯아떨어집니다
> 헐렁한 반바지 틈으로
> 돼지감자 같은 불알 두 쪽이 보이고
> 쩍쩍 갈라진 발등의
> 갈라진 틈으로 논흙이 잔뜩 끼어 있습니다.
> 물을 뿌려 촉촉하게 하면
> 발등에서 새싹이 파릇파릇 돋아날 것만 같습니다
> 울긋불긋 하지정맥류의 다리 핏줄은
> 소나무 구근을 닮았습니다
> 드르렁드르렁
> 낮잠에 빠져드던 고된 발바닥을
> 주물러 드리고 싶지만
> 차마 쑥스러워서
> 그저 고들빼기를 안주 삼아
> 나머지 소주 한 병을
> 혼자서 조용히 비웁니다
> 나도 아버지 옆에 가만히 눕습니다.
>
> ─장인수, 「아버지 옆에 가만히 눕다」 전문

제목에서 드러나듯 화자는 '아버지 옆에 가만히 눕는다' 이 '눕는다'라는 동사에는 화자의 행동이 어떤 대상과 동일시한다는 뜻이 숨어 있다. 오이디푸스 욕구에서 아이의 동일시의 대상은 아버지다. 화자는 술상을 차려놓고 아버지와 둘이서 술을 주거니 받거니 하는 게 아닌, 혼자 곁에 누운 아버지의 남근을 가만히 바라본다. 이 시에서 비유로 드러나는 '불알'은 사회적 젠더로서의 남성성을 의미하는 남근보다 협의의 의미이며, '남근'에 지나지 않는다. 또 하나 아버지에 대한 비유는 "울긋불긋 하지정맥류의 다리 핏줄은/소나무 구근을 닮았습니다"이다. 여기서 알 수 있는 것은 아버지의 삶이 도시적이지 않은, 자연적 형태의 삶을 살아가고 있다는 것을 알 수 있다. 아버지의 시골적 삶은 신체로 나타나는데, 발톱에 논흙이 끼어 있고, 핏줄도 소나무 구근과 같다고 하는 시행이다. 세 시행에서 화자가 암시하는 것은 아버지에 대한 연민과 애정이다. 이를 확장시키는 시행이 "그저 고들빼기를 안주 삼아/ 나머지 소주 한 병을 조용히 비우"는 것이다. 이런 아버지의 사회문화 논리는 사회 공동체의 막강한 일원이 아닌, 자연적 질서 속의 한 인간으로서 삶을 살고 있음을 보여준다. '고들빼기'와 '소주 한 병' 시행은 아버지의 삶 자체를 대변하고 있다. 아버지의 삶의 형태가 도시적 삶이었다면, 2차 가공식품이 시어로 올라왔겠지만, 자연적 삶을 택한 부자지간의 술안주는 '고들빼기'가 전부다. 유년기 화자에게 '거세 불안'을 가져다 주었던 강한 아버지는 어디가고, 화자가 연민하고 애정을 쏟아야 하는 힘없는 존재로 변한 것이다.

한편, 남자아이들은 거세불안 때문에라도 자신을 아버지와 동일시한다. 오이디푸스 콤플렉스에서 어머니를 쥐락펴락하던 아버지의 요구를 화자는 자신 안에 조용히 담는다. 이는 '내가 아버지를 순순히 따르면 아버지도 나를 남자로서 사랑하겠지, 그러면 내 안에도 아버지와 같은 큰 남근이 자리하겠지' 하는 마음이 생긴다. 그래서 화자의 유년은 아버지의 삶의 태도,

아버지의 철학, 욕망을 닮게 되고, 먹는 식습관조차도 닮게 된다. 화자에게는 아버지의 모든 것이 존경의 대상이 되며, 아버지의 모습조차도 자신 안에 내면화된다. 이러한 경외심이 쌓여 화자는 성인이 되어도 아버지의 고통스러운 삶의 방식을 이해하고 아버지를 연민하고 애정으로 보살핀다. 이때 화자의 유년기 무의식에 망각되었던 억압은 모종의 현실적 삶과 연결되지 않아서 아버지와의 관계에서는 배타적 사랑의 감정을 지니지 않게 된다. 또한, 화자는 나르시시즘적 성격에도 벗어나 현실에서 사회적 인간으로 관계를 잘 맺게 된다.

지금까지 세 시인의 시 속에 드러나는 무의식의 억압된 감정이 모종의 변화를 거쳐 의식화되는 경우를 보았다. 조민 시인의 경우, 엘렉트라 콤플렉스로 인해 젠더 위계질서의 상층부에 여성성이 자리하게 되고, 힘없는 남성성이 젠더의 하층부 질서에 편입된다. 이와 달리 하린 시인의 경우, 무의식의 퇴행 욕구는 현실에서 좌절감을 느끼거나 사회적 잣대를 느끼게 되면 일탈을 꿈꾸게 된다. 그 공간은 밀폐된 어머니의 자궁 속이다. 화자는 그 속에서 유년기에 느끼던 어머니의 생생한 양수 느낌처럼 가장 편안한 상태로 쉬고 싶어한다. 장인수 시인의 경우, 아버지의 거세 요구에 따라 사회적 질서 속에서 화자는 아버지의 모든 것을 내면화시킨다. 삶, 철학, 욕망까지 이해하고 담아내지만 정작 아버지의 위치에 서게 된 화자에게 아버지의 존재는 나약하기만 하다. 그런 화자는 무의식의 상징화와 비유를 통해 약화된 아버지의 힘을 드러내고 있다. 그런 의미에서 위의 시들은 자본주의 물신화와 가부장제의 위계 질서에서 오는 모순된 부성 권위를 해체시킨다. 동시에 시들은 무의식을 통해 인간 내면에 도사린 욕망과 상처를 과감없이 드러낸다. 이러한 무의식시의 특징은 불온한 정치적 편향성이라기보다는 프로이트, 자크 라캉, 멜라니 클라인이나 쥴리아 크리스테바. 아들러, 헤럴드 블룸 등 정신분석학의 이론으로부터 영향을 받은 것으로 생각된다.

이 글을 쓰면서 고향의 제사법을 다시 생각해 본다. 어른들은 오이디푸스 콤플렉스 나이대 아이들에게 본격적인 제사법을 가르치지는 않았을 것이다. 그렇지만 이 아이들에게 조상에 대한 풍습 정도는 미리 알라는 뜻이었을 것이다. 아무튼 어른들은 아이들에게 상징계의 한 문화질서 코드를 주입한 것은 사실이다. 만약 우리 시인들이 이런 유아기에 혹독한 풍습을 지인에게 계속 나쁘게 들었다면 '아버지 요구'에 대한 가치인정을 내면화했을까 실패했을까 궁금하다.

불안기표를 통해서 본 현대인의 정서

이설빈 시인, 최금진 시인, 조정인 시인 작품론

1. 불안의 심층심리학

인간은 누구 할 것 없이 삶 속에서 불안을 경험한다. 뜻하지 않게 어떤 사건에 연루되거나 현재 일어나지도 않은 일에 대해 뭔가 혹 치밀어 오르는 느낌을 받을 때가 있다. 인간 존재는 손에 땀이 축축하게 배이며, 입안에 밥이, 밥이 아닌 모래로 굴러다닌다. 시간이 지나도 답답한 가슴은 진정되지 않고 오히려 붉은빛의 경고음만 켜진다. 이를 떨쳐내기 위해 정신은 백방으로 뛰어다니다가 해결의 실마리를 잡는 순간, 경고음은 꺼지고 방망이질 치던 가슴도 평상시처럼 잠잠해진다.

이처럼 불안이란, "지니고 살기에는 너무 위협적이고 괴로운 자신의 경험, 감정, 충동 등을 억압한 결과로, 내면의 감정이 충돌하는 과정에서 나타나는 증상"이라고 프로이트는 말하고 있다. 위의 내용처럼 우리 일상의 삶은 그 자체로 불안과 동류항을 이룬다. 불안이 일어나는 이유는 한마디로 말할 수 없을 만큼 광범위하지만 그것이 지닌 급성적 형태들 때문에 문제가 생긴다. 이 불안의 형태들은 자본주의 산업화에 의한 속도와의 관계, 자연과의 관계, 죽음, 질병과의 문제, 산업재해와의 관계 등으로 이루어져 있다. 우리에게 경고음을 켜는 광의의 불안은 그 이름과 내용만큼이나 다종다양한 기표로 이루어져 현대인의 정신을 뒤흔든다.

2019년 말 경제신문에서는 현대인의 불안에 대해 다루었다. 불안 때문에 한 해 동안 병원을 찾는 사람이 15만 9천 명에 이른다고 한다. 3년 전 대비 14.3% 증가율을 보이면서, 계속 증가 추세에 있다는 것이다. 이중 적잖은 사람들이 불안한 감정을 자기 안에서 해결하지 못한 채 주기적 불안과 두려움을 갖는다고 한다. 이처럼 불안은 인간 정신을 피폐하게 하고, 고통과 두려움 등 스트레스와 우울증의 주범으로 사회문제를 야기시키고 있다. 인간이 삶의 국면에 접어들면 조그마한 것 하나라도 생존과 연결되기에 신체와 정신의 균형을 바로잡기란 쉽지 않다. 프로이트 정신분석학회가 설립된 이후부터 현재에 이르기까지 불안은 우리에게 끊임없이 회자되고 있다. 필자는 이설빈, 최금진, 조정인 시인의 시를 통해 불안에 대해 살펴보고자 한다. 이들은 시에서 물질문명, 죽음, 인간관계 등 불안이 일어날 수 있는 요인과 불안의 양태에 대해 지금까지 구현해내었기에 독자들로부터 주목받는 시인이 될 수 있지 않았을까 한다.

2. 불안에 대한 승화와 자아 해방 단계

불안은 다양한 정신구조를 통해 존재감을 표출한다. 의식에서 일어나는 경우가 있고, 무의식을 통해서 일어나는 경우도 있다. 이러한 불안은 인간의 죽음 때문에 일어나기도 하고, 인간관계에서의 다툼과 폭력 때문에 생기는 수도 있다. 또한 현대 자본주의 산업구조가 물질문명과 연결되기에 그에 부합하려는 인간 정신의 긴장감 때문에 일어나기도 한다. 단언할 수는 없지만 어렸을 때 무의식에 내장된 과거의 사건이나 정황, 사고가 어른으로 성장한 이후에도 불안으로 재현된다. 이 때문에 자아는 무의식의 흡수를 제어하느라 현실에서 창조력과 생산적인 활동을 제대로 표출하지 못하고 억압받는다. 그러나 비교적 자아가 단단한 현대인은 어려운 상황에 처해도 주관적 감정을 잘 조절하고, 현실을 능동적으로 구성해서 삶의 방향에 큰 지장 없이 살아간다. 중요한 것은 인간이 한순간에 존재하는 역사적 존재이기에 자주 불안과 대면하게 된다는 점이다. 그때마다 인간은 불안을 잘 해결해서 자신의 삶을 행복할 수 있도록 노력해야 한다. 그러나 객관적으로 보면, 실제 불안은 일상을 살아가는 현대인에게 불가피하게 오지만 또한 쉽게 극복하기도 한다. 그러므로 불안이 올 때 갈등을 해결하고 승화하면 자아 해방 단계에 다다를 수 있게 된다.

이설빈 시인은 2014년『문학과 사회』신인상을 타면서 시단에 혜성처럼 등장한다. 그녀의『울타리 노래』에서 나타나는 불안의 한 부분을 살펴보고자 한다. 여기서 무의식적인 불안은 의식과 화해를 통해 승화 단계로 접어드는 자아 해방 단계에 있다. 환언하면 억압된 무의식이 욕동의 해방을 지향함으로써 완전한 자아의 자유를 성취하고자 하는 단계에서의 불안이다.

　　내 옥탑방 앞에는 빛나는 위성접시
　　너의 방 창문에는
　　벽돌과 벽돌들 그리고
　　키 낮은 담벼락
　　나의 지붕은 기와지붕
　　너의 지붕은
　　지붕 있는 옥탑방
　　無窮花 흐드러진 화단

　　나는 화단을 짓밟고

올라가 지붕을 부수고
―없어
―없다고

나의 지붕은 무너졌고
너의 지붕은
지붕 없는 옥탑방
無窮花 쓰러진 화단

―이설빈, 「태양 없이」 일부분

아이들은
펜스를 짚고 넘어가
좀 더 큰 아이들은
펜스를 홀쩍 넘어가
아기들은
펜스를 기어서 지나가
마치 펜스라는 게
텅 빈 빨랫줄인 것처럼
사람들, 눈부신 속옷들
바람에 멀리 날려가고
목초지만큼 멀어져가고, 나는
여기, 기다란 그림자 되어
펜스를 넘어서는데
하나, 둘 …… 눈이 멀어
울타리를 지워가는데
펜스를 들추고 넘어가
마치 펜스라는 게

―이설빈, 「울타리의 노래」 일부분

위의 시에서 '너'와 '나' 사이를 잇는 것은 오직 '태양' 뿐인데, 시가 「태양 없이」라는 제목을 붙이고 있다. 그렇다면 인위적으로라도 태양처럼 '너'와 '나'를 이어주는 매개체가 있어야 할 것 같다. 그것이 '위성 접시' 안테나이다. 이 안테나의 역할은 세상에서 일어나는 사건과 사고 등 이미지와 소리를 들려주는 의식의 고양된 힘을 실어주고, 남성적인 힘을 받쳐준다. 다시 말해서 세상과의 소통을 할 수 있는 태양의 유사성은 '위성접시'처럼 생긴 안테나이다. 그러나 너는 나의 완벽한 소통에 비해 방 창문 앞에 "벽돌과 벽돌들/ 키 낮은 담벼락"을 쌓아 놓았다. 그러므로 너는 내게 소통 부재를 선언하고 있다. 그런데 중요한 것은 네가 내게 하는 '소통 부재와 단절'이 이것 하나만 있는 게 아니라, "기와지붕", "지붕 있는 옥탑방"도 있다. 세 가지는 나와 바깥 세계를 분리한 단절의 비유다. 거기에는 높은 것/낮은 것, 빈/부와 같은 문화적 차이가 담처럼 형성되어 있다.

대상이 세계와 단절한 채 소통 부재를 일으키는 행위를 보고, 화자는 지금까지 참았던 억압의 패러다임을 열어 너와 충돌하게 된다. 화자는 숨 막히는 주변 환경을 참지 못하고 모종의 방아쇠를 당긴다. 극단적 불안에 대한 처방은 네 옥탑방 앞에 있는 "화단을 짓밟고 올라가 지붕을 부수고", 불안을 제거해 버리는 일이다. 그 언술이 "ㅡ없다", "ㅡ없어"로 나타난다. 즉 지붕을 해체해버림으로써 너의 단절에서 오는 불안이 해소될 수 있다고 보았다. 불안을 제거하는 또 하나의 해방 출구는 화단에 핀 '無窮花'이다. 이 '無窮花'는 아무것도 가진 게 없는 곤궁하고 빈한한 꽃이었는지, 네가 내게 '벽'을 만든 이유가 되고, 그 벽은 너의 외적인 결핍 때문에 소통이 단절되는 원인으로 작용한다. 그녀가 불안의 매개체를 날려버림으로써 상황은 종료되고, 다시 교류와 소통의 시간이 도래하게 된다. 그렇다면 불안은 왜 일어날까? 너의 결핍 때문이지만, 실제 화자가 드러내는 불안의 이면을 살펴보면, 현재 너와 나의 상황이 과거에 비해 못하거나, 보다 좋은 상황으로 돌아가지 못한 것에 대한 걱정이라고 할 수 있다. 제목이 시사하는 것처럼 벽은 화자의 적극적인 노력에 의해 허물어지고 '태양'은 다시 빛나게 된다. 화자가 자신의 적극적인 행위를 통해 불안을 어느 정도 해소하기는 하지만 아래 시를 보면 자아의 완전한 해방감을 맛보기에는 더 많은 시간이 필요하다는 걸 알 수 있다. 화자의 불안은 '울타리'에 있다. 화자 자신뿐만 아니라, "아기", "작은 아이", "큰 아이", "사람들" 할 것 없이 인간 존재는 본래적 불안에 놓여있다. 그렇다면 이 불안을 해소하려면 어떻게 해야 하는가, 펜스를 타넘으면 된다. 그런 점에서 이들은 울타리를 "짚고"가고, "훌쩍 뛰어넘고" 가고, "기어서"서 가고 바람에 날리듯 가고, "긴 그림자"로 넘어간다. 이런 행위를 통해서 보면 불안은 하이데거가 말한 것처럼 역사적인 인간이 시간성을 살아가는 우연적 존재임을 진실로 확인하는 길인지도 모른다. 여기서 중요한 것은 화자의 불안이 "기다란 그림자 되어 펜스를 넘어서는 데"에 있다. '긴 그림자'의 상징은 화자가 아직도 무의식의 불안에 놓여 있다는 것을 의미한다. "눈이 멀어 울타리를 지워"가는 시행에 이르면 더욱 그렇다. '불안'의 촉발점은 '그림자', 즉 무의식에서 출발한다. 무의식은 화자의 현재를 지배한다. 슬퍼해야 할지, 좋아해야 할지 '지워진다'는 것이 화자의 자생력에 의한 극복이 아닌, 시간성에 따른 몸의 퇴화 때문에 무의식이 지워진다는 의미다. 이는 인간 존재의 필수요소인 몸과 정신과 혼의 발란스가 어긋났다는 의미인데, 이로 인해 자아의 완전한 해방감을 맛본다는 것은 비극적인 일이다. 따라서 이설빈 시인의 불안은 자신을 찾아 헤맨 끝에 찾은 시쓰기라고 할 수 있다. 이 시쓰기를 통해 내적 갈등을 끝내고 불안이 승화 단계에 이르게 된다. (「13월의 귀가 말해준다」)

　　최금진 시인은 2001 『창작과 비평』 신인시인상에 당선되어 『새들의 역사』, 『황금을 찾아서』와 세 번째 시집 『사랑도 없이 개미귀신』을 내놓았다. 이 시집은 사방을 둘러봐도 탈출구가 없는 무의식의 그림자로 포박되어 있다. 그 무의식의 중심에는 삶에 대한 불안이 놓여 있고, 이후, 의식과 무의식의 화해를 통해 승화로 나아간다.

만약, 누군가가 시인에게 불안이 '왜' 일어나느냐고 물으면 그 불안에 대한 시원은 현재라고 말할 수 없다. 왜냐하면 그의 불안은 역사를 거슬러 올라가 단군신화에서도 찾을 수 없고, 아담과 하와에 이르러서도 찾을 수 없기 때문이다. 불안의 시원은 '먼지의 나라'인 다른 행성에서 온 아기「검은 일요일」이기 때문에 독자들은 불안에 대한 해답을 찾을 수 없다. 이것을 방증해주는 것이 시집 한 권에 있다. 최금진 시인의『사랑도 없이 개미귀신』에서 화자의 삶은 어둡고 불투명하며 멸절 불안으로 점철된 무의식의 그림자놀이와 같다.

> 어머니는 견디라 하고, 아내는 나쁜 놈이라 한다
> 참과 거짓의 해답을 명확히 알고 있었던
> 세례 요한은 목이 잘려, 쟁반에 올려진 제 목을 봐야 했다
> 참이라는 말, 나는 자꾸 그 말의 느낌이 궁금해서
> 이따금 어머니의 서랍을 뒤지거나
> 아내의 통장을 몰래 열어본다
> 내 얼굴에 달린 창문들이 덜컹이는 기분
> 뱀이 제 꼬리를 먹으며 점이 되어 사라지는 기분
>
> ……＜생략＞……
>
> 아무 것도 믿지 않음으로써 참에 이르렀다는 데카르트는
> 패배주의자, 그런 점에서 약간의 마법이 필요하다
> 살아 있다는 증표로 가끔 눈을 깜빡여주는 마법
>
> —최금진,「마법을 믿을 때」일부분

내 손 곁에 누워 나를 쓰다듬는다
사랑 얘기, 때려치운 직장 얘기, 성경책을 찢어버린 얘기도
하고 싶은 눈치였으나 나는 토닥토닥 내 손을 두드린다
이 손으로 남은 생애 동안 밥이나 퍼막다 갈 것이다
손 위에 바지랑대처럼 근심을 괴어놓고
바람 좋은 날엔 어머니의 헐렁한 속옷이라도 널어야 한다
남은 게 고작 손 하나뿐이라는 걸 알았을 때
손은 슬며시 반대편 손을 잡아 가슴팍 위에 얌전히 올려
놓았다
처음부터 이런 순간을 알고 있었다는 듯
심장이 뛰는 소리, 보일러 도는 소리, 창밖엔 눈이 내리고
눈을 감으면 어둠이 사분사분 속삭이는 소리, 나야, 나,
나야

—최금진, 「나의 손」 일부분

    인간은 어쩔 수 없는 광막한 어둠과 마주할 때 누군가에게 해답을 구하고 싶어진다. 그것이 바로 '참'과 '거짓'의 경계가 모호할 때이다. 자신의 과오에 대해 어머니는 '견디'라 하고, 아내는 '나쁜 놈'이라고 말한다. 이 말속에는 화자가 세계에 대해 '진리'를 어느 정도 알고 있다는 것이 내포되어 있다. 그 예가 기독교 성서이다. 화자는, 세례자 요한이 "목 잘려, 쟁반에 올려진 제 목"에서 이미 참의 진리를 깨닫고 이를 신화적 기법으로 풀어내고 있다. 이를 통해 화자는 성화 속 세례 요한처럼 응당 죽음에 처해질 걸 알면서도, '참'이 아니길 바란다. 그래서 화자는 어머니의 서랍을 뒤지게 되고, 아내의 통장을 뒤지게 된다.

    여기서 중요한 것은 뒤져도 충분히 '거짓'이 안 나오게 되는 경우, '참'이 박해의 개념으로 자신을 헤치려 한다. 그때 "내 얼굴에 달린 창문이 덜컹거리는" 것처럼 멸절 불안을 일으킨다. 예컨대, "뱀이 제 꼬리를 먹으며 점이

되어 사라지는" 것이 그것이다. 불안은 구순기 어머니와의 대상관계에서 좌절 경험 때문에 일어난다. 화자는 이를 완화하기 위해 임의적 불안의 세계로 자신을 투사한다. 여기서 투사의 대상이 데카르트다. 데카르트는 신 중심 철학에서 신을 버리고 주체 철학인 "Cogito, ergo sum"을 외친다. 막상 주체 중심 이론을 진리라고 생각하는 순간 데카르트는 '참'을 증명하지 못한 채 '유아론'에 빠지는 패배주의자가 된다. '참'이 '거짓'으로 드러난 순간 데카르트는 다시 신을 찾는다. 화자는 데카르트의 '불안'을 잠재울 수 있는 매개로 비존재(non being)의 경험인 '마법'을 든다. 이 '마법'은 모순된 상황에서 "눈을 깜빡여 주는" 눈속임을 통해 잠깐은 거짓을 잠재울 수 있는 환상이다. 하지만 진리란 항구적이고, 보편적이고, 통일적인 것이라서 결국 '잘린 목'과 '꼬리 잘린 뱀', '신을 버린 주체'는 멸절 불안을 거쳐 죽음이라는 '참'을 알게 된다. 화자 역시 '참'을 알려는 순간 불안에 휩싸여 '진리'를 포기하게 된다. 그에게서 멸절 불안은 무의식의 생산성인 피학성을 끌어올리는 데 기여한다.

이와 달리 「나의 손」에서 보면, 화자는 무의식의 멸절 불안에서 의식의 불안으로 전환을 꾀한다. 왜냐하면 화자는 비존재성으로 자신을 타자에게 투사한 것이 죄스럽기 때문이다. 자아 인식을 통해 화자는 사물을 감각적으로 느낄 수 있고 관념으로도 표현할 수 있지만 진리가 실패한 것이니 그 요인이 '손'이라는 '연장' 즉 신체에 있다. 손은 진리와 다른 신체의 거부이다. 즉 사랑에 대한 거부, 직장에 대한 거부, 하느님에 대한 거부이다. 그는 '거부' 때문에 '죄의식'과 '죄책감' 그리고 '빈곤'을 느껴 미래를 불안한 전망으로 채운다. 그러나 도구화된 손에 많은 것을 원하지 않는 화자는 "어머니의 헐렁한 속옷"을 널어야 하고, "양푼을 긁고 있는 약사여래보살" (「밥을 먹으면 조금 멀쩡해진다」)을 책임져야 한다. 그 손에는 마음의 불안이 전제되어 있다. 이때 불안에 대한 긴장감은 급성적 형태로 오기 때문에, 그에게 "심장 뛰는 소리"와 "보일러 돌아가는 소리"가 일어나게 된다. 이뿐만 아니라, 눈을 감으면 근심이 근접해 와서 또 속삭인다. 이때 '소리'는 불안의 기표이다. 의식적 불안의 동기가 바로 '손'이 도구 역할을 '거부'할 때 일어난다. 하지만 남은 손이 한 손을 지각하고 연민과 공감을 표하는 순간, 의식과 무의식은 갈등을 풀고 화해를 하는 승화 단계로 나아간다.

최금진 시인이나 이설빈 시인의 시에서 나타나는 의식과 무의식의 불안은 인간 화자인데 비해 조정인 시인의 『사과 얼마예요』에서 나타나는 무의식의 불안은 타자화된 동·식물이 화자이다. 시인은 이 시집에서 무의식의 상징화인 꿈을 통해 죽음을 표상하고 있다. 예컨대, 「부서진 시간」에서는 동물 화자를 내세워 꿈의 상징화인 죽음에 대한 불안을 투사로 드러낸다. 또한 「내 잠 속에 기숙하는 자」에서는 화자를 꽃으로 전위시켜 죽음에 대한 불안을 말하고 있다. 따라서 시인은 탈억압인 승화에 의해 자아 해방감을 맛보게 된다. 자아 해방을 부르짖는 조정인 시인은 1998년 『창작과비평』을 통해 등단했다. 이 시집 이외에도 『장미의 내용』, 『그리움이라는 짐승이 사는 움막』 등이 있다.

「부서진 시간」과 「내 잠 속에 기숙하는 자」에서 무의식의 상징화는 꿈을 통해 드러난다.

(라파엘이 슬픈 꿈을 꾸는지 흐느껴 운다. 개의 영혼이 낮의 일을 기억하는 개를 달래며 천천히 눈물을 핥아준다)

#1
나는 두 겹, 비닐봉지에 싸였다. 엘리베이터를 타고
내려가는 동안 푸드득푸드득 발버둥 쳐 보았다. 여자는
고개를 외로 하고 젖은 쓰레기인양 나를 멀찍이 치켜들고
지하 주차장으로 내려갔다. 차에 시동이 걸리고 얼마 후,

나는 곧장 어딘가에 던져졌다.

다만 사랑하는 습성을 가지고 태어난 짐승. 혈관에 미친
바람이 불 때면, 차문이 열리고 어둠 속으로 던져지던 깜
깜한 기억을 좇아……타이어 냄새를 더듬어……심장이
터질 듯……내달렸다. 그런 밤이면 허공을 향해 창자처럼
긴 울음을 울고는 했다. 물 한 모금 없는 거리. 나는 지쳤
다. 그리움이니, 외로움이니, 허기니 하는 귀찮은 거 따돌리
는 데 한 생이 걸렸다. 이제 나는 짐승이라는 철창을 부수
고 환하게 열리는 중이다. 오랜 고립에서 놓여나 개의 시간
바깥으로 뛰쳐나가는 중이다. 주검은 외출 중이고, 나는 열
망한다. 다시는 무엇으로도 태어나지 말기를.

#2
개 한 마리 방향의 미열을 따라 길을 건넜을 것인데, 길
건너를 향해 막막한 걸음을 떼었을 것인데, 길 건너는 검
은 미궁이 되고 있었다. 낭패로군. 녀석이 부서진 개의 둘
레를 돌며 습관적으로 벌어진 상처를 핥다가 아직 온기가
남은 주검 속으로 들어가 비스듬히 눕는다. 모든 게 아늑
하고 단촐해졌다. 저의 가장 나중에 깃들어

　　　　　　　　　　　　—조정인, 「부서진 시간」 일부분

너는 어쩌다 타인의 잠 속에 기숙하는 거니. 피에 젖은
넝마를 걸친 소년의 목에는 낡은 나무십자가가 목걸이가 걸
려 있다.
<중략>
한 잎 한 잎 무량억겁을 더듬는 손끝에서 지난 생의 음
역에선 듯 느린 노래가 흘러나왔다. 나는 한때 숲속, 이름

없는 주검 옆에 핀 보랏빛 개양귀비였다.

꿈 속 어떤 장소는 꽃가지 부러지는 소리와 나무십자가
를 두고 간다. 누군가 흘린 슬리퍼 한 짝을.

ー조정인, 「내 잠 속에 기숙하는 자」 일부분

현실 문맥에서 보면, 화자는 두 명이다. 전체적인 화자가 있고, #1에서 죽은 '개' 화자가 있다. 현재 전체 화자는 꿈을 꾸고 있는 라파엘을 보면서, 눈물을 닦아준다. 왜냐하면 꿈에서 라파엘의 영혼이 낮의 일을 기억하는 개를 달래며 천천히 눈물을 핥아주기 때문에 시인은 개를 모티프로 차용하여 현대인의 극악함에 경종을 울린다. 이때 전체 화자는 죽어가는 개와 그 개의 모습을 온전히 지켜보는 또 다른 개를 관찰하면서 불안의 의미를 되새기고 있다. 여기서 개의 '죽음'이란 정신, 영혼, 육체 모든 것이 '무'로 돌아가는 현상이다. 그렇기에 주검인 개는 물질 차원으로 해석할 수밖에 없다.

또 하나의 화자는 시 #1에서의 화자이다. 이 화자는 "검은 비닐봉지" 속에서 푸드덕푸드덕 거린다. 이때 불안의 촉발 요인은, 주인이 '검은 비닐봉지' 두 겹으로 자신을 싸는 데에 있다. '검은 비닐'은 세계에 대한 폐쇄라는 점에서 '죽음'과 연결되고, 죽음 이전에는 불안이 나타난다. 그런 감정에 화자가 대항하다 보면 피로해지고, 본연의 정체성을 잃어버리게 된다. 화자는 아무리 몸부림을 쳐도 어딘지 모를 곳에 내던져지고, 막막한 어둠속에 놓이면서 극도의 불안에 노출된다. 실제 불안은 행위와 관계된 시간에 찾아오지 않고, '물 한 모금 없는 거리'에 있을 때 고독처럼 불안이 찾아온다. 그런 이유에서 화자는 자신의 죽음을 기정사실화 하고 있다. 길 건너에 있는 "검은 미궁"도 자신의 죽음에 한몫한다. (「부서진 시간」 #2) 이때 화자의 불안은 무의식의 상징화인 검은색으로 드러난다. "검은 비닐봉지"와 "검은 미궁"이 그것이다. 이처럼 화자가 맞이하는 '어둠'은 생존을 위한 정신과 영혼의 균형을 무너뜨리는 상태를 의미하고, 귀로를 위한 시선마저 강탈당한다는 걸 의미한다. 그런 상황에서 삶에 대한 모색은 퇴로를 차단당한 채 급기야 무로 돌아가 버리게 된다. 이 시에서 시인이 시사하는 것은 개의 주검을 통해 현대인의 잔혹성과 이기적인 속성을 세계에 고발, 비판하는 것이다.

한편, 전체 화자는, #1의 화자가 주인에게 어떻게 내버려지고 어떤 상태에서 죽음에 이르렀는지 다 알고 있다. 이것은 #2에서 "길 건너는 검은 미궁"이 있고, 그 미궁은 화자에게 어떤 고통이 다가올지를 표현하고 있다. 이때 전체 화자는 '검은 미궁'이라는 무의식의 불안을 라파엘에게 투사시킨다. 라파엘은 "온기가 남은 주검 속에 들어가 비스듬히 눕는" 다. 즉 버려져 죽어가는 개의 고통에 공감하는 행위이다. 이처럼 불안의 한 속성인 '죽음'의 기표는 '검은 색'으로 나타나고, 이는 전체 화자의 내적 불안의 한 표현이며, '자아 소멸'을 뜻한다.

이후 화자는 「내 잠 속에 기숙하는 자」에서 꿈을 통해 자아 해방감을 맛본다. 자아 해방은 철창에 갇혀 산 고립의 짐승을 벗어나는 것이고, "이름 없는 주검 옆에 핀 개양귀비 꽃"에서 벗어나는 시간이다. 이 시에서 꿈속의 화자는 "개양귀비 꽃"이다. 화자는 꿈에서 '개양귀비 꽃'으로 자신을 전위시킨다. 전위란 한 대상에게 자신의 이드 충동을 표출하기 힘들면 그러한 충동을 다른 대상에게 치환하는데 여기서는 그 역할이 '개양귀비 꽃'이다. 이 '개양귀비 꽃' 역시 "꽃가지 부러 지" 듯 고통당하고, "나무 십자가"에 매달려 피 흘리며 죽어간 절대자처럼, 즉 "슬리퍼 한 짝"을 두고 간 소년의 고통에 괴로워하고, 죽음에 슬퍼한다. 화자는 자신의 죽음과 고통이 아닌, 타인의 고통과 죽음에 대해 윤리적 책임을 지는 '박애'를 표상하고 있다. 그 가능성은 "꽃가지가 부러"지고, "나무십자가"를 두고 간 "슬리퍼 한 짝"을 더듬는 것에서 타진할 수 있다. 화자는 이 예수처럼 피 흘리며 죽어간 소년의 주검과 대면하며 불안한 시간을 견뎌온 것이다. 그런 점에서 화자의 '무량억겁'은 '박애'와 등가를 이룬다고 볼 수 있다. 이런 화자에게 "지난 생의 음역에 선 듯 느린 노래가 흘러나온" 다. 그러므로 화자는 승화를 거쳐 자아 해방을 느끼게 된다.

3. 무량억겁의 고통을 넘어서

무의식의 불안을 넘어서려는 이설빈의 시는 주목에 값한다. 이설빈은 불안에 관한 깊은 천착도 없이 무조건적으로 불안만을 부려놓는 여느 시인들과는 차이가 있다. 이 차별화는 21세기 스마트폰과 사이버 세계 속에 기투 된 현대인의 불안을 적나라하게 표현하는 데서 구별된다. 그런데도 현대인은 가상세계에 빠져서 불안의 요인을 알지 못한다. 이설빈 시인이 싸이버 세계의 문제를 다루었다는 점에서 현대인의 소통부재를 제대로 짚어냈다고 할 수 있다.

시인은 그 불안의 덮개를 해체해버리고 가난과 빈곤의 벽을 무너뜨리면서 너와 나, 우리의 '벽'을 와해시키고자 노력한다. 시인의 적극적인 노력도 노력이지만 실제 몸의 퇴화현상 때문에 자연적인 해방감을 느끼기도 한다. 이를 자아 해방이라는 주제의식 차원에서 보면 시인은 내적 갈등을 끝내고 무의식과의 화해를 통해 불안을 승화시키고 해결한다는 점에서 의의가 있다. 이설빈 시인의 불안에 대한 패러다임은 문제의 요인과 모색에 대한 대안이 분명한데 비해, 최금진 시인의 무의식의 불안은 환상에 의해 불투명하고 모호한 멸절 불안의식을 내보이고 있다. 이후 그는 '신체'를 통해 무의식과 의식의 갈등을 풀고 약한 승화 단계로 나아간다. 그의 불안은 전우주적인 차원에서 이루어진다. 더 깊이 말하자면 환상에 의해 이루어진다. 그런 의미에서 그의 불안의 요인은 '먼지의 행성'에 젖줄을 대고 있어 불투명에서 약한 투명으로 나아간다고 할 수 있다. 이점은 대부분의 시인이 시도하기도 힘든 점이다. 그런데도 최금진 시인은 서슴없이 환상을 통해 멸절 불안을 말하고 있다. 그 점에서 우리는 그의 가치를 인정하지 아니할 수 없다. 그러나 아무리 환상이라고 해도 무의식의 불안에 딜레마가 없는 것은 아니다. 그는 불안에 대한 투사를 철학에서 찾는다. 데카르트의 '진리'와 이를 증명해주는 '성서'는 신 중심과 인간 중심이라는 둘의 '참'과 '거짓', 즉 진리의 비교를 통해 불안을 해결하고자 했다. 문제는 '참' 이 진리가 될 때 자신의 행위가 거짓으로 드러나게 되고 '마법'을 통해 그 거짓은 진리로 둔갑하게 된다. 이점에서 시인은 현대인에게 나타나는 불안을 편향성으로 보고 있지 않나 하는 생각도 해본다. 그런데도 그가 '이성'이 아닌 '신체'에서 오는 힘의 부족함을 직시하고 연민과 공감을 통해 불안에 대한 새로운 패러다임을 설정했다는 점에서 의의가 있고, 파급력 또한 대단하다고 할 수 있다.

조정인 시인의 시에서 '죽음'은 누구에 의해서든 죽을 수 있는 불안에서 오기도 하고, 막막한 중심에서, 그리고 혼자 남겨지는 불안에서 오기도 한다. 그의 이러한 무의식의 불안은 꿈의 상징화인 죽음을 통해 자아 해방 단계로 나아간다. 조정인 시인은 시에서 단순한 화자를 들이지 않고 '개'와 '꽃'의 화자로 투사, 전위시켜 현대인의 잔혹성과 이기적인 속성을 남김없이 고발, 비판하고 있다. 그것이 '검은 비닐'과 '검은 미궁'으로 나타난다. 개화자는 죽음의 중심에서 홀로 있다는 불안감에 퇴로를 찾지 못하고, 결국 짐승이라는 창살에 갇혀 정신과 영혼의 균형을 잃고 주검으로 변하고 만다. 꽃 화자는 나무십자가에 박혀 죽어가는 소년의 옆을 지키는 '개양귀비꽃'이 되어 그의 주검과 함께 한다. 이뿐만 아니라, 화자는 자신의 마음을 개에게 투사시켜 죽어가는 타자를 외면하지 않고 그 주검 속에 들어가 죽어가는 개의 고통과 함께 한다. 이 두 시에 공통적으로 추출되는 화자의 태도는 '고통'과 '죽음'을 공감하고 함께 아파하는 모습이 보인다. 이러한 측면에서 보면, 화자는 윤리적 무한 책임을 다한 '박애'의 한 표상을 드러내고 있는 것이다. 현대인은 누가 죽든, 불안에 떨든 말든 아랑곳하지 않고 오직 자신의 길만 갈 뿐이다. 이들과 비교해보면 조정인 시에서 나타나는 시정신은 박애를 통한 타자윤리 회복, 즉 자아 해방을 실현한 셈이다. 이 점에서 보면, 조정인의 시는 한국 시단에서 타자윤리의 한 위치를 점한다고 할 수 있다.

2부 /

볼레로

불안과 슬픔의

해맑고 위대한 섯!

오봉옥 시인

  오봉옥 시인의 『섯!』은 민중적 삶에 대한 사회공동체 형제애를 제시한
다는 점에서 장안의 화제를 모으고 있다. 거기에 부응하는 제목 또한 만만
치 않다. 순간의 진행을 막는 멈춤은 여느 시집의 제목과는 달리 가슴을 콱
막히게 하는 긴장감을 조성한다. 그 점에서 이 시집은 독자들에게 환기력
을 불러일으킨다고 할 수 있다. '영원성'이나 '서정성'에 은닉되어 도전 없
이 시쓰기를 하는 일부 기성 문단에 가하는 일침이랄까. 정신의 집중을 요
하는 면이 또한 독자들의 관심을 끈다.
  『섯!』의 특성을 살펴보면, 이 시들은 눈부시고 해맑은 '동화적 상상력'에
의한 미와 윤리, 도덕적 정의에서 오는 숭고를 보여주고 있다. 『붉은산 검
은피』와 달리 이런 시적 변이가 생긴 데에는 다 이유가 있다. 「나의 밥」에
서처럼 주체가 혁명가적 삶을 꿈꾸며, 이를 말과 언어로 재현하다 옥고를
치른 다음, 인고의 깊이에서 얻은 성찰 때문이다. 다른 하나는 주체가 「경
계에 서서. 1」에서처럼 생사의 기로에서 '작은 콩 껍질' 하나가 우주를 만
든다는 사실을 알고 거기서 경이에 찬 미감을 발견했기 때문이다. 이처럼
시인은 사물의 외양만을 관찰해서 시를 쓴 게 아닌, 사물의 본질에 대한 웅
숭깊은 내면적인 인식에 의해 썼으며, 거기다가 시인의 주관적 경험에 상

응하는 상상력의 허구적인 창조와 자기만의 독특한 개성적인 인식에 의해 썼다. 따라서 『섯!』의 동화적 아름다움과 높고 위대한 숭고는, 시인이 현실의 불완전함과 불쾌함을 승화시켜, 감성적 인식과 새로운 미경험의 세계를 창조적으로 표현한 것이라고 본다. 비움가르텐이 말하듯 오봉옥 시인이 자신의 '감성적 인식과 그 자체의 완전성인 미학에 목표를 두고 시를 썼다고할 수 있다. 그 예가 「성자」이다.

정신지체아 최성일 씨는 쉰 살 아이지요.
그가 어느 날 꽃 지킴이를 자처하고 나섰어요.
늙은 엄마를 졸라 완장도 차고
……<중략>
꽃 다 죽는다고 울며불며 팔순어매에게 뛰어가지요.
꽃이 시들시들하면 꽃의 이마를 짚으며 걱정을 하고
늙은 엄마 이부자리 살피듯 땅을 다독거리거나
코를 킁킁 대보곤 고개를 갸우뚱거리기도 하지요.
아무도 없는 새에 꽃들의 이름을 가만히 불러보기도 하고
집으로 돌아가는 길에도 자꾸만 뒤를 돌아보지요.
그리고 늙은 엄마를 붙잡고 제법 시인 같은 말도 꺼내지요.
엄마, 내 가슴에도 꽃이 피어있는 것 같아요.
                                                    ─「성자」 일부분

일곱 살짜리 계집아이가 허리 꺾인 꽃을 보고는
냉큼 돌아서 집으로 달려가더니
밴드 하나를 치켜들고 와 허리를 감습니다
순간 눈부신 꽃밭이 펼쳐집니다
                                                    ─「등불」 일부분

인간은 개인의 주관적 평가에 의해 정신이 불균형인 지체아를 일러 우둔하다고 말한다. 삶의 보편성 조건에 맞지 않으니, 자신과의 관계에서 충족감을 주지 못한다는 인식 때문이다. 한쪽으로 치우친 경향은 각자 살아가는 조건의 기준이지 절대 미의 기준은 아니다. 최성일 씨의 사례가 여기에 해당된다. 그는 쉰 살임에도 "엄마를 졸라 완장을 차고", 또 누군가가 차를 끌고 와 매연을 일으키면 "꽃이 죽는다고 울며불며" 팔순 엄마에게 뛰어간다. 최성일 씨의 미성숙한 행위는 누가 보더라도 미적 쾌감을 주지 못한다. 그러나 다음 시행을 보면 미성숙한 행위가 기우라는 것을 알 수 있다. 그는 "밤새 잠자던 꽃이 세상에 어떻게 얼굴을 내미나 보려고 꼭두새벽부터 일어나 꽃밭으로 달려간다.", "꽃의 이마를 짚으며 걱정을 한다.", 또한 "일곱 살짜리 계집아이가 허리 꺾인 꽃을 보고"/"밴드 하나를 치켜들고와 허리를 감는다."(「등불」) 이런 환하고 보드라운 행위는 미적인 감성을 불러일으킬 만하다. 만약 어른한테서 이런 행위를 본다면 특별지도, 대단하지도 않다. 주체는 이들의 순수한 감성을 보고는 순수한 생각을 하게 되고, 깊이 감동하게 된다. 이처럼 해맑은 순수함은 그 자체로 미적 효과를 거둔다. 더욱이 정신지체아가 "내 가슴에 꽃이 피어 있는 것 같아요"라는 말에는 리듬과 소리를 합한 음색이 있어 강력한 미적 효과를 거둔다. 이들의 아름다운 행위를 보고 '파랑의 삶'에 길든 주체도 "누군가에 등불이 될 수 있다"는 희망과 만족감을 표현하고 있다.(「등불」, 「희망」, 「강물이 바다로 흘러간 이유」, 「아이들 세상」)

『섯!』에서는 미의 경험 이외에도, 주체가 대상을 통해 숭고의 감정을 경험하고 있다. 숭고란 주체가 동일성 속 조화나 친화성의 분위기를 느끼는 것이 아니라, 범접할 수 없는 위대함과 위엄, 그리고 말할 수 없는 압도감이 요동칠 때의 감흥이다. 시들에서 나타나는 주체의 숭고함은 이유나 목적 없이 대상에 대한 자발적인 떠받듦과 복종이다. 특히, 이 감흥은 대상의 타자윤리 책임과 도덕적인 정의에서 드러난다. 타자윤리 책임에 대한 감흥은 「맨발」, 「태백산맥」, 「나를 거두는 동안」, 「별」에서 나타나며, 이는 대상이 주변부적 삶을 사는 타자를 향해 드러내 보이는 헌신과 대속이다. 이러한 행위가 주체에게는 범접할 수 없는 거대함으로 다가온다. 또 도덕적인 정의에서 오는 숭고한 감흥은 「다시 사랑을」, 「함께 살자」, 「슬픈 너울」, 「나를 거두는 동안」 등에서 나타난다. 주체는 이 시들에서 한 사회의 부정, 부패를 척결하려는 민중의 거대한 개혁 행위를 보고 마음이 동요한다. 그리고 위력적인 압도감을 느낀다.

저 맨발로 태풍을 가로막지 않았다면
세상은 더 오랫동안 들썩였을 것이다
저 맨발로 악수를 거둬들이지 않았다면
세상은 더 멀리 떠내려갔을 것이다
맨발을 다 드러낸 존재처럼 처절한 것은 없다
난 지금 맨발 위에 담요 한 장 덮어주고 싶어
그 언저리에서 서성이고 있다

― 「맨발」 일부분

이런 나라에 산다는 게 부끄러워서
끝내 하얗게 날이 선 파도가 되어
으르렁거리고 울부짖었다
고요를 잃은 바다는
뭇 생명들을 요동치게 하는 법
성이 난 우리는
집채만 한 고래로 일어서고
날카로운 상어 이빨이 되어 진격했다
하루하루 먹고살기도 힘들지만

슬픈 너울이 되어 뒤집어 버렸다

- 「슬픈 너울」 일부분

주체는 일상의 흐름에서 나무의 맨발에 감흥을 느끼지 못하다가 한순간 의지를 넘어선 어떤 경이로움과 압도감을 경험하게 된다. 그 작은 맨발이 "거대 태풍을 가로막고"/"맨발로 악수를 거둬들여" 세상이 더 멀리 떠내려 가는 것을 막는다. 자신을 죽이면서까지 위험을 막는 행위는 헌신이며 대속이다. 이는 보편적인 삶을 살아가는 주체에게 생명력 있는 환한 기쁨을 촉진시킨다. 벅찬 감동도 감동이지만 '맨발'이 주체의 정신을 고양시켜 그 주체로 하여금 타자의 맨발로 다가가 "담요 한 장 덮어주고 싶은" 마음의 동요를 일으키게 한다. 타자를 위해 죽음도 불사하는 대속은 범접할 수 없는 위대함이다. 따라서 '맨발'의 행위는 모든 인간적인 관념의 한계성을 초월하여 한 사회를 이끌어가는 이념적 존재로 민중에게 우뚝 서게 된다.

위대함은, 마침내 한 사회의 도덕적인 정의를 움직여 민중이 "하얗게 날 선 파도"로 일어나는 힘의 근간이 된다. 옳고 그름을 분별할 수 있는 '파도의 힘'은 도덕적 정의에서 나온다. 정치의 혼돈과 부조리에 대한 민중의 불쾌한 흥분은 정의감을 불러일으키게 해서 "으르렁거리고 울부짖으며"/"뭇 생명들을 요동"치게 한다. 하지만 그들은 도덕적 정의로 재무장된 이념적인 존재여서 결국에는 "슬픈 너울이 되어 뒤집어" 버리고/"뜨거운 해를 품고 나아가"게 된다. 민중이 매일 먹고살기 힘든 생명의 위협으로부터 공포를 느껴, 민중공동체의 연대를 구성하여 정치를 변혁을 일으킨다. 이를 본 주체는 '날 선 파도'로 일어나는 민중의 위력 앞에 공포가 아닌 대단한 압도감을 느낀다.

동화적 상상력에서 오는 미든, 윤리, 도덕적 정의에서 나온 숭고의 흥분이든, 시에서 이 둘의 공통점은 주체의 내면에 순간적으로 찾아와 만족감을 주는 사건이라는 것이다. 이러한 점은 미성숙한 아이와 자연물이 주는 해맑음과 깊이에서 오는 압도감이지만 시에서는 주관적 경험과 상상력의 허구적 창조에 의한 미적 환함이고, 위대한 숭고다. 결국 오봉옥 시인이 시에서 숭고를 통해 말하고자 한 것은, 부조리로 은폐된 한 사회의 어두운 실상을 밝혀내어 민중적 연대로 그 사회를 개혁하겠다는 의지의 발로인 셈이다. 또한 동화적 상상력에 의한 미는 작고 순수한 것을 은폐시키지 말고 세계로 끌어내어 가장 환한 세상을 만들겠다는 의도이다. 따라서 오봉옥 시인의 미와 숭고는 롱기누스의 말을 빌리지 않더라도 시와 언어의 미적 효과라는 점에서 우리에게 지적 고양감을 한껏 드높이고 있다. 시인이라면 한 번쯤 쾌와 불쾌를 통합한 미학적 시쓰기를 해볼 필요가 있지 않을까, 오봉옥 시인의 다음 행보를 기대해본다.

발랄하면서도 우울한 슬픔의 상상력

최정란 시인

최정란 시인의 시집은 상상력의 보고다. 『독거소녀 삐삐』에서 유기적 상상력은 두 가지로 대별된다. 하나는 청소년이 가부장제 질서를 향해 발랄한 비판과 빈정거림(scarcasm)을 보인다. 또 하나는 주체가 한 사회에 대해 침묵으로 일관하는 개별자(광대)를 비판하고 있다. 이러한 최정란의 시적 사유의 변화에는 어떤 의도가 숨어 있다. 그것은 시인의 시쓰기와 관련이 있는데, 시인은 '검은 시간'으로 비유되는 '허기의 시간' 때문에 자신의 몫, ㅡ'흰 시간'이 저당 잡힌다. (「흰 시간 검은 시간」) 타인의 강요에 의한 침묵은 '허기'이고, 허구적인 시간이다. 시인은 말풍선뿐인 허풍쟁이 '광대'들을 아이러니로 비판한다. (「아침은 맑음, 오후는 모르겠어요」, 「막막광대」, 「회의광대」, 「위임광대」, 「달려라 하니」, 「버뮤다 제라늄」, 「독거소녀 삐삐」, 「사포」) 또한, 청소년들이 능동성의 힘으로 수동성의 힘인 가부장제 질서를 비판하며 비아냥거린다. 이처럼 시인의 상상력(imagination)은 경험에서 출발하는데, 경험은 내면 속에 저장되었다가 이미지의 활성화인 연상을 통해 발랄한 내적 원리로 드러난다. 다시 말해 자유분방한 시인의 상상력이 주체를 앞세워 한결같이 행과 행 사이를 누비며 세계를 활보하고 있는 것이다. 하지만 개별 주체는 부조리한 사회 집단의 전체성 때문에 '불가능한 이륙'을 하게 되고, 결국에는 슬픔의 화살표인 '울음의 이정표'를 따라가게 된다. (「눈물광대」, 「전사의 시」, 「울음의 이정표」, 「숨죽여 우는 사람」) 따라서 『독거소녀 삐삐』에서의 최정란의 유기적인 상상력은 연상에 의한 능동적 세계와 수동적 세계의 창조라고 할 수 있다. 두 힘 사이에서 시인은 조화의 세계가 아닌, 부조화의 세계를 드러내고 있다. (「피노키오」, 「고군분투」, 「말과 투구와 노새와 랩」, 「목단꽃 무늬 접시」, 「소녀들이 소풍을 가요」)

졸라 블라블라 졸라졸라 블라블라 어여쁜 소녀 떼가
졸라졸라 길을 간다 졸라졸라 팔짝팔짝 졸라졸라 즐거워
교실도 졸라 시험도 졸라 학원도 졸라 아빠도 졸라(밥맛
없어) 엄마도 졸라(밥맛없어) 집도 졸라 용돈도 졸라 알
바가 졸라 생리대가 졸라 말과 투구가 졸라 발랄해, 졸라
졸라 거슬려, 내가 졸라 밥맛이라는 증거, 학교와 부모를
졸라 존중하는 증거, jollyjolly 깔깔대며 졸라졸라 조잘대
는 소녀 떼, 투명한 새 탁구공처럼 졸리졸리 튀어 오르며,
입을 모아

졸나 블라블라

존나 블라블라 존나존나 블라블라 씩씩한 소년 떼가
존나존나 길을 간다 존나존나 펄쩍펄쩍 존나존나 유쾌해
게임도 존나 급식도 존나 과외도 존나 선생도 존나 (병맛
이야) 형도 존나 (병맛이야) 축구도 존나 여친도 존나 꿈
이 존나 솜털 수염이 존나 말과 노새가 존나 경쾌해, 존
나존나 거슬려 내가 존나 병맛이라는 증거, 선배와 또래
를 존나 존중하는 증거, 尊나存나 낄낄대며 좋나좋나 진

지한 소년 떼, 보이지 않는 골대를 존나존나 돌진하
려, 발을 굴려

-「졸라졸라 블라블라」 일부분

　시인의 유기적 상상력은 마침내 소년과 소녀들의 통합언어인 '졸라졸라'
와 '블라블라'라는 비속어를 통해 기성세대 교육관과 수동적인 여성성, 그
리고 가난한 부모의 무기력한 삶을 비판하며 비아냥거린다. 소녀들은 먼저
'교실', '시험', '학원'을 졸라, 그다음에는 '집', '알바', '용돈' 등 가난을 물려
준 부모를 졸라, 이 둘을 "졸라 존중"한다. 이때 '존중'은 표면적으로는 칭
찬하는 것처럼 들리지만 심층적으로는 무능력한 교육관과 부모를 신랄하
게 비판하는 아이러니 기법을 취하고 있다. 이와 더불어 그들은 '생리대'로
상징되는 순종적인 여성성을 비판하고, '말'과 '투구'로 상징되는 가부장제
질서의 나약성을 사정없이 비판한다. 따라서 소녀들의 발랄하고 쾌적한 비
속어는 세계에 대한 공격이다.

　소녀들과 더불어 소년들은 '존나존나'와 '블라블라' 비속어를 통해 가족
과 여친, 놀이문화 그리고 학교생활 모두가 '병맛 없음'을 말한다. 그들은
'말과 노새가 존나 경쾌'하다고 하지만 심층에서는 소녀들과 마찬가지로
기성세대에 대한 공격의 의미가 내포되어 있다. 이는 가부장제 질서의 느
림을 아이러니로 표현하는데, 그들에게도 문제의 양립성이 존재한다. 선배
와 친구에게는 존중의 대상처럼 尊이어야 하는지, 存이어야 하는지이고,
자신에게는 왜 존나 '병맛'이어야 하는지 사이에 갈등한다. 청소년에게 존
과 재의 의미보다 자신이 '비하'되는 현실적인 삶이 싫어 아이러니로 표현
하고 있다. 이처럼 소년과 소녀들은 "낄낄대며 존나존나" 경쾌한 비속어로
가부장제 질서에 대해 비판과 반어(Irony)적 의미를 담고 있다.

　이처럼 최정란의 시가 탄생하는 것에는 학교와 가정, 가족, 사회라는 요
소들이 아주 중요한 역할을 한다. 시인은 시의 자율성 개념을 통해 사회의

사회성 비판이라는 미학적 가치를 견지하고 있다, 이때 시의 자율성이란 예술의 초석이 되는 사회성을 의미하는데, 사회의 사회성에 관한 그녀의 상상력은 개별자의 의견이 수렴되지 않는 부조리한 사회에 대한 우울과 슬픔을 표현하는 힘이다. (「울음의 이정표」) 이 사회는 이미 사회성이 멸종위기에 처한 세계다. 입은 있지만 필요한 말을 못하고 모든 것은 위임으로 대체되는 세계다. (「위임광대」)

1
중요할 것 없어 더없이 중요한 약속이 생기지
위임할게요 바쁜 척, 유쾌하게

전체 의견에 따르겠어요
의견 없는 것도 의견
대세에 따르는 것으로 의사정족수를 채우지

줄줄이 위임된 안건들과 나란히 몸을 웅크리지
아늑한 상자 속에 누워

위임으로 참석을 대신하는
위임으로 직접 참석한다고 가볍게 날아와 착지하는
외톨이 고양이
스스로 생을 결정한다고 착각하지

사다리와 물고기와 양지바른 남쪽 툇마루가
필요한데
위임은 옆길과 샛길에 핀 꽃들과 해찰하지

― 「위임광대」 일부분

사회는 위임하는 자가 자기 의견과 제안을 내놓을 수 없는 공간이다. 그러니까 이 사회는 힘 있는 남자들이 지배하는 세상이다. 대다수 사람은 중요할 것도 없는데 더없이 중요한 것처럼 유쾌하게 회의에 불참함으로써 자신의 고유한 권리를 반납한다. 그런데도 사회나 회사는 왜 회의해야 하는지, 주체조차도 회의에 참석하고 많은 회의를 하지만 회의가 드는 건 사실이다. 이 회의하는 사회를 시인은 '회사'와 '사회'라는 유음이의어와 '희의'를 '회의'하는 동음이의어로 사회의 사회성을 비판하고 있다. 이 사회는 주체에게 성취감을 주는 게 아니라, 회의하게 하고 귀를 가시의 무덤으로 만들어간다. (「사슴뿔 선인장」) 이런 생각은 현대를 살아가는 사회인이라면 얼마든지 경험하게 되는 평이한 체험이다. 그 예로 입을 침묵으로 가둔 개별자가 자신의 발언을 반납하고 위임으로 전체 의견을 대신한다. 개별자는 "사다리와 물고기와 양지바른 툇마루"라는 시의 상징을 통해 빛과 생명 정서의 필요성을 말하고 있다. 하지만 개별자는 자신의 의결권을 위임하게 됨으로써 정도가 아닌 '샛길의 꽃들'과 해찰하는 결과를 낳게 된다. 따라서 이런 사회는 사회성의 멸종위기를 초래하고 있는데, 그 이면에는 "슬픔의 힘을 믿고 끝까지 살아보겠다"라고 하는 종족이 있다." (「드디어」)

최정란 시인의 시에서 세계를 지배하는 상상력의 하나는 '발랄'과 '우울'이다. 이는 세계를 비판하는 시의 미학적 특성과 관련이 있는데, 시인은 한 사회의 개별자가 수동성과 침묵으로 일관하기에 슬프고 우울한 심리를 구체적으로 드러낸다. 이 심리가 내포하는 의미는 사회에 대한 개별자의 인식과 사유가 없어지고, 그 자리에 무성한 바람이 "뿌리와 머리"를 키우고 있다. (「무」) 다시 말해 사회는 개별자의 말을 인위적으로 조작하여 그들을 광대로 만드는 것이다. 이런 사회가 주는 말의 '허기'와 '허구'에 대해 최정란은 모든 것이 변하고 유한한 외부 경험에서 시가 출발했지만 '순수한 기적'을 얻기 위해서는 시의 내부에서부터 본질을 찾아야 한다고 말한다. (「프

롤로고스」) 시의 내부에는 죽은 것도 살릴 수 있고, 만물 또한 영원히 죽어 영원히 살 수도 있다. 이처럼 최정란 시의 주체는 시의 외부를 선택하여 이들을 보다 아이러니칼하게 만들어 시의 내부로 변용하고자 한다. 결국 최정란 시의 화두는 발랄과 우울의 이정표를 넘어 인간 본질에 대한 영원성으로 귀결된다. 이는 이후 시쓰기의 가능성을 시사하는 것이라서 눈여겨볼 필요가 있다.

우주, 신화를 토대로 한 생명력의 소멸과 창조

김추인 시인

　김추인 시에서 우주적이고 신화적인 상상력의 흐름은 알파고 불안 이후 미래 사이보그의 무차별 활동에 대한 인간 자각의 필요성에서 비롯된다. 또한 상상력의 흐름은 자본주의의 기형적인 발달로 인해 생긴 인간 소외현상의 심각성을 막고, 자연과의 분리로 인해 생긴 인간 정신의 황폐화와 밀접한 관계가 있다. 이 말은 고도로 발달한 과학기술문명에 대한 비판(「AI, 까마득한 날에 이미」, 「김미래님의 외출」, 「내일의 친구들에게 고告함」)이고, 자연의 자각 활동을 통해 인간 본래의 생명력(「그래도 거기 있어야 한다」, 「사라짐에 대한 연구」, 「부메랑」, 「톱니바퀴에 끼어」, 「종다리의 구름 노트」)을 복원하자는 의도이다. 결국 시인은 이러한 인간의 불안정한 삶을 포용해 줄 신의 절대적 가치가 필요하다고 역설한 셈이다.

　이 『해일』은 그녀가 라이프니츠 철학을 보여주는 듯, 초신성을 가진 신의 신비를 방대하게 풀어놓고 있다. 일부 시에서 우주는 최하위 단순 개체의 자각 활동에서부터(「스승」, 「벌레들의 승부」, 「AI,까마득한 날에 이미」, 「천명」, 「자연의 이름으로 그냥」, 「공유하다」)최상위 신에 이르기까지 서로 연속적 계열들로 이루어져 있다. 즉 각각의 개체들은 자기만의 독특한

체계를 갖고 있고, 제 위치를 점하고 있다는 것이다. 그러면서도 서로 조합되어 전체 우주를 반영하고 있다. 「알들의 오디세이아」에서 "별에서 별로 충충 뛰기"가 그것이다. 우주를 날고 있는 물방울, 사막, 공기 그리고 먼지, 열, 냉기 등 모든 것을 하나로 조합해 내는 것이 초신성을 가진 우주의 신이다.

　이러한 신은 시인에게 섭리를 가르친다. 신의 섭리는 우주 생멸에 있다. 『해일』에서 시인은 인간의 생멸 과정이나 우주에서 별들의 생성과 소멸(「시나리오」)을 신의 위력으로 본다. 신은 별의 소멸과정에서 생긴 원소들을 결합해서 "너이고 나이고 꽃과 나비/지금 우주를 날고 있는"(「누가 물레를 돌리고 있는가」)것들을 창조한다. 그리고 그 과정에서 생긴 바위가 "모래알이 되어 무심"으로 보이는 것이고, 이들이 "있는 것도 없는 것도"(「해일」) 아닌 바람으로 보이게 하는 것이다. 이처럼 신의 세계 창조과정에서 생긴 상생과 대립, 모순과 조화가 우주의 고유한 성질이라고 할 수 있다. 장회익에 따르면, 우주에는 "기존 개체의 생명과는 차이 나는 전일한 실체로 인정되는 것이 태양과 지구 사이에 나타난 생명이 유일하다"라고 한다. 우주를 생명으로 보기 때문에 생체의 톱니바퀴는 "오차 없이 프로그램되어 시행"(「생체의 톱니바퀴에 끼어」)된다. 이 빈틈없는 우주 생명의 연속 실체를 초신성을 가진 신의 창조 행위로 시인은 보고 있다. 결국 시인은 이 모든 과정을 내면화해서 신화와 우주적 상상력으로 시를 확장해나간 것이다.(「푸른 갈기의 말들을 위로하는 기도」, 「아무것도 아니거나 눈부시거나」, 「시나리오」, 「사막의 비너스」, 「누가 물레를 돌릴 것인가」)아래 시는 우주의 생멸 과정을 보여주는 신의 초신성을 보여주는 예다.

　　오랜 후 하나의 설화가 완성될 것이다 그녀의 족속들이
　　생멸한 후이면 허공은 창랑한 영들의 공기 방울,

방울마다 팽창하는 우주가 즉발의 긴장을 감추고 있을

것이다

소멸을 향한 존재의 여행,

하얀 나래짓은 간단없이 반복되고 잠깐씩 먼 후일 우주

의 유골들을 보여주는 빅뱅,그리고 초신성의 광휘

소멸 중인 족속들이 알게 모르게 불안했을 것이다

오랜 후 거대한 우주의 미라는 어디에 걸려있을 것인가

다시 오랜 후 창궐하는 어둠들이 홀로

유영하고 있을 허

우주가 소멸되기 이전

인식의 주체이던 그녀의 작은 족속들이 폐기되고 없다는

것은 다행 혹은 불행

―오래전에 존재한 우주는 아름다웠었다―

완성된 설화를 바람의 귀로 남은 미라가

홀로 듣고 있을 뿐

허에서 허로 유전될,

어디든 있으면서 아무 데도 없을 우주라는 자연을 없는

누가 이 위대를 기록할 것인가.

—「시나리오」 전문

　이 시에서 신화·우주적 상상력은 '설화'를 통해 신에 의한 우주 생멸을
형상화하고 있다. 비록 시가 '시나리오'라고 과정한다고 해도 주목되는 것
은 초신성을 가진 신이다. '초신성'의 실체를 이해하지 못하는 무신론자들
이 이 시를 본다면 기괴하고 괴이하다고 말할 것이다. 말도 안 되게 우주에
"창랑한 영들의 공기방울이 팽창"하고 이 실체들이 안개처럼 혼미하고 "하
얀 나래짓"을 반복하는가 할 것이다. 또한 그들에게는 이들의 팽창으로 인
해 어떻게 우주가 잠깐의 대폭발을 할 수 있는지, 대폭발이 우주의 유골을

보여주는지, 신은 어떻게 세계를 창조하는지 등 이런 것이 난해하다고 할 것이다. 신의 초신성에 대해 시인은 분명히 말한다. "우주의 먼지, 가스가 뭉쳐 저 이쁜 별들이"(「사하라」) 탄생된 거라고 말이다. 이런 점으로 본다면, 우주는 초신성에 의해 "창궐하는 어둠들이 홀로 유영하고 있을" 대폭발 후의 소멸도 가능하다.

시인의 시는 시나리오로 작성한 '설화'형식을 띠고 있다. 이 설화는 우주에서 소멸되어가는 그녀의 족속들이 팽창하고, 하얀 나래짓으로 영혼이 되고 공기방울로 변하고 마침내 근원의 실체인 바람으로 변하는 이야기다. 그리고 이 족속들은 우주 대폭발과 함께 폐기되고 없다는 사실에 대해 시인은 "다행이거나 불행하다"라고 말한다. 왜냐하면 우주에서 생명의 소멸은 근원적인 실체로 변해 먼지와 영혼의 공기방울 같고 무의식처럼 알 수 없어 "바람이 바람이라는 이름도 없"(「자연이라는 이름으로 그냥」)기 때문이다. 이 점이 시인에게는 대폭발 이전에 존재한 수많은 성좌와 빛의 산란으로 오는 은비 같은 우주의 미의식과 무관하지 않다. 시인은 우주의 소멸을 '시나리오'로 쓰면서 처음엔 불안과 두려움을 느끼지만 이후에는 신의 초신성에 대해 궁금증이 인다. 대폭발 이후 "우주의 미라는 어디 걸려 있을 것인가" 시인은 그 답을 완성된 '설화'에서 찾는다. "바람의 귀로 남은 미라가 홀로 듣고 있을 뿐"이라고 한다. 우주의 미라가 '바람의 귀'가 되었다는 것은 미라의 실체가 근원적인 실체로 변했다는 뜻이다. 미라가 수많은 점으로 이루어진 복합체라면, 역으로 미라가 다시 점으로 변해 바람이라는 근원적인 실체가 되었다고 할 수 있다. 따라서 우주의 바람은 "어디든 있으면서 아무 데도 없"는 신비함이라서 신의 세계 창조와 연결된다.

김추인의 시는 비교적 조용하고 애잔한 여성시들에 비해 신화적이고 우주적이며 대륙적(「바이칼의 딸」, 「모래 경전」, 「사막의 공식」)이다. 이 대범성은 신에게 읍소할 만큼 그녀의 기질과 맞물려 있다. 시인은 시에서 이

읍소를 통해 신이 죽은 세상에 다시 신을 불러낸다.(「읍소」) 과학기술이 인공지능과 인간형 로봇을 생산해 화면의 유토피아 속으로 현대인들을 몰아넣기 때문이다. 이러한 인간의 황폐한 정신력을 회복하기 위해서 그녀는 우주의 생명력인 인간의 "영성과 영혼과 영원이" 신에 의해 재창조되어야 한다고 말한다. 그런데 이 신은 누군가의 귀를 아름답게 하는 여린 화성음으로 오는 게 아닌, 광년의 트랙을 돌아 푸른 갈기털을 휘날리며 오는 초신성의 신이어야 한다는 것이다. 이것이 김추인이 지향하는 시적 세계관이다. 그녀의 시는 신적 믿음과 서정성 형성을 위해 세계를 스스로 탐구하고 내면화한다. 그래서 신화·우주적 상상력을 통해 자기만의 미의식의 사고 작용을 시로 표현해내고 있다. 이런 그녀의 시는 조각조각 세공한 아티잔(artisan)적인 면도 있지만 그보다 치열한 창작자의 추구로 대륙과 우주로 쭉쭉 뻗어가는 프리스트(priest)적인 면이 더 강하다.

비시간성에 의한 그림자의 상징

신미나 시인

　시간이란 무정형 상태에서 뚜렷한 형태를 볼 수 있는 빛과 연관이 있다.
이 빛에 의해 모든 유기체는 생존이 가능해진다. 현재를 살아가는 인간 존
재의 시간은 달의 주기와 태양의 궤도에 따라 삶이 변화한다. 하지만 신미
나 시인은『당신은 나의 높이를 가지세요』에서 비시간성의 주술을 사용해
문명화된 현실 세계에 대응하고 있다. 이 시집에서 그림자의 상징은 영靈
에 대한 개방이며, 죽음 등 주체의 경험 외부에 있는 사건이다. 그림자는
주체에게 새로운 의미를 부여하는 형태로 나타난다. 이러한 상징의 기능은
우주적 이야기가 인간의 창조적 신비 앞에 모습을 나타냄으로써 속신과 설
화의 세계를 구축하게 된다. 이 세계는 신적 존재로 인해 생성의 신비를 드
러내는데, 특히 샤먼의 주술은 환각을 동반한 그림자로 나타난다. 그림자
가 현실적 존재의 꿈에 나타난다는 점에서 신미나 시인의 시편은 개인 무
의식에 중점을 둔 정신분석의 방법이 필요하다. 하지만 시편에서 환각이나
꿈이 시인에게 파편화되어 나타나거나, 무의식에 의한 통증이 유발되지 않
는다는 점, 그리고 일련의 이야기가 구체성을 띠면서 인간 생명력의 존중
을 표현다는 점에서 비시간성에 의한 신화·원형 방법론의 특징을 보인다
고 할 수 있다.

이 모든 것을 흡수하는 그림자의 세계는 과학적 사고로 이해할 수 없고, 시의 정서로 밖에는 이해 안 되는 주술적 세계이다. 특히 주술에서 그림자는 원초적 속화에서 점진적 속세계로 전개되는데, 이 시집에서 속세계는 죽은 자가 현실 세계에 나타나 산자 얼굴을 지배하거나, 주체의 경험 외부에 있는 영靈이 산자의 얼굴로 인식되는 등 초현실적인 모습을 현실세계에 드러내고 있어 신비하다 못해 기괴·기묘하다고 할 수 있다. (「무이모아이」, 「파도의 파형」, 「파과2」, 「늑대」, 「홍합처럼 까맣게 다문 밤의 틈을 벌려라」, 「콩비지가 끓는 동안」, 「양옆으로 길게 늘어선 거울」)

다음은 그림자의 상징이 들어 있는 「파과2」를 보면서, 주체의 경험 외부에 있는 대상이 어떻게 주체의 얼굴로 형상화되는지 알 수 있는 시다.

늙지 않는 언니
내가 태어나기도 전에 죽은 언니가
아직도 마루에 앉아 있다
내 얼굴을 하고 앉아 있다

…<중략>…

복(卜)자 모양으로 나뭇가지를 꺾어
원을 그리고
팔다리를 집어넣으라고 할까?
그림자를 지워버리라고 재촉할까?
언니는 아무것도 몰라
눈꺼풀에 검은 재를 묻히러 온다
다음날을 표시하려고
흰색 붉은색
기를 매단 대나무

해바라기를 태운 이 집에
누가 먼저 다녀갔다.

―「파과2」 일부분

이 시는 인간의 원초적 체험이 주술 형태로 남아 있어 비유보다는 상징
이 필요하다. '해바라기'의 상징은 빛과 암흑이 하나로 결합 되는 '꽃'이다.
암흑은 죽은 언니의 혼령이고, 빛은 사물을 분명하게 인식할 수 있는 주체
의 얼굴이다. 죽은 언니의 얼굴이 주체의 얼굴로 변형되어 나타나는 것이
해바라기다. 해바라기가 피는 '마루'에서 언니는 주체의 얼굴을 한 채 국수
를 먹는다. 국수의 상징은 언니를 향한 주체의 그리움과 모르는 과거에 대
한 인식의 한 변형체다. 비록 주체의 외부 일이긴 해도 죽은 언니는 가족이
그리워하는 대상이고, 모르는 과거를 인식하게 하는 혼령이다. 그런 대상
이 현실세계로 돌아왔다는 것은 주체에게 혼령(눈거풀에 검은 재) 지우기
가 필요하다는 뜻이다. 그 실행을 위해 주체는 주술사에게 "복(卜)자 모양
으로 나뭇가지를 꺾어/원을 그리고/팔다리를 집어넣으라고 할까?/그림자
를 지워버리라고 재촉할까?" 고민하고 있다. 원 속에 팔다리를 집어넣는
행위나 그림자를 지워버리는 행위는 부정의 원리를 가진 혼령을 소멸하는
주술의 한 방법이다. 주체가 환각으로 나타나는 그림자를 지우려 하듯, 샤
먼은 실제 해바라기로 상징된 언니의 혼령을 태우는 행위를 한다. "흰색 붉
은색/기를 매단 대나무"가 그것이다. 주술사에 의한 그림자의 제거는 주체
가 샤먼의 힘으로 인간 문제를 해결하려는 태도이다. 따라서 두 계를 하나
로 연결하는 통로가 '주술사'인 것이다.

이제 그림자 상징은, 시인이 속신 세계의 주술 행위에서 벗어나 우주적
신성인 대모신의 설화 세계로 확장되어 간다.(「거인」) 대모신은 우리에게
자기 신체를 이용해 우주에서의 생명과 연관된 창조행위를 보여주는데, 주

체의 시적 확장이 가능한 이유는 '거인'을 통해 신의 신비를 경험하기 때문이다.

　아래는 설화적 기법으로 쓴 「마고1」이다. 이 시를 보면, 아기의 생사여탈(生死與奪)을 쥐고 있는 고대적 관념이 시간의 흐름과 전혀 상관없이 아직도 사라지지 않고 있음을 알 수 있다. (「美堂」, 「마고1」, 「마고2」)

　　　마고는 곧 저승으로 떠나게 될 아기들이 가여워
　　　제명과 맞바꿔 아기들을 살린다고 합니다
　　　아기의 숨구멍에 흡,하고 입김을 불어
　　　군밤을 식히듯이 오른손 왼손 번갈아 둥글려
　　　경단처럼 된 것을 여우처럼 물고 다니는데
　　　마고의 입에서 아기의 입으로 옮겨주면
　　　꺼져가는 숨을 살릴 수 있다고 했습니다
　　　마고와 눈이 마주친 아기는
　　　경기를 일으켜 그 기억을 지우게 된다고

　　　　　　　　　　　　　　　　　　　　　　－「마고1」 일부분

　이 설화에서 성스럽고 신비한 계시는 마고가 죽은 아기를 소생시키는 현상이다. 인간존재의 재생은 마고의 가장 위대한 업적이며, 성스러운 시간의 시원이다. 비시간성을 살고 있는 마고가 "입에 넣고 혹 부는 경단 같은" '둥근 환'이 죽음에서 소생이라는 우주 질서의 한 변환점으로 작용한다. '환'은 아기 죽음의 한 요소인 질병의 침입을 막는 수호령이고, 또한 '환'은 신이 성스러운 성물을 통해 우리 인간의 삶을 안전하게 보호해 주는 상징적 재생이다. 그러므로 주체는 여성의 원형인 마고를 통해 죽음에서 오는 불안을 성스러운 징표의 힘으로 막고자 애쓴다.

　위에서 본 바와 같이 신미나 시인의 '비시간성에 의한 그림자의 상징'은 속신의 세계에서 일어나는 주술적 의미와 죽음과 생명의 연관성인 원형 차원에서의 설화적 의미가 결합되어 나타난다. 이때 그림자의 상징은 시인의 무의식과 의식에서 오는 고통이나 상처를 말하는 게 아니라, 비록 개인적이고 주관적이긴 해도 신비한 원형 세계의 생명력을 복원하고 발굴하는 데 쓰이는 일이다. 그 점에서 위의 시편들은 성화된 세계를 구현하는 것이고, 여성 원형의 가치를 드높이는 것이라고 할 수 있다. 하지만 시인이 인식하는 신의 육화는 경험 외부에 있는 가족의 뿌리와 어린시절 경험 안에서 길어 올려진 불가해한 세계라서 그림자의 상징인 속신 세계와 우주의 신적 세계에 대한 표현이 다소 소박미를 보인다고 할 수 있다. 그런데도 시인은 현대인의 파편화되고 불안한 감수성에 가족공동체 간의 소통을 보여주고, 여성 원형의 갈망을 속신과 설화적 형태로 드러냄으로써 여성 본질과 더 나아가 인간 본질에 대한 이해를 바탕으로 하고 있다. 그런 의미에서 필자는 시집의 첫 페이지로 돌아가 책장을 넘기고 있다.

서민들의 고단한 삶과 인간적인 이해

문성해 시인

　　문성해 시인의 이전 시들 『아주 친근한 소용돌이』(2007, 랜덤하우스)을 읽을 때면 마음은 묵직하고, 비수에 꽂힌 듯 아팠다. 『내가 모르는 한 사람』(문학수첩, 2020)에서도 주체나 시적 대상의 삶이 낮고, 작고, 고단하여 아프지만 전 시집과 달리 이번 시집은 시인이 희망을 말하고 있어 고무적이다. 문성해 시인은 이 시집에서 투박하면서도 다감한 감성의 언어로 인간적인 이해의 폭을 넓히고 있다. 감성이 관념적이기보다는 자신의 살아온 삶과 연관을 지어 구체적이고 이미지적인 형상미를 보여주고 있다. (「밤이 키운 아이」) 그녀는 시에서 주체의 왜소해지는 몸을 고단한 대상과 동일시함으로써 서로 간의 조화를 이루고자 하는 마음이 강하다. (「내가 너의 이름을 부를 때」, 「인면어」 등) 특히 '뒤태'나 '맨발'에서는 낮고 가난한 존재의 삶을 여과없이 드러냄으로써 독자들에게 공감대를 형성하고 있다. (「발」, 「뒤태」) 이러한 시인의 인간적인 이해의 폭은 내용적인 면에서 잘 드러나는데, 시인은 왜소한 주체, 날깃한 뱃가죽 그리고 막차에 젖을 물리는 일에 찌든 외국 여성에게까지 관심과 애정을 보인다. 따라서 시인의 시편들은 삶이 고통으로 끝나는 게 아니라, 희망을 말하고 있어, 개별화된 정서가 안정적이라고 말 할 수 있다. (「나의 거룩」, 「늙은 기차」)

그 예시로 시인은 「나의 거룩」에서 "내 몸이 자꾸만 왜소해지는 대신/어린 몸이 둥싯둥싯 부푼다"라고 한다. 어미의 '왜소함'의 대극점에 있는 아이들은 '둥싯둥싯 부풀어' 오른다. 이는 신체의 성장이므로 어미의 입장에서 보면, 미래 희망과 직결된다고 할 수 있다. 아래 시에서 '왜소함'과 '둥싯둥싯 부풀어 오름'은 '늙음'과 '희망'이라는 반어적인 것의 대표성을 띤다.

> 반지하방
> 계단을 내려가면
> 삐걱이는 침대 위에
> 그것은 펼쳐져 있습니다
> 한 번도 각을 만들어 본 적 없는 그것에겐
> 시큼한 물비린내가 납니다
>
> ……<중략>……
>
> 그 속에서 당신은
> 늙어 가는 허파 대신
> 옆구리에 푸른 아가미가 파입니다
> 돌멩이를 쥔 듯 손바닥이 따스해집니다
>
> 하지정맥류의 종아리를 절뚝이며
> 만년 알바생인 당신은 또 나섭니다
> 지느러미 돋은 달과 함께
> 25시 편의점으로
>
> ─ 「Y의 이불」 부분

이 시에서 등장하는 배경은 가난하고 늙어가는 대상들이다. 반지하 깊숙한 방, 오래된 침대 위에 이불이 한 번도 각진 적 없이 쭈그러진 채 펼쳐져 있다. 'Y의 이불' 비유가 전체 시 구성, 즉 '반지하방','오래된 침대' '각이 진적 없는 이불'과 관련을 맺고 있다. 'Y의 이불'의 특성이 시 전체로 확장되면서 수직적 특성을 드러낸다. 이 시에서 주체는 다수 대상들의 삶의 형태가 힘찬 생명력을 드러낸 적 없고, 빛을 담아낸 적도 없다. 그 점에서 가난한 삶의 단면을 보여주고 있다. 확실하게 말하면, 대상의 삶은 편의점의 평생 알바생이며, 하지정맥류를 앓을 정도로 일을 많이 하지만 부의 축적과는 별개의 문제다. 그러나 대상의 이런 희생이 어린 자식을 위한 일이라서 얼마든지 감당할 수 있다. 그것을 주체는 대상의 "옆구리에 푸른 아가미가 파입니다"라고 하는 암시를 통해 어린 자식들이 대상의 옆구리를 파먹으며 크게 자란다고 한다. 주체는 대상의 행위를 현재형으로 표현하고 있는데, 이는 불의 상징인 '돌멩이'를 쥔 듯 손이 따뜻해진다. 즉 미래 희망을 암시하고 있다. 늙고 가난한 대상의 삶이 그것으로 끝을 맺는다면 시인이 구태여 이 시를 쓸 이유가 없다. 시인은 대상에게 희망을 주기 위해 '푸른 아가미'와 '돌멩이'의 상징을 통해 정서적 따뜻함을 말하고 있다.

이 부분에서 주체의 사유는 "만년 알바생"으로 요약되어 있다. 일정한 직업을 가지고 있지 않다는 '알바생'의 이미지만 봐도 가난을 유추할 수 있다. 그래서 대상의 몸 어딘가가 불편한가? 예술과 관련된 직업이어서 먹고 살기 위해 두 개의 직업이 필요한가? 아내가 없는가? 등이 그것이다. 만년 알바생인 대상이 "지느러미 돋은 달과 함께/25시 편의점으로" 출근한다. 즉 대상이 대상의 낮 활동이 아닌, 달 뜬 밤에만 출근한다는 의미다. 이는 다시 "홀로 날깃한 뱃가죽을 밀며 끌며 가는 환쟁이의 길"과 연결되어 가난을 말하고 있다.(「서설홍청鼠齧紅菁」) 가난이란 것은 피치 못할 대상의 몸과 정체성에 의해 생기는 일이어서 고단한 삶은 지극히 필연적으로 따라

오게 된다. 시인의 시집에서 서민의 삶을 말하는 시들이 아프거나 공포스럽지 않고, 낡고 힘들어도 주체의 인내력이 암시되어 있어 희망과 연결되는 이유다.

마침내 시인은 이전의 묵직한 시에서 벗어나 우리에게 희망의 메시지를 전한다. 희망은 자연 풍경을 바라보는 데서, 또는 가족을 향한 인간적인 이해(「방과후 강사」, 「처서」)를 바탕으로 하는 데서 느껴진다.

> 나는 오늘
> 가을볕 속으로 빨래가 물기를 털어 내는 걸 바라보면서
> 그러고도 내 습진을 내다 말릴 수 있게 넉넉함이 남아
> 도는 이 볕이 좋고
> 헛헛한 위장 속으로 수제비를 같이 흘려 넣을 가난한
> 식구가 있어 좋고
>
> ……<중략>……
>
> 그러고도 더 좋은 건
> 일생에서 가장 높고 맑은 날 중의 하나인 오늘이
> 아직도 이마 위에 두둑이 남아 있다는 것이다.
>
> ─「처서」 부분

이 시에서 시인은 '좋다'는 감정을 내비친다. 물기가 있는 **빨래**처럼 '볕'이 내 습진을 내다 말릴 수 있어서 좋고, '가난한 식구'가 있어서 좋고, "일생에서 가장 높고 맑은 날 중의 하나인 오늘"이 있어서 좋다고 한다. 이 말에서 우리는 시인이 자연과 가난한 가족 때문에 자신의 마음이 인간적인 이해와 생명력으로 충만해지는 것을 알 수 있다.

이러한 진술에는 서민들의 투박하고, 정감어린 향토적 색채가 나타나는

데, "헛헛한 위장 속으로", "오지게 지지는 오후", "두둑이 남아"있다고 하는 구절로 줄일 수 있다. 이 구절들이 함유하고 있는 감정은 아주 깊다. 위장 속으로 수제비가 흘러들 듯 가난한 가족들이 모여 앉아 뜨거운 음식을 홀홀 떠먹는 모습에서 핵가족화된 도시인의 정서에서는 느낄 수 없는 따뜻함이 녹아 있다. 늙은 염소가 고구마를 우물거리는 모습이나 처서에 높고 맑은 날이 아직도 내 이마 위에 많이 남아 있다고 하는 말은 일할 시간이 많다는 뜻이며, 또한 동물과 인간, 자연이 하나가 되어 조화를 이룬다는 뜻이다.

문성해 시인은 도회지의 세련된 인간의 모습이 아닌, 질그릇처럼 투박한 서민의 삶으로 시집 전체를 메우고 있다. 그녀는 자동차보다는 자전거를 타면서 지구의 습득물과 분실물을 다 태우겠다는 듯 땅을 간질이며 가고, 바구미를 죽이다가 과거 이웃 아줌마와 경비원과 실랑이하던 자기 모습이 오버랩되어 반성의 기미를 보인다. 이와 달리 시인은 경부선 막차에서 만난 연변 여인과 그녀 아들의 울음을 통해 타자를 위한 인간애적인 모습을 보인다. 그럼으로써 그녀는 우리에게 연민과 공감력을 끌어내고 있다. 이처럼 그녀의 시들은 과장되거나 화려하지 않고 항상 낮은 자세로, 때로는 소극성을 띤 채 자신의 자리를 꼿꼿하게 지키고 있다. 이 모든 것이 문성해 시인의 인간적인 이해의 폭을 말하는 것이다. 앞으로는 어떤 시에서 삶의 렌즈를 세밀하게 고정할 지 주목해 볼 일이다.

일상에 관한 삶의 존재방식과 가족애

전영관 시인

『슬픔도 태도가 된다』를 다 읽은 후 연두색 표지를 오랫동안 들여다보았다. 연둣빛이 누군가에게는 흔하디흔한 봄 색이고, 어린 싹들에겐 성장을 의미하는 색이다. 그런데 전영관 시인의 시편들에서 주체는 질병의 일상 때문에 연둣빛을 그저 봄을 치장하는 색 정도로만 생각하고 있는 건 아닐까 생각하니 가슴이 아려왔다. 『슬픔도 태도가 된다』에서 주체 뿐만 아니라, 현대를 살아가는 우리 모두 바쁜 일상 때문에 봄의 연둣빛에 오래 취하지 못한다. 말처럼 현대인의 일상성이란 인간이 사회의 소모품이 되어 반복적인 일과 과밀한 인간관계로부터 정신적, 육체적 고통을 당할 수밖에 없는 평범하고 일상적인 것이다. 평범한 날 속에서 느끼는 고통은 현대인들에게 일회성으로 끝나는 게 아니라, 반복적으로 일어난다. 기계화된 인간은 인간 상호관계에서 소원해지고, 또는 질병으로 이어져 피로가 누적되고 권태감에 시달리게 된다.

이러한 상황에 오래 놓이게 되면 인간은 사회공동체에 편입되지 못할 뿐만 아니라, 현재성의 중심부에서도 밀려나 중심부를 들어올리는 주변화된 타자로 살아가게 된다. 최정례 시인은 병마와 씨름하는 자신의 일상을

"나뭇가지의 사슴의 관이 흔들리면서, 빛과 그림자가 물 위에 빛그물을 짜면서 흐르"는 것이라고 말한다. 그녀는 시에서 고통스러운 일상을 죽음의 미학으로 그려 놓았다. 거기에 반해『슬픔도 태도가 된다』(문학동네, 2020)에서 전영관 시의 일상성은 가족공동체의 안위를 위해 자기 몸을 과열된 노동에 바치다가 결국 질병의 일상에 메이게 된 것이다. 예전 주체의 일상은 노동과 화폐를 맞교환하는 삶이었다. 이 시편들에서 그는 자본주의 구조의 모순점을 보고 일상의 삶을 찾는 게 아니라, 가족의 보호막이 되고자 했던 자신의 습관에서 찾는다. (「겸상」) 시인의 하루 습관은 노동 때문에 왼쪽 몸에 마비 후유증(「가까이」,「취소」,「후유증」,「대관령」등)을 앓았고, 그로 인해 사회로부터 소외된 채 자연인으로 사는 삶마저도 선택지에 놓이게 된다. 그런데도 그는 좌절하지 않고, 타자(환우)들을 향한 상호 존중의 존재방식을 취하며 살아가고 있다. 그 일상성의 예가 「안부」이다.

> 타인은 관심 없고
> 제 것만 강요하는 우리끼리 잡담한다
> 겸손한 척 거리를 두는 습관을
> 우아한 외면 혹은 비겁이라며 조롱했다
>
> 우리들 하루란
> 칭병(稱病)하고 누운 사람을 문병 가는 일
> 잡아당겨보면 내부가 자명해지는 서랍처럼
> 거짓말하지 않고 지나가는 것
>
> 돌아서 안녕이라 손 흔들어도
> 우는지 웃는지 몰라서 편안한 거리를
> 그대들과 유지하고 있다
>
> ―「안부」 일부분

환자가 환자끼리 동병상련(同病相憐)하는 건 당연한 삶의 법칙이라서, 그들은 타인에게 별 관심이 없다. 왜냐하면 환자복을 입는 순간 환자들은 이미 사회로부터 소외된 존재라는 걸 몸으로 터득해왔기 때문이다. 결과 타자들이 자신을 우아하게 외면하는 걸 주체는 비겁한 행동이라고 조롱하게 된다. 이런 환자들의 일상이란 환우에게 문병 가는 일과 누워 있는 사람에게 일일이 문병 인사하는 게 다반사다. 환자로 사는 화자의 일상은 대체로 추상화되거나 영원적 세계관과 상관없이 일상생활에서 아픔과 고통의 정서를 드러내며 살아간다. 동시에 처지가 같은 환우들을 모르는 척 지나가지 않고 "안녕이라고 손을" 흔든다. 그러나 환우는 모른다고 한다. 아프다는 건 환우가 그만큼 이성적 삶이 아닌 본능적 삶에 의지하고 있기 때문이다. 시인은 다른 질병 시에서 병치은유와 환유, 상징(「겸상」, 「취소」, 「나무에 걸린 은유」, 「삼십 년」, 「회전」 등)이라는 시적 기법을 이용해서 시를 쓰지만 「안부」에서 만큼은 질병이라는 일상적 언어를 사용하고, 대상의 확장으로서 환자의 일상을 보여주거나 아픔의 일상적 정서를 그대로 미감으로 강조하고 있다. 또한 그의 시에서는 성직자로서의 이성적 삶이 아닌, 인간 본능적 삶에 충실하고 있다(「섬망」)는 점이, 다른 현대인의 일상성을 다루는 시인들과는 뚜렷한 차이를 보인다.

그는 질병의 일상에 놓여 있는 동안에도 치유의 끈을 놓지 않고 있다. 그 까닭은 시인 자신이 건강해지고자 하는 의지 (「내린천」)와 가족애 특히 아내라는 안경의 사랑 때문이다. (「일요일」, 「삼십 년」, 「명랑극장」, 「신사역」, 「요양」 등) 그는 지금까지 아내에게 제대로 질문하지 못해서, 또는 다 듣지 못해서, 불운들로 가득하게 살아왔다고 고백한다. 그런 아내를 그는 우주목처럼 시 문장의 중심에 우뚝 세운다.

가족이란 천막 안에서

당신을 막막하게 했다
무관심을 고부 관계의 중립이라 착각했다
사위노릇을 손님인 척하는 것으로 알았다
눈치 없음을 시라는 몰입의 부작용으로 방심했다
동그란 뒷모습에서 태산의 바위를 느낀다
핏기 없는 미소에서 천 길 벼랑이 보인다
주방을 오가는 종종걸음에서 맨발로 걸어온 구만리도 보
인다
당신을 문장의 중심에 모신다
고마웠노라 다짐해보면 후회는 매번 앞질러 온다
행여라도 장병으로 누우면
간병인은 자처할 테니 염려 말라고 손을 쥔다
바보 같아 울대를 막는 나만의 당신
내 아내

　　　　　　　　　　　　　　　　　－「새해라서 당신」 일부분

　　반성과 깨달음을 바탕으로 한 이 시는 절절하면서도 한편으로는 편안해
보인다. 시인은 아내를 문장의 중심에 모시는 것 이상으로 화신(花神)으로
격상시키고 있다. "미소에서 천 길 벼랑"과 "맨발로 걸어온 구만리"가 보인
다고 하는 것이 그 예다. 그는 가족공동체라는 이름 아래 자신의 일상이 그
저 몰염치하고, 방심했으며, 중립이라는 착각 때문에 아내가 모진 고통을
당하며 살아왔다는 걸 뒤늦게 깨닫는다. "행여라도 장병으로 누우면/ 간병
인은 자처할 테니 염려 말라고 손을 쥔다"라고 하는 아내의 삶은 수동적인
것이 아니라, 적극적인 태도이며, 너그럽고 강력한 의지처로 인식된다. 그
의 시가 아내를 중심에 둔 것은 아내의 삶에 대한 강력한 사랑의 확신에서
오는 정체성의 발견에 있다고 볼 수 있다. 이런 깨달음을 두고 W.NL 영안
은 질병 이후의 삶이 자신의 인생을 깨닫게 하는 훌륭한 교사 역할을 한다

고 말했던가.

인간은 누구나 동쪽의 밝은 면을 보고자하고, 에덴의 동쪽을 신뢰한다. 하지만 생의 긴 기차를 타고 가다 보면 뜻하지 않게 서쪽으로 달리는 기차를 타게 되고, 결국 '자국'과 '포기'라는 병을 앓게 된다. 전영관 시인의 질병의 일상에서 쓴 시는 시인만의 미감인 고통을 고통으로 수긍하지 않고, 그 질병을 타개하고자 하는 희망의 메시지를 그린다. 강물을 통해 몸의 마비를 치유하고, 아픈 정신을 정화하고자 한다. (「담양호」, 「내린천」) 또한, 그는 아내라는 운명공동체의 안경을 통해 가족 개개인의 안녕을 확인했으며, 위태로운 발목으로 가족과의 균형을 맞추려고 노력했다. 이는 아내의 희생과 시인의 노력으로 얻어진 시세계의 확장인 만큼 그의 시에서는 생활상의 정서가 정확히 조응하고 있다. 그러나 이러한 시가 자칫 자아의 타자화에 의지함으로써 정신적 치열함보다는 상투성으로 흐를 수 있다. 하지만 지금까지 보여준 시인의 "부황한 도시의 일상을 노래하는 시편들"이나, "역사의 풍속을 되살리는" 앞선 시편들을 보면, 자아 시선의 확장이 좋다. 또한 시인의 의식 변화의 추구도 좋아, 이점 염려하지 않아도 될 것 같다. 이제 전영관 시인은 노동의 일상으로 인해 신체의 상실을 비관하는 고통에서 벗어나, 소외된 한 개인의 존재방식의 천착과정을 분별하고 있다. 이후 자신의 질병을 회복하게 도와 준 가족의 사랑에 큰 의미를 두고 있다. 이를 위해 그는 가족, 환우, 물질을 시속의 중심에 두고 배려해서 문학적으로 가치 있게 하고 있다.

절망의 언어, 인간의 욕망과 현실 세계와의 차이

이향란 시인

이향란 시의 큰 특징은 겉으로는 웃고 속으로는 우는 절망의 언어를 택하고 있다는 점이다. 많은 부분 그녀의 시들은 가시적으로는 조용해도 내면에서는 비명을 지르는 대상을 소재로 하고 있다. 이 괴롭고 아픈 대상을 시인은 마치 자신의 캄캄함을 보는 것처럼 시 곳곳에 아픔과 상처들을 퍼트려 놓는데, 서정시의 한 본령으로 본다면 이 투사물은 시인과의 동일시이고, 대상의 고통을 대리한 시인의 사랑 역시 자신의 사랑인 셈이다. 이 시집에서 시인은 과거 따뜻하고 행복했던 날들을 기억하고, 호명하는 게 아니다. 머나먼 과거, 물길 속에서 울음을 지탱하던 타자들의 고통을 환기하며 기억하고 있다. 이 불편한 소재들을 긁어모아 시인은 '너라는 간극'으로 끌어안고 있는 것이다. 그 속의 타자들은 드라마의 슬픈 주인공처럼 모래를 날리며 울고, 기억을 지우며 멍하게 있고, 떠오르는 한 얼굴을 삭히고 있다. 이런 것들이 시에서는 감각적인 묘사와 비명의 정황을 암시로 드러내어 고통의 정서를 표현되고 있다.

시인이 고통의 대상과 맥을 같이 하는 것은 시에서 포즈를 취하기 위한 것이 아니다. 그녀는 대상의 고통을 통해 여성의 욕망이 현실 세계와의 간극 때문에 실현되지 못하는 것을 시로 표현하고 있는 것이다. 예컨대 타자가 "수천 번 접었다 펼치고, 드러나지 않는 마음을 표현하고", "보이지 않게 꽃을 피워도"(「부재」) 사랑은 이루어지지 않아서 부재의 사랑이 된다. (「통행금지구역」) 다시 말해 많은 구애의 행위에도 시인은 현실과 이상의 괴리로 인해 사랑이 완성되지 못하고 간극을 일으키고 있는 것이다.

또한 시인은 시에서 한쪽으로만 무게 중심이 기우는 편력의 위험을 드러내고, 또한 사물과 사물, 대상과 대상 사이에서 무게 중심을 잃지 않으려고 평형을 유지 (「희석의 원리」, 「이분법에 대한 고찰」)하는 것도 드러낸다. 그 사이에서 시인의 감정은 고통과 상처로 얼룩진다. 실제 시집(『너라는 간극』(시인동네, 2016) 전체를 지배하는 것이 이런 절망의 언어다. "검은 가루가 묻은 입술을 콕콕 찌르면서 그것은 아무것도 아니고 누군가의 뚫린 가슴을 향해 꾸역꾸역 몸을 던져 시를 빼냈다"(「바늘의 시」) 라거나, 내 몸의 얼룩을 "차라리 업고서 지낼까"(「얼룩에 대한 해명」, 「내 절망의 언어는」, 「포착」, 「원심력, 그 우울한 법칙」, 「응시의 오류」)라고 하는 것 등은 여러 시에서 이미 나타나고 있다. 소란 이후 적막이 공간을 지배하는 것처럼 대상과의 이별 이후 '접안'되지 못한 시인의 마음은 처절한 외로움과 고통에 시달린다. 하지만 「이별을 위한 상대성이론」, 「가설로 사는 새」, 「파란 줄무늬 셔츠를 입은 남자에게」를 통해 보여주는 것은 선어말 어미 '—겠'과 관형사 어미 '—것'과 부사어 '—듯'과 '의문문'이다. 그 예로는 "들려주겠다거나"/"부르겠다거나"/"마시겠다거나"//"것 같다"/"듯싶다"/"듯한데"//"아니 모르니" 등이 있다. 이를 보면 시인이 「탈의실에서」 위선과 가식을 차마 버리지 못하고 슬그머니 옷을 주워 입는다고 말하는 것과 궤를 같이 하는 말이다. 이처럼 시인의 언술은 대상이 주는 고통을 고통이라고 확정 짓지 못하고, 추상과 추측 그리고 의문사로 끝을 맺는다. 위의 언술은 비록 시인이 타자에 대한 욕망을 나타내고 있을지라도, 또는 마음이 상처로 얼룩졌을지라도, 현실 세계에서는 발설할 수 없는 그 어떤 이유가 있다. 그러한 이유로 인해 시인의 마음은 공허할 수밖에 없다. 다시 말해 각각의 타자들이 만나 동시에 진행된 사랑이 공통적인 근원을 지니고 있지만, 현실의 무게 때문에 한 중심으로 나아가지 못하고 괴리와 간극을 보이고 있다. (「당신으로 살다」, 「간극에 대하여」, 「내 절망의 언어는」, 「원심력과 그 우울한 법칙」, 「나를 나라고 믿지 않는다」)

그러나 여전히 시인은 절망의 언어에 대한 탐구와 사유가 깊고 자기 반성 또한 놓치지 않고 있어서 분리된 간극이 완전히 단절되었다고 확정 지을 수 없다. 그것이 『너라는 간극』의 강점이다. 다음 시는 겉은 웃고 속은 울음으로 가득 찬 아이러니한 세계를 펼치고 있다.

네가 내게 뻗치거나 내가 네게 닿는 모든 것이 왜 전부라
고 느껴지지 않는지, 마음의 핏대를 올리며 너와 나 서로에
게 충실하였으나 왜 바람 불고 비가 내리는지
목숨 다해 사랑한다는 너의 말을 듣는 순간 나 또한 그러
하다고 소리치고 싶었으나 서성대는 공허 앞에서 나는 차마
그럴 수가 없었다
너는 늘 수많은 걸음으로 내게 다녀가지만 단 한 번도 다
녀가지 않은 사람처럼 문밖에 여전히 그렇게 서 있다.
                                                    ─「간극에 대하여」 전문

너는 늘 거기에 있었으므로 그림자가 않았다 네가 준 선물
과 사진을 들여다봐도 소용이 없었다 숲을 거닐면 당연히 나
무 이름이 떠오르는 것처럼 너는 그랬다
그리운 건 따로 있었다
수천 번 접었다 펼쳐도 드러나지 않는,
불멸의 아가리가 꼭꼭 다문,

비어 있는 마음에서 보이지 않게 피는 꽃처럼
부재는 존재였다

— 「부재」 전문

시인은 「간극에 대하여」에서 너와 나의 간극을 여과 없이 그려내고 있
다. 내가 네게 닿는 것이 전부이고, 너 역시 네게 뻗쳐서 손이 닿는 데도 바
람이 불고 비가 내리는 간극과 괴리가 일어난다. 이런 것을 보면 두 사람
사이에는 존재하는 어떤 이면이 있는 것을 알 수 있다. 그 이면에는 "늘 수
많은 걸음으로 내게 다녀"가든, 나의 "문밖에 여전히 그렇게 서 있"든 간에
서로에게 어둠이 존재한다는 것을 알 수 있다. 한 번의 사랑으로 모든 게
완전해지는 것이라면 우리 시대에 애달픈 유행가가 번질 필요가 없고 생길
필요도 없다. 시인은 이면의 존재를 시에 부각함으로써 독자들에게 인간적
인 이해와 사랑에 대한 공감을 불러일으키고 있다. 이러한 점에서 그의 시
는 환한 달 뒷면의 그림자처럼 주체와 대상 사이의 뒷면에도 공허의 그늘
이 존재한다는 걸 알 수 있다.

인간은 나약하고 한편으로는 들끓는 감정을 가진 존재이다. 그래서 둘
은 서로 핏대를 올리며 "충실한"데도 아이러니하게 비가 내리고 폭풍우가
들이친다. 2·3연에서 서로 사랑하지만 서로에게 밀착할 수 없어 사랑의 부
재가 된다. 부재는 있어도 있지 않음이고, 앞으로 진행해도 보폭이 늘어나
지 않는 것이다. 주체의 심리는 현실적인 이유로 대상에게 투사되지 못하
고, 또한 한 방향성으로 나아가지 못한 채 방향타를 놓치고 마는 결과를 낳
는다. 이는 대상에 대한 주체의 현실적인 문제뿐만이 아니라, 대상이 "부재
의 존재"이기 때문에 주체의 외곽에서만 기웃거리게 된다는 점이다. 이와
같은 대상의 심리는 주체와 근접하거나 합일되지 못하고 "선물과 사진"으
로 사물과 현존하지 않는 세계를 드러내고 있다. 현현되지 않은 대상은 주
체의 마음에서 "수천 번 접었다 펼쳐도 드러나지 않는/불멸의 아가리가 꼭

꼭 다문" 것과 같은 존재이다. 따라서 대상과 주체의 근원적인 사랑은 합일되지 못한 채 분열된 간극을 보이고 있다.

지금까지 이향란 시인의 절망의 언어는 서로 간의 간극을 드러내면서 소통과 대화의 통로를 찾고자 했다. 그것이 "공중전화는 어디에 있을까" (「공중, 전화를 찾다」)라는 한 시행으로 귀결되었다. 시인은 다수 타자와 소통을 하지만 정작 '접안'되어야 할 타자와는 소통의 부재라서, 마음 속에는 늘 "모퉁이를 돌아오는 이름 하나"로 남아 있다. 다시 말해 접안되지 않는 타자는 부재의 존재이기 때문에 시인에게 기다림과 상처를 주었다.(「얼룩에 대한 해명」, 「접안」, 「파란 줄무늬 셔츠를 입은 남자에게」) 사랑하는 타자가 없는 주체는 가면적인 사랑을 하는 것이고, 타자의 삶을 영위하는 것이다. (「내 절망의 언어는」, 「시래기」, 「당신으로 살다」) 부재든. 현실의 세계에서 오는 어떤 문제든. 주체와 대상 사이의 간극은 시인의 사유 안에서 합일되지 못한 채 고통의 언어로 남게 된다.

하지만 이향란 시인은 시에서 고통과 그리움을 자신 속에 은폐한 채 거울을 통해 과거 그림자의 시간을 성찰하고 있다. 거울에 비친 자신은 이미 객관화된 타인이다. 나의 주관화에 이끌리지 않고 공평하고 공정하게 객관적으로 자신을 들여다 볼 수 있다. 시인이 자기 객관화를 통해 "꽉 닫힌 나를 보고", "오래전에 죽은 채 방치된 자신을"(「거울」) 건져 올리겠다고 다짐한다. 소생의 암시를 통해 시인은 대상의 상황과 인간적인 이해를 바탕으로 그 대상의 바람을 수용하겠다는 의지를 표명하고 있다. 따라서 이향란 시인의 시가 뿜어올린 고통과 절망의 언어는 본래의 자기로 되돌아가 은폐한 자신을 극복하고, 마음으로 타자를 사랑하는 인간적인 이해의 폭을 넓히겠다는 희망의 메시지인 셈이다. 비록 그녀의 시가 서로간의 간극으로 인해 사랑의 합일에는 실패했지만 또 그것이 시적 긴장감을 끌고 가는 힘이라는 점에서 생의 추동력이라고 할 수 있다.

인간의 육체와 영혼에 대한 욕망

최금진 시인

복숭아꽃 피던 시절
도시락을 싸서 너와 소풍 가던 기억 단단하다
너와 먹던 복숭아 조각이 어떻게 발목까지 내려가
복숭아뼈 화석이 되었을까
나는 너의 발뒤꿈치를 가만히 물었다
노리기 좋은 희디흰 발목이었으니까
달콤한 독 잔뜩 오른 독사가 되어
우리가 나뭇가지에 물컹물컹한 몸을 쪼개어 열려
거꾸로 익어갈 때
너무 오래 걸어와 돌아가는 길을 잊은 한 사람은
기꺼이 그 과실을 따먹었으니
너의 발목에 족쇄처럼 사랑은 자취를 남겼나
복숭아뼈엔 복숭아 먹던 흔적이 있어서
네 희고 향긋한 발목을 보면
죄는 익어가고
아름다운 기억은 이렇게 모든 여정을 걸어와 발목에 모여 고였나니
그 굳어버린 호수의 뼈여, 둥근 바닥이여

복숭아꽃 피는 시절에 우리는 한 나무에 달려
우리의 유방과 엉덩이와 발그레한 얼굴을 나누어 가졌나니
그 무게의 하중이 찬찬히 미끄러져
가장 낮은 곳으로 쌓인 채 굳어갈 것을 알면서도
꿀벌처럼 달콤한 것을 탐했으니
내 이빨엔 독이 깊어가고
네 눈알엔 벌겋게 슬픔이 여물어
툭, 가장 낮은 아래로 떨어져 오래 굳어갔으니

—「복숭아뼈」, 『문학과 사람』 2020, 봄호, 전문

인간의 사랑은 지극히 아름답다. 사랑은 생명을 이어가는 원천이고, 나와 타자 사이의 관계를 가장 따뜻하고 원활하게 해주는 새로움에 대한 욕망이다. 그런 의미에서 사랑은 모든 인간이 지향하고자 하는 목적이다. 그런데 이런 사랑이 유지되기 위해서는 나 혼자 힘이나, 너의 힘만으로는 이루어질 수 없다. 둘 사이 존재의 동일성이 잘 유지되어야만 가능한 일이다. 그런데 인간의 심리 안에는 욕망, 욕정, 질투 이런 것들이 있어서 변하지 않는 절대 존재의 동일성이란 있을 수 없다. 그냥 성장하고, 늙어갈 뿐이다. 이처럼 물질로 된 육체가 변화하고, 영혼도 변화한다. 결국 인간의 사랑도 존재의 동일성에서 보면 변하기 마련이다.

최금진 시인의 「복숭아뼈」에서 보듯 모든 인간의 육체와 영혼에 대한 욕망은 미끄러지고 사라진다. 육체적 성체인 물질이 급격히 발달하고, 나의 심리 안에 있는 비물질적인 성욕망 역시 잠재기를 거쳐 "복숭아꽃 피는 시절"에 이르게 되면 급격히 변화한다. 이 시기 자아는 반쪽인 너를 찾기 위해 긴 여정을 걸어서 대상과 한 몸이 된 사랑을 얻고자 한다. 이를 두고 플라톤은 원래 인간은 "'남'과 '여'가 한 몸을 지닌 원통형 사랑"이었다고 말한다. 나의 사랑 역시 "한 나무에 달려/우리의 유방과 엉덩이와 발그레한

얼굴을 나누어 가진다."라고 한다. 이 둥근 사랑의 비유적 표현은 '유방', '엉덩이', '발그레한 얼굴'로 나타나는데, 이 성적 기표들은 복숭아로 치환되는 성의 흘러넘침이고, 과잉된 주이상스이며, 신성이다.

그러나 자아의 사랑은 상승 상태에만 놓여있지 않고 변하거나 미끄러진다. 너와 나의 고조된 사랑이 발목까지 미끄러져 복숭아뼈에 닿는 것이, 최금진 시인에게는 사랑의 하강이다. 그 원인을 자아는 "발뒤꿈치를 가만히 물고 있는 데서"/ "희디흰 발목"을 노린 데서 찾고 있다. 그 점에서 "독오른 독사"가 된 자아의 사랑 행위는 가학적일 수밖에 없다. 이처럼 광적인 사랑은 사랑의 열병에 의해서 발병하는데, 그 열병이 독인 줄 알면서도 자아는 "복숭아뼈엔 복숭아를 먹던 흔적이 있어서", 너의 "희디흰 다리를 보면 달콤해서" 죄를 짓는다고 한다. '희디흰 다리'와 '복숭아뼈'는 네 육체의 인접성인 제유적 표현이다. 그런데 자아의 가학적 사랑이 깊어지면 깊어질수록 대상은 신성을 잃고 바닥으로 추락한다. 따라서 자아와 대상이 원통형 인간이 되기 위해서는 "모든 여정을 걸어왔던" 것과 "네게 사랑의 족쇄"인 복숭아뼈의 화석만을 남기게 된다. 가장 낮은 '복숭아뼈' 즉 '둥근 바닥'이란 말은 그 속에 도약을 함의하고 있다.

최금진 시인은 '사랑의 상승과 하강'이라는 주제를 가지고 존재의 동일성으로 시에 천착한 느낌이 강하다. 현실 존재에게서 변하지 않는 것은 없다. 자아의 사랑 역시도 상승과 하강의 풍경을 그리며 변화한다. 상승은 인간 생명력을 활기차게 하지만 하강은 고통이며, 상처이고, 도약의 또 다른 이름이다. 따라서 최금진 시인의 '사랑'은 시적 상상력의 원천이며, 또한 "어디서 끊긴 지도 모를 현들이며"(「잔혹한 사랑의 연주법」), "집을 갖기 위해 집을 버린 나무"(「연리지목을 보러 가다」)와 같은 마음의 다양한 방식이다. 사랑에 대한 최금진 시인의 시쓰기는 두 지점의 중간, 그러니까 안개 지점에서 시작되었다고 볼 수 있다.

사랑은 어느 시인이나 다 쓸 수 있는 주제다. 한국 시단의 대부분 시인은 아름다움과 위대함으로 상대를 지키려는 미학적 사랑에 관해 쓴다. 그러나 최금진 시인은 인간의 정신성 안에 운집해 있는 파토스적인 면을 과감하게 드러내어 빛을 향하는 사랑시를 썼다. 완전 심미적이기를 바라는 사회적 초자아의 저지를 뚫고 파토스적 사랑시(『사랑도 없이 개미귀신』)를 썼다는 것이 시인의 미학적 터전을 확장하기 위한 불투명한 세계와의 갈등이라고 할 수 있다. 『사랑도 없이 개미귀신』 이후 시집이 기다려지는 이유다.

여성 구성체 속에서의 이방인, 타자

이혜민 시인

여성 시인이 자신의 정체성에 관해 해석하고 의구심을 품는다는 것은 여성으로서 동질성을 알고 싶은 게 아니다. 자신의 성 정체성을 알고 싶고, 그 속에 욕망해온 성 역할을 제대로 하고 싶은 것이다. 정체성이란 여성 구성체로서 여성 속에서 마땅히 제 역할을 할 줄 아는 여성을 의미한다. 그런데 여성이 여성 속에서 여성성의 결핍을 느낀다면, 그것은 성차 간의 불일치이므로 분리를 경험하게 된다. 왜냐하면 비록 자신이 생물학적으로 여성의 외형을 갖추고 있고, 여성에 속해 있지만, 정신적, 심리적으로는 여성성의 특성과 역할에 대한 공감력이 떨어지기 때문이다. 이혜민 시인 역시『토마토가 치마끈을 풀었다』(시평, 2006)에서나『나를 깁다』(문학과 사람, 2019)에서는 성 정체성의 분리를 느낀다. 남들은 그녀의 외적 모습을 보고 '꽃'이라 부르지만, 정작 시인 본인은 "범나비 옷을 걸쳐 입고" (「봄봄클럽」) 날개를 들썩이며 꽃밭으로 날아가는 존재여서 모호한 성 정체성에 시달리고 있다. 그 점에서 시인의 내면은 여성 속의 이방인, 타자여서 사방 머리를 들이받으며 고통에 몸부림친다. (「비닐봉지의 운명」)그녀는 내면의 혼란 상태에서 벗어나고자 시에서 자신의 성 정체성을 탐구하기 시작한다.

문제의 원인을 시인은 어린 시절에 겪은 모성 상실에 두고 있다. (「환상통」, 「외딴집」, 「어미의 마음」, 「새」, 「어린 술래」) 당시 어머니는 가정사의 중심에 있었고, 막강한 감정 변화에 따라 젠더 형성과정에 놓인 조막 걸음의 아이 정체성을 혼란스럽게 할 수도 있기 때문이다.

어느 환한 봄밤 어미는
새벽별 밟으며 월담을 해버렸어
유년을 버리고 떠나 버린 치맛자락
괴소문 속에 똬리 틀고 들어 앉아
숨바꼭질하는 술래가 되었지

나 찾아 봐라

돌팔매질하던 발 없는 말들이
보이지 않는 검은 발자국 소리가
물무늬를 지우며
깊은 수렁으로 밀어 넣었어

바람 한 점 들이지 못한 눈에는
벌레들만 우글거렸지

　　　　　　　　　　　　　　　　　−「어린 술래」 일부분

이 시에서 시적 자아는 모성 상실 이전 어머니의 막강한 권력 때문에 모성과의 동일시가 일어나지 않는다. 즉 여성성을 구성할 수 없어, 여성적 정체성을 획득하기가 어렵다. 더욱이 모성이 무기력한 시적자아의 유년을 보살피지 않은 채 "새벽별을 밟으며 월담을 해버렸"기에 모성을 더더욱 욕망할 수가 없다. 그 때문에 시적자아는 자신 안에 취약성이 생겨나고, 이런 자신을 감싸줄 부성에게 의존할 수밖에 없었다. 하지만 부성 또한 의존할 수 없는 대상이다. 아내를 상실한 부성(「아내의 월담」)은 정신적인 충격을 극복하지 못한 채 "웃음기 마른" 세월을 보내고 있기 때문이다. (「어디쯤 건넜을까, 저 달」, 「달팽이의 꿈」, 「아버지의 집」, 「외딴집」) 이런 부성이 시적자아에겐 "신음을 삼켜버린 그런 울음"을 우는 연민의 존재이고, 짐 같은 존재이다. 그녀는 제 혼자 "돌팔매질하는 발 없는 말들"과 "보이지 않는 검은 발자국 소리"를 온몸으로 들으며, 수렁 깊은 곳에 숨어서 발톱을 세우기 시작한다. 일련의 일들이 시적자아를 자극해서 나약한 부성을 연민하게 하고, 그러면서도 아이러니하게 남성권위에 도전하게 하는 밑바탕이 된다. (「숨겨진 발톱」, 「사자를 꿈꾸다」)

> 사이와 사이가 품은 멀고 먼 곳,
> 웅크린 채 손짓하는 고샅길
> 숨겨진 발톱 사이에서
> 아직도 끈질긴 세포가 자꾸만 밖으로 밀치고 있네
>
> ─「숨겨진 발톱」 일부분

이 시에서 시적자아는 자신을 '고양이' 발톱에 비유해 남근중심사회에 도전장을 내밀고 있다. "웅크린 채 손짓하는 고샅길을 숨어서 걷고", "숨겨진 발톱 사이에서" 끈질긴 전복욕이 고개를 든다. 하지만 시적자아는 남근 부재이고, 정체성이 모호하기 때문에 남성중심사회에 진입하지 못한다. 그 결과 시적자아는 언 땅에 몸을 숨긴 채 날벌레 같이 살아가고, "푸석한 어둑 새벽이 파란 이빨을" 갈며 수사자에게 반항하듯 자유롭지 못한 존재로 살아가고 만다. (「사자를 꿈꾸다」) 이 시행을 통해서 보면, 시적자아의 성 본능은 남근을 선망하지만, 남근의 부재로 인해 남과 여를 비교, 대립 관계로 파악하고 전복하려 든다. 이런 시인의 해체주의적 인식은 시쓰기에서 사회경제학적인 페미니즘으로 드러나지 않고, 성차의 담론으로 드러나 지하방을 굴러다니듯 마음의 은둔지대를 헤맨다. 그 때문에 시인은 '고양이 발톱'을 통해 남성중심사회를 비판하고 있는 것이다.

한편, 시적 자아는 여성 구성체에 속하지만, 여성 역할을 제대로 하지 못한다. 그렇다고 남성 체제의 남성중심 권력으로도 이동하지 못한다. 허울을 뒤집어 쓴 자아는 왜곡된 성 정체성에 갇혀 무의식의 환상통을 앓기 시작한다.

> 작두날에 엄지손가락이 잘려나갔지
>
> 밤마다 악몽이 돌아다니는 것은
> 작둣날에 선혈이 뚝뚝 떨어지던 순간,
>
> 어미도 아버지도 없었어
> 어둠만 저벅저벅 걸어와
> 피를 받아먹고 있었지
>
> 고통이 비명을 지르며
> 혀 끝에 찰지게 눌러 붙었어
> 크기와 모양을 달리 한 채
>
> —「환상통」 일부분

시에서 주체는 여성 속에서 분리된 존재가 되어 통제할 수 없는 불안한 성 정체성의 혼란을 느낀다. 취약성과 의존성이 주체할 수 없을 만큼 자신을 환기하고 있는 것이다. 이러한 현상이 중첩되면 시적자아는 공포와 어둠의 지배에서 벗어나려고 무의식의 환상성이 출현하게 된다. 그 예가 "밤마다 악몽이 돌아다니는 것"과 "작두날에 선혈이 뚝뚝 떨어지는" 형상이다. 그로테스크한 환상성은 인간 의식의 내면에 도사린 무의식이 꿈으로 재현된 것이라고 할 수 있다.

　지금까지 이혜민 시인은 자신의 성 정체성을 제대로 인식하기 위해 경험에 의한 성차를 탐구하기 시작했다. 시에서 성의 재현을 통해 시인은 가정의 분화와 나약한 가부장제의 증상이 원인이 되었고, 그 결과 자신의 성 정체성이 왜곡되었음을 인식하게 되었다. 마름질이 어긋난 성 정체성을 위해 시인은 "유년의 얇은 천"과 청춘의 날개로 내면의 상처를 깁고, 박음질하며, 탈피하고자 했다. (「나를 깁다」, 「탈피」) 이처럼 이혜민 시인의 시에서 성 정체성의 논의는 많은 부분 남근 소유의 유·무와 여성 속의 타자라는 존재 양식에 의문점을 제기하고 있다. 또한 위의 시들에서는 언급하지 않았지만, 욕망에 관한 에로티시즘(「숨죽이다」, 「맛」, 「글라디올라스」, 「금서(禁書)에 들다」 등) 역시 페미니즘의 성 정체성과 무관하지 않다. 이 모든 페미니즘의 논의가 성차의 해체와 무의식의(「사자를 꿈꾸다」, 「비닐봉지의 운명」, 「아메리카노」, 「외딴집」) 꿈, 환상을 바탕으로 하고 있다. 그런 점에서 이혜민 시인의 『나를 깁다』는 오늘날 성 정체성, 아니 더 나아가 페미니즘의 본질에 관한 깊은 사유를 보여준다고 할 수 있다. 제4 시집에서는 어떤 내면의 패턴으로 시쓰기를 할지 궁금하다.

은둔 속의 드랙퀸(Drag queen)적 수행과 죽음

정현우 시인

여성성을 가진 여성 필자가 여성적 남성에 대한 논의를 한다는 게 물과 기름과의 관계처럼 겉돈다. 하지만 한국 시문학사 안에서 암시든 직설이든 종종 성 정체성을 언급하고 있는 시가 있기에 범박하게나마 담론화해보고 자 한다.

성 정체성 담론으로 봤을 때, 우리나라 가부장제의 문화권은 사회적 규범으로부터 남성의 성 일탈을 허용하지 않는다. 그래서 많은 성 일탈자들은 표면화하지 못하지만 일부 성 일탈자들은 무의식 속에 억압된 여성성을 드러내어 이성애적 결과들을 향해 혼란을 초래한다. 쥬디스 버틀러는 이런 성을 위시하여 "모든 성의 정체성이란 허구적으로 구성된 것이고, 사회가 이상화시키고, 내재화시킨 규범이며, 반복적으로 수행되어 몸에 재각인 된 행위에 불과하다"라고 말한다. 그에 힘입어 요즘 핫하게 뜨고 있는 정현우 시인의 『나는 천사에게 말을 배웠지』(창비시선, 2021)에서 일부 시는 시인의 간접 경험인 젠더의 성 정체성, 즉 왜곡된 행위와 몸의 문화적 의미를 생산하고 수행하는 특징을 내보이고 있다.

그의 시에서 뿌리 내리지 못하는 여성적 남성은 "손톱에 무채색 매니큐

어를" 바르고 "누나의 검은 치마를" 입거나(「여자가 되는 방」), "오렌지빛 원피스를 입는"(「신이 우리를 죽이러 올 때」) 등 드랙퀸적(Drag queen)행위를 한다. 왜곡된 행위 과정에서 자신을 억제하지 못한 여성적 남성은 "사타구니에 불을 지르고 싶고"(「인면어」), "나의 보호색이 나의 적"이 되어 자신을 괴롭힌다. (「겨울의 젠가」)그런데 이런 수행적 행위는 일회성으로 철회되는 게 아닌, 살아가는 동안 재생산된다. 이 일련의 과정에서 여성적 남성은 우울증, 죽음 등 성 정체성에 대한 문제를 일으키고 있다. 왜냐하면 가부장제의 역사가 여성적 남성을 배제하거나 남성 구성체 속에서 타자로 만들어버리기 때문이다. 이처럼 강한 사회적 규범에 짓눌린 여성적 남성은 외부를 향해 성 정체성을 드러내지 못한 채 숨어서 여성 복장과 악세사리를 수집하는 등 드랙퀸적 행위를 하게 된다. 은둔 상태에서 수행하는 행위는 자신의 근원에 대한 거부가 아닌, 죽음 같은 삶을 살기에 허구의 가면을 썼다고 할 수 있다.

> 얼굴을 물어뜯는 개의 밤.
> 죽은 나를 아무도 반기지 않을 밤.
> 엄마의 가발을 뒤집어쓴 채
> 슬퍼하지 못해
> 마음대로 여자가 된다.
> 허락되지 않는다.
> 머리카락이 자라는 것도,
> 아름답다라고 말하면
> 한올씩 익사한 시신에 머리카락을 심어주는 기분,
> 증오를 사랑이라 느끼는 기분,
> 반쪽 얼굴을 빗질하듯이
> 바람은 바람을 먹고
> 나는 허리를 꼿꼿이 펴고

자해를 한다
비명은 슬픈 생각인지 알 수 없다
잠은 둘이 자는데
왜 두가지 성을 가질 수 없을까.
허용되지 않는 나의 태초는
죄에 가까운 점사(占辭),
여자가 될 수 없어
잠시 종교를 가진다.

-「침례1」, 전문

이 시에서 화자는 진정한 성 정체성을 회복하지 못하고, 남성도 여성도
아닌 죽기 직전의 호문쿨루스가 된다. (「달팽이 사육장2」)가면을 쓴 채 살
아가는 삶은"죽은 자의 밤"이어서 살아도 사는 게 아니며 죽어도 어느 한
사람 그에 대해 슬퍼해 주지 않는다. 그만큼 가부장제 문화권은 드랙퀸적
성에 대해 무관심하거나, 이를 도외시하고 있다. 앞에서도 언급했지만, 화
자의 드랙퀸적 재현은 한 번으로 끝나는 게 아닌 여러 가지 방법으로 여성
적 영역의 통로를 보여주고 있다. 이러한 화자의 수행적 행위를 두고 가부
장제 문화권은 여성성에 대한 집착과 동일시라고 언급한다. 화자의 드랙퀸
적 행위는 "엄마의 가발을 뒤집어쓰"는 것이고, 또한 "서랍 속에 꽃"(「서랍
의 배치」)이어서 아름답다는 말로 "익사한 시신에 머리카락을 심어주는"
모습으로 자신에게 최면을 건다. 이 시행에서 '엄마의 가발'과 '서랍 속의
꽃' 그리고 "여성이 되어 변기에 앉아" (「항문이 없는 것들을 위하여」)있는
행위는 여자의 비유를 드러내는 수사적 장치이다. 이러한 행위는 남성인
화자가 타 영역의 통로로 들어가고자 하는 욕망을 드러낼 때 필요하다. 그
점에서 화자는 여성성을 향한 모방 내지 남성성의 변형이라고 할 수 있다.
여성성에 대한 모방행위는 자신의 성 정체성에 대한 만족감이 아닌 "가

지를 쳐내도 징그럽게 자라나"(「옷의 나라」) 불만이다. 여성적 남성이 여성의 옷을 입는다는 것은 이처럼 '반쪽 성'이라는 것을 재확인시켜준다. 화자에게 '허용되지 않는 태초의 성'이 무의식에 자리 잡게 된 동기는 '서랍'(자궁)으로 상징된 원래 엄마와의 사랑이 상실된 데 있다. (「서랍의 배치」) 이때 화자의 에고는 "죽은 사람의 옷(엄마)에 들어가" 하나로 합일되는 동일시를 보여준다. (「옷의 나라」)그 과정에서 화자의 에고는 초자아로 변해 자신을 박해하고 우울증세를 보이게 되는데, 이 시에서 박해는 자기 파괴적 자해로 나타난다. 예컨대 "잠은 둘이서 자는데/두 가지 성을 가질 수 없는 걸까"라는 진술이다. 이를 통해 보면 화자가 동성애적 성 정체성을 지니고 있음을 암시하고 있다. 이는 화자가 몸을 구성하는 사회적 양식에 실패했음을 자인하는 것이다. 결국 화자는 성 정체성의 가면을 벗지 못하고, 종교에 귀의하게 된다. 그 종교 역시 화자에게 진정한 성 정체성을 승화시켜주지 못한다. "인간이란 무엇이냐는 신도의 질문에 신부님은 아무 말도 하지 않았고"(「후쿠시마」), 할머니는 부적을 썼다. (「수묵」) 부정적 심리를 가진 시인의 목소리는 아프고 고통스럽다. 이를 푸코식으로 말하면, 화자의 몸이 의미화의 결여를 보여주는데, 그 점에서 화자는 "영혼마저 몸의 감옥이" 되어버린 것이다.

정현우의 시는 성 정체성을 드러내는 방식에서 불구성과 부정심리를 나타낸다. 또한 그의 시는 진정한 성 정체성을 드러내지 못하고 가상적 죽음으로 자신을 지운다. (「종언」, 「소멸하는 밤」, 「난 죽음 사람」)그러니까 그의 시에서 여성적 남성이 진정한 성 정체성을 드러낼 수 없는 지점, 그곳은 시인의 대상이 여성적 남성의 고통을 안고 죽음으로써 "이승에서 저승으로 돌아오는" 소멸한 밤의 공간이고, 징그럽고 아름다운 얼굴을 한 채 저 세상으로 가버린, 즉 대상이 안치되어 있는 영안실이기도 하다. (「시인의 말」 중에서) 시인은 대상의 지워진 손과 얼굴을 주워 담으며 시적 상상력과 눈의 표상화를 (「스노우 볼」)통해 은둔의 세월을 살다간 그 대상의 고통을 덜어주고 싶었을 것이다. 더 나아가 동시대를 살아가는 젠더의 처절한 고통에 힘을 보태고 싶었을 것이다.

남성적 여성의 죽음은 가장 힘든 리비도의 과정을 순식간에 철회해버린다. 인간이 성적으로 분화되든 안 되든 젠더화된 특성들은 인간 본성을 가르는 도덕성에 아무 문제가 되지 않는다. 그보다 더 중요한 것은 인간이 진리를 식별하는 눈을 가졌는지, 동물과 분변된 힘을 가졌는지가 중요하다. 결국 정현우의 시는 여성적 남성의 죽음을 통해 강철 같은 사회적 규범에 대한 이중 거부를 드러낸 셈이다. 그 점에서 그의 시는 가부장제 문화권의 규정된 성 규범을 허무는 데 일조를 했다고 할 수 있다.

여성의 탈예속화와 여성 주체

김송포 시인

　현대를 살아가는 여성들은 삶의 방식과 태도에 있어서 개성과 자유를 추구한다. 하지만 아직도 일부 여성은 남성 가부장제의 권력에 예속되어 억압과 굴종을 견디며 살아가고 있다. 예속은 누대에 걸쳐 내려오는 남성 권력의 잔재가 여성에게 정신과 신체를 억압해서 그들 의사를 따르게 하는 행위다. 또한 힘과 정신에서 나약한 여성은 가정 내 주체화의 중심 역할이 아버지를 비롯한 남성이기 때문에 힘과 권력에 짓눌려서 그들의 그림자로 살아가게 된다. 제시카 벤자민에 의하면, 남성 권력으로부터 복종하는 여성들이 권력의 희생양이라서 상호 이해와 혁명적인 목소리로 가족, 윤리, 인간관계에서 방향성을 제대로 잡아나가길 바란다고 말한다.

　하지만 가족 간의 유대와 존속이 강한 한국의 가부장제는 서구의 상호 인정에 따른 상호 주체성을 받아들이기가 쉽지 않다. 가부장제와의 관계에서 일부 여성들은 밥하고, 빨래하고, 육아를 돌보는 등 전통 사회의 여성 특징을 그대로 답습하고 있다. 다시 말해 이들은 힘과 권력으로 무장된 남성 상징질서의 주변부에 머물면서 이 주체를 떠받드는 역할을(「겨우살이 아내」)하고 있는 것이다. 여기에 반해 짓눌렸던 여성들은 과잉된 남성 가부장제의 요구를 인식하고, 이를 탈피하기 위해서 자신의 심리적 자아정체성을 찾아나선다. 심리적 자아정체성이란 내가 누구인가, 나는 제대로 나를 존중하고 있는가, 내가 가는 길이 맞는가 등 세계에 놓여있는 나에 대한 질문이다.

김송포 시인은 제3 시집 『우리의 소통은 로큰 롤』에서 이 질문에 대한 답을 준다. 그녀는 '감추어야 할 것이 영원히 감추어지지 않고 드러내면' 끝이 난다고 말한다. 이 내용이 담긴 한 시적 특징으로는 '여성의 탈예속화(자유)와 여성 주체'가 있다. 여기에 관한 시들은 (「감추어져 있어야 했는데 드러난 어떤 것에 대해」, 「페이퍼 인형」, 「모자를 벗어야 할 즈음」, 「이상한 실험」, 「서서 오줌 누는 여자」) 등이다. 이 시에서 여성은 남성 가부장제의 예속에서 벗어나 권위자가 입히는 옷을 입고 "주무르며 가지고 놀던" 노라가 아님을 선언한다.(「페이퍼 인형」) 또한 어디까지가 자신이 넘어야 할 경계인지 모르고 살던(「감추어져 있어야 했는데 드러난 어떤 것에 대해」) 것에서 벗어나 머리카락을 자르고, 치맛단을 짧게 잘라 가부장제의 힘과 권력에 저항하기 위해 우정의 힘을 빌려서라도 억압의 문을 부순다.(「밤새 안녕, 문」) 이처럼 시인은 은폐된 삶의 껍질을 벗고 당당한 여성 주체로서 가부장제의 권위에 도전하는 행위를 하고 있다. 이를테면 다음과 같은 시다.

나는 오늘 살아있다 나는 오늘 죽어있다
나는 죽었다가 피어난다
머릿속에 혹이 피었다
여기저기 피는 저 환한 자유를 죽일 수 없다
손톱으로 각질을 떼어내도 혹은 수시로 일어선다
내 안에 우주가 생겼다
당신이라는 커다란 행성이 매일 들락거린다

곧 사라질 당신이지만 양귀비가 오늘 살게 하는 힘이
있다.
혹, 당신이 지워질 거라고 믿었고
혹은 추울 때마다 불을 켰다
내 몸속 우주에 길을 내어 피를 맑게 할 당신이 옆에
있다
누가 나에게 화관을 얹어 줄 수 있을까
예쁘다, 당신이라고 부르짖는 너
피지 말아야 할 당신이라는 꽃은 죽다 살아나고 살았다 죽는다
모자를 벗어야 할 즈음
우주로 피어있을
혹,
있다가 사라지곤 하는 당신

―「모자를 벗어야 할 즈음」 전문

이 시에서 억압당하는 여성의 자유는 죽음과 생성을 수없이 반복한다.
남성 상징질서가 여성에 대해 자유를 억압하는 모습이 머릿속에 핀 혹이
다. 시인은 이 '혹'을 '환한 자유'라서 죽일 수 없다고 한다. 또한 이 혹은 '우
주'로 확장해서 여성들이 오늘을 살게 하는 힘이 되게 해준다는 것이다. 이
러한 탈예속화의 은유 전이는 머릿속에 피어오르는 혹 → 커다란 행성 →
우주로 피어나고 → 양귀비로 확장되고 있다. 주체가 혹을 양귀비와 동일
시함으로써 심리 속에는 미적 인식이 일어난다. 이 시가 탈예속화에 관한
깊은 사유를 보여주고, 여성적 삶에 대한 단단한 의지를 보여준다는 점에
서 더 깊이 공감하게 된다.

앞에서도 말했지만 김송포 시인이 심리적 자기 정체성을 묻는다는 것은
여성으로서 자유를 선취하는 모범 방식이 무엇인지 이미 알고 있다는 뜻이
다. 그것은 자유가 왔다가 금세 사라지고, 이 자유가 또 자신의 하루를 살

게 하는 힘이라고 생각한다. 그래서일까 시인은 '혹을 죽이면 당신이 지워질 것이라고 믿었고', 혹에 대한 믿음이 차가워지면 그때마다 혹이 불을 켰다고 한다. 시인에게서 '혹'은 자유의 대상이며, 동시에 자신에게 만족을 제공해주는 여성 주체의 또다른 이름이다. 탈예속화의 결과가 여성 주체라면 이 시에서 걸맞은 은유는 '화관'이다. 그러므로 시인을 여성주체로 만들어준 것이 "예쁘다. 당신이라고 부르짖는 너" 자유이다.

역설적이게도 시인은 '드러내지 말아야 할 것을 드러내는 순간' 자신이 여성으로서 독립적 주체임을 알게 된다. 왜냐하면 은폐되었던 '혹'이 완전히 파괴되었다면 여성의 '자유'는 순간적으로 사라지기 때문이다. 비록 자유가 자신을 죽이고 살릴지라도 "예쁘다" 부르짖는 순간 자신을 인정해준 결과가 된다. 이는 시인이 '혹'을 믿고 인정하는 것 외에도 혹에 의해 시인의 자유가 인정받은 것이다. 이 시에서 화관은 여성 목소리와 동일시된다. 그 중심에는 시인이 가부장제 추락의 상징인 '모자 벗김'이 있다. 은폐의 모자를 벗긴다는 것은 남녀 젠더 전선을 시인이 제대로 맞추겠다는 것과 맥을 같이 한다.(「감추어져 있어야 했는데 드러난 어떤 것에 대해」) 란 가부장제의 잔재가 일부 여성을 억압하지만 이점 때문에 또 여성들이 저항할 수 있다는 점에서 모범적인 방식이라고 할 수 있다.

그러나 『우리의 소통은 로큰롤』에서는 여성의 저항과 자유를 쟁취하는 시가 있고, 이와 달리 여성의 예속에 관한 시도 있다. (「서서 오줌 누는 여자」, 「밤새, 안녕 문」)과 같이 여성 주체로서 제 목소리를 당당하게 내는 시 옆에는 (「턱을 괸 여자의 턱선이 위로를 선물한다」, 「미美권력」, 「원피스에 관한 기다란 생각」) 같이 남성 상징질서의 주변부에서 사랑과 안주라는 유혹에 편입되고자 하는 위태로운 감성을 드러내는 시들이 있다. 이외에도 「오름 2」에서는 가부장제의 권위에 밟히고, 구르면서까지 갖은 수발을 다 들어주는 은폐된 목소리를 가진 시도 있다. 오히려 더 두드러지게 보이는 것은 후자이며 시인은 시 전체 역설을 통해 올바른 여성 주체가 되기 위한 성찰과 반성에 그 의미를 두고 있다. 이러한 모습은 시에서 타자와 자신의 행위를 제대로 파악하고, 남성 상징질서에 대해 냉철하고도 객관적인 태도를 유지하려는 시인 의지의 한 표현이라고 할 수 있다.

김송포 시인은 남성 상징질서 안에서 밟히거나 구르는 여성의 예속을 보여주고 있다. 그 예속에서 벗어나기 위해 "얼마나 오르는 것이 정상을 오르는 일일까"라고 고민도 했다. (「오름 1」) 그 결과 그녀는 한국 사회 내 존재하는 구조적인 남녀불평등성을 포장하지 않고, 있는 그대로의 행위, 또는 여성중심 태도를 시로 드러내었다. 그 솔직성이 남성 상징질서를 향해 "주머니에 총을 겨누는" 것으로, 또한 "치마 아랫단을 자르는" 행위로 표출된다. 이를 통해 김송포 시인은 일부 차별화된 성별 위계 구조를 와해시키고, 여성들에게 자신의 정체성을 드러내게 하고, 제 목소리를 내게 한다. 시인의 시는 여기서 머물지 않고 더 확산되어 남과 여의 차이인 화장실 앞뒤 문화를 인식하고, 남성과 여성의 상호인정 가능성까지 타진하기에 이른다. (「굳이」) 김송포 시인의 시들은 여성들의 자각과 노력에 의해 남성가부장제의 힘과 권력에 저항하자고 한다. 이 『우리의 소통은 로큰 롤』에서 여성들이 남성가부장제 질서와 상호주체성의 가능성을 타진한다는 점에서 의의가 있다.

불안과 슬픔의 볼레로

윤은성 시인

　윤은성 시인의 시는 젊은 시인들이 갖는 전복적 상상력이나 활달한 상상력이 아니라 사랑하는 타자를 상실하는 데서 오는 불안과 슬픔의 상상력으로 씌어졌다. 주체는 가난과 죽음 때문에 가까운 타자들과 이별하고 그로 인해 상처를 받는데, 세계 속에 홀로 남겨진 상황에서 그는 믿을 대상이 없고, 자신을 보호해 줄 대상도 없다는 점에서 슬픔과 불안을 느낀다. 더욱이 자신의 심리적 고통 때문에 타자를 끌어안지 못하고 눈물로 떠돌다가 귀가하게 된다. 이러한 주체의 행위는 비열의 또 다른 이름이고, 다시 겨울 속에서 홀로서기를 감행해야 하는 절해고도의 외로움이다. 따라서 주체의 복합적인 고통은 세계 속에서 혼자 추는 볼레로라고 할 수 있다. (「해解와 파열」)

　『주소를 쥐고』는 시인의 첫 시집이다. 이제 첫 시집을 세상에 내놓은 작품을 두고 '불안과 슬픔'이라는 용어로 설명하기는 쉽지 않다. 하지만 시집 군데군데에 사랑하는 타자들이 남긴 얼룩이 주제를 이루고 있어 이렇게밖에 설명할 수 없다. (「계기」, 「의자 밑에서 듣는다」, 「주소를 쥐고서」, 「원탁 투명」, 「공원의 전개」, 「2월의 눈」, 「일단락」) 그녀의 시를 보면, 주체는 사랑하는 타자들과 가난하다는 이유로, 또는"피구공이 어디선가 튀어 나왔다"는 이유로 한쪽이 떠나갔고, 남은 자신은 상실감에 젖어 있다. 최근 들어 젊은 시인들의 시에서는 속도전을 방불케 하는 사랑과 거기에 부응하는 빠른 이별이 자주 거론되곤 한다. 단순 레시피적 사랑에는 기대할 것이 없어 우리는 작은 사랑, 일회용 사랑, 즉 이탈의 욕망이라고 말한다. 하지만 윤은성 시의 주체가 의미하는 사랑은 타자와의 불화, 부조화 때문에 생긴 이별이다. 그렇다고 할지라도 그 사랑은 오랜 시간 숙성된 관계여서 자신을 불안케 하고 슬픔에 오래 잠기게 한다. 주체가 느끼는 불안은 사랑하는 타자의 상실로 인해 기댈 대상이 없고, 가림막이 없다. 그래서 자기가 자기를 지키고 보호해야 하는 자기방어막의 일종이다. (「밤의 엔지니어」) 주체의 슬픔 역시 사랑하는 타자를 상실한 데서 오는 비애의 감정이다. (「유월의 숨」)과거 오해와 싸움이 빚은 혼란은 인생무대를 불행으로 만들고, 합리적이지 못한 이별 역시 반성과 후회로(「겨울을 보내고 쓴다」, 「커튼 사이로 흰」) 이어지게 된다. 이러한 이유로 시의 주체는 세계와 담을 쌓고 자신이 자신을 떠맡을 수밖에 없는 홀로서기를 하고 있다. 다음은 사랑의 상실로 인해 주체가 불안을 느끼는 시다.

> 아직 아무 일도 일어나지 않았다
> …<중략>…
> 하루 중 한 순간은 기대어 손을 편다
> 벽과 손 사이에 화흔火痕인 두 개의 눈이 있다
> 갈라지는 손바닥, 두 마리의 코끼리와 그 사이의 코끼리
> 포트가 끓어오르고 손등 위로 오토바이가 지나간다
> 휘발유 냄새가 끼쳐오고 사라지는 기나긴 오후
> 이런 오후로부터 바닥의 청중들은 생기지
> 어느 벽으로든 튀어 오르고 싶다

점심을 먹고
아무 일도 일어나지 않았고

- 「의자 밑에서 듣는다」 일부분

현대인이라면 누구나 어디서든 불안하기 마련이다. 그런데 문제는 불안이 어떤 상황에서 생기느냐 하는 점이다. "불완전한 겨울 개수"(「커튼 사이로 흰」)를 셀 때, "'과거'로부터 선로가 망가져 앞으로 믿을 수 없는"(「정확한 주소」) 상태에 놓일 때, 주체가 불안하다. 불안한 주체는 무력감에 젖어 있다. "벽과 손", 벽은 뛰어 넘을 수 없는 거대한 코끼리이고, 손은 지혜나 인식이 아닌 행동의 상징이다. 즉 막고자 하는 벽과 행동하고자 하는 손 사이에 일어나는 충돌로 '화흔'이 생긴다. 두 개의 눈은 두 마리 코끼리이고, 이 두 마리는 '갈라지는 손바닥'으로 충돌이 일어난다. '그 사이의 코끼리'는 식탁 밑에 숨어서 충돌을 지켜보는 주체이다. 이때 주체는 벽을 밀고 손은 행동을 감행한다. "손등 위로 오트바이가 지나가고"/"휘발유 냄새가 끼쳐오고" 누군가는 사라진다. 이는 가정사 안에서 일어난 한 사람의 탈출이다. 나가고자 하는 대상과 이를 저지하는 대상 사이에 불화가 생기고, 어린 날의 주체는 막지 못한 싸움에 무력감이 생긴다. 또한 주체는 둘 중 누군가를 상실하는 데서 오는 불안감이 생긴다.

그런데 문제는 이 주체에게 아무 일도 일어나지 않았다고 하는 점이다. 위의 시행은 주체가 느끼는 불안이다. 또한 "물속에 잠긴 돌을 보고 돌이 불씨를 품고" 있어서, "흙탕물"이 될 수 있고, "모래 위에 가지가 될 수"(「라플라타에서」) 있다고 하는 시행을 보더라도 주체는 불안을 느낀다. 물 속의 불은 '흙탕물'이 될 수밖에 없고, 가지 또한 땅위가 아닌 모래 위라서 말라죽게 된다. 따라서 타자와의 인연은 인연이 되지 못하고, 식거나 날아가 버린다. 일어나지 않는 일에 대한 예견은 고립된 상태를 만들고 스스로를 방어해야 한다는 불안이 엄습해 온다. 결국 불안이란 자아를 지키고자 하는 심리적 반응인 몸부림이다.

아래 시는 사랑하는 타자의 죽음 때문에 주체가 느끼는 비애의 감정이다.

거기는 지금 어떠니, 여기는 텅 비어 있어, 손을 뻗는
순간 사그러지는 문들, 기온이 섞였는데 새들은 어디로
가서 바람을 다시 가져보니.
…＜중략＞…
문을 열고 또 다른 문 앞으로 가고,
숨을 쉬지. 물론 그래, 창밖의 사람들은 단정히 검은
옷을 챙겨 입고 자신들은 모르는 행렬을 이루고 있어.
이런 장면들만이라도 간직해보라고 했니.

－「겨울을 보내고 쓴다」 일부분

‘주체’는 자신의 공간이 텅 비어 있다고 하는 점에서 타자의 상실로 인한 슬픔의 감정을 느끼고 있다. 비록 주체가 병리적인 상태는 아니지만, “손을 뻗는 순간 사그러지는 문들”이나 “창밖의 사람들은 단정히 검은 옷을 챙겨 입고” 행렬을 이루고 있다는 표현을 볼 때, 주체가 사랑하는 타자의 죽음으로 인해 한 공간에 머물면서 에너지를 집중하고 있는 모습을 나타낸다. 이는 사랑하는 타자의 부재에 대한 주체의 반발심이라는 반응 때문이다. 그러나 부재의 세계에 대해 빈곤을 느낀 주체는 소비한 에너지를 회복하며 외부세계로 시선을 돌린다. “문을 열고, 또 다른 문으로 가고”있다 라고 하는 시행이 그것이다. 슬픈 감정은 이 시의 경우 ‘사라지는 문’, ‘새들’, ‘울음’, ‘물의 빛깔’, ‘검은 옷의 행렬’ 등을 중심으로 구체화된다. ‘사라지는 문’에서 주체는 슬픈 감정을 투사했고, 새들이 어디로 날아갈지 모르는 것은 안식처가 없어 기댈 곳이 없다고 하는 것에서 주체가 슬픔을 암시하고 있다. 이런 슬픔은 ‘물의 빛깔’이나 ‘검은 상복’을 입고 행렬을 따르는 모습에

서 주체가 가까운 타자들을 잃은 죽음과 맞물려 있다는 걸 알 수 있다. 결국 그가 보는 세계는 암울이고, 빈곤이고, 낙망이다. 하지만 주체는 "손이 망가질 정도로 그의 소지품을 버리"(「정확한 주소」, 「전제와 근황」)는 것에서 이젠 불안과 슬픔에서 벗어나고 있음을 암시하고 있다. 사람들의 삶이란 새로운 대상을 만나 그것이 계기가 되어 과거가 치유된다. 마치 자신을 보호해줄 수리공이 "스패너를 들고 담을 고치러"(「계기」) 오는 것처럼 말이다.

윤은성 시인의 시는 대상의 부재시 주체가 느끼는 불안과 슬픔에 대한 대응양식을 보여주고 있다. 『주소를 쥐고』에서 볼 때, 시라는 것은 기댈 곳 없는 무기력한 상황에서 오는 상처다. 이 불안과 슬픔은 폭력과 죽음의 대상에 대해 주체의 무력감을 환기하는 데서 생겨난다. "겹쳐서 적는다 우리는 어째서 서로와 더불어 회귀해지지 못했는가?" 윤은성 시인이 말하는 시는 직접 드러내지는 않지만, 암시를 통해 주체와 대상의 관계나 대상과 대상의 관계가 협화음이나 조화가 아닌, 불협화음과 상실이라는 이중구조 속에서 불안이 생긴다. 다른 세계로 떠나가는 원심력과 새 가족이 되고자 안으로 들어오는 구심력에 대해 그녀는 "주소를 쥐고"라고 표현하고 있다. 세계에 홀로 내던져진 존재에게 "테이블(가족)위에 철골 새 주인이" 빛을 가져온다라고 말한 것처럼 주체는 희망이나 기대 때문에 불안이 느슨해지고, 슬픔이 극복된다.

이 외에도 그녀의 시는 언어의 장벽과 자유를 드러내는(「여름 뚫기」, 「무한 사선」, 「농담」, 「밤의 결정」) 모순된 진리의 특징도 나타난다. 각각의 특징들이 시편 여러 곳에 나타나 있는 만큼 귀 기울이고 세밀하게 시를 읽으면 그녀의 시는 몇 가지의 주제를 통해 다양한 관찰의 장을 열어준다. 잔잔하면서도 내밀한 아픔, 『주소를 쥐고』는 읽는 것만으로도 새 지평을 열어주는 느낌이 든다.

자본주의 사회와 소외계층의 비극성

김윤환 시인

　　김윤환 시인의 『내가 누군가를 지우는 동안』에 있는 시들을 읽는 것은 마음이 아프고 슬프다. 필자는 1960~70년대 농촌에서 자란 사람이라면 그의 시에 나타나는 가난과 절망을 모르지 않는다. 그의 시를 천천히 읽으면서 느끼는 감정은 고통, 절망만이 아니라 가슴 깊이 묻어 있는 그리움과 회한이다. 그의 시들은 독립적이라기보다 대부분 서로 연결되어 있다. 그러면서 각각 시 장르가 고품격을 유지함과 동시에 성찰과 통찰력을 보인다. 특히 돋보이는 시의 특징은 주체의 행동하는 실천과 품 넓은 선비의 품격을 보여주는 데 있다. 그도 그럴 것이 시인은 자본주의 사회를 살아가면서 "가장 어두운 쪽에 창을 그리고 거기에 해를 그려 넣었"(「벽화」)을 정도로 경제적인 문제에 봉착했던 경험이 있기 때문이다.

　　자본주의 사회는 장점만 있지 않다. 그 이면을 살펴보면 인간과 인간 간의 모순과 갈등, 분열과 간극을 일으키는 비극적 세계가 자리하고 있다. 더욱이 이 사회는 생산된 물건과 상품들이 인간 생활의 작은 부분까지 지배하려 들지 않는가. 그런데 문제는 이러한 물건들이 인간 생활을 편리하게 하고 윤택하게 하는 것 이상 사물화 경향을 보여, 인간으로 하여금 물질주의에 빠지게 한다는 점이다. 자본주의 사회를 살아가는 사람들의 특성은 대개 두 가지로 분류된다. 하나는 이 사회에서 부를 축적하고 내면화함으로써 권력을 취하는 사람들이고, 다른 하나는 이 사회에 기여하고, 삶의 가치를 느껴도 소외된 채 주변부적 삶을 살아가는 사람들이다. 후자는 사회계층의 상·하관계의 구조로 볼 때 저소득층에 해당되는 노동자들로서 기업에 자기 노동을 상품화해야 하는 사람들이다. 그렇다 보니 노동자들은 가정을 중요시하기보다는 기업을 중요시하게 생각해서, 기업의 부품으로 전락하기 쉽다. 그 때문에 저소득층의 노동자는 소외 현상을 초래하게 된다. (「투명한 그물」, 「무저갱의 블루스」, 「밥숨」) 그들의 가족 형태는 가족 간 온기를 주는 사랑의 가족공동체보다 각자의 삶을 살아가는 파편화된 가족공동체가 많다. 「투명한 그물」은 사회의 뿌리 깊은 비극성을 보여주고 있다.

> 엄마는 콜센터에서 아빠는 물류센터에서 아이는 피씨방
> 에서 할머니는 요양원에서 할아버지는 복지센터에서 익숙치
> 않는 쉼표의 그물에 걸린 가족이 있었다 그 마을에는 죽어도
> 걸리지 않고 걸려도 보이지 않는 쉼표의 고리들이 둥둥 떠다
> 녔다 걸려 울다가 잠드는 매미의 가족이 있었다 곁에 있어도
> 보이지 않는 행렬들 순서가 흐트러질수록 선명한 노래며 죽
> 은 바다에 떠도는 해파리처럼 그물에 걸린N차의 울음소리
> 가 마을을 휘감고 있었다 울어도 울어도 죽어야만 들리는 위
> 험한 매미의 노래가 있었다 끝나지 않는 투명한 그물이 있었
> 다 가난해야만 걸리는 가시 그물이 있었다
> 거둬들일 수 없어 익숙한 지옥
> 두려움을 껴안고 의심을 껴안고
> 서로를 위로하는 동안
> N차들의 마을에는

무거운 그물이 함께 살고 있었다

— 「투명한 그물」 전문

　이 시는 전통 사회의 혈통 중심주의에 반하는 파편화된 가족의 형태를 보여주고 있다. 공동체를 이루지 못하는 가족은 형태만 가족일 뿐 내용 면으로는 이윤 추구를 목적으로 하는 자본주의 경제질서에 따르고 있다. 그 때문에 가족 구성원은 각자의 삶에 치중하는 모습을 보인다. 부모님은 부모님대로 노동을 해서 재화를 축적하고, 가족의 돌봄을 받지 못하는 아이는 혼자 피시방에서 오락게임을 한다. 그뿐만이 아니다. 병 중에도 가족의 수발을 받을 수 없는 할머니는 요양원에 있고, 할아버지는 복지센터에서 여생을 보내고 있다. 전통사회의 가족 형태로 봤을 때 이런 가족의 분열된 개인주의는 익숙하지 않은 쉼표와 같다. '쉼표', 즉 기호의 상징은 연쇄적 진술이 아닌, 기존의 가족 형태를 전복하는 '분절'의 비연쇄적 진술이다. 이 때 각 개인에게 내재해 있는 중심축은 현대인의 지옥 같은 비극성을 의미한다. 예컨대, "곁에 있어도 보이지 않는 쉼표의 행렬들 순서가 흐트러질수록 선명한 노래며/그물에 걸린N차의 울음소리"만 들린다고 하는 것들이다. 이 가족처럼 여성 또한 가난에서 벗어나기 위해 식모, 공장 여직공, 또는 식당으로 떠돌고(「그리운 봉자씨」), 미용실의 곰보 누나 역시 고데기를 들고 생활 전선을 누빈다.(「태화동 미화미용실」) 우리가 아는 생물학적인 가족은 공동체로 연결되어 있어 효를 인식하는 데 대수롭지 않다. 그러나 물질주의에 빠진 분열된 가정이라면 다른 양상을 보일 것이다. 흐트러진 가족은 위계질서가 와해 되어 2차, 3차 모르는 가정으로 울음이 번지고 그 울음은 마침내 한 마을 전체를 휘감게 된다. 이는 모든 사람이 가난 때문에 "어둠으로 구멍 난 세상에 머리를 거꾸로 박고/무저갱의 흰 바닥을 찾"고 있는 것이다. (「무저갱 블루스」)

한편, 첫 번째 현 사회를 살아가는 사람들의 특징으로 말한, 즉 자본주의 사회의 부를 축적하고 내면화시킨 자본가에 대한 시는 『내가 누군가를 지우는 동안』에는 들어있지 않아서 아쉽다. 하지만 시의 많은 부분을 노동자의 삶에 대해 말하고 있기에 자본주의 문제점인 부의 양극화 현상을 다각적으로 알 수 있어서 다행이다. 김윤환 시인이 주장하는 사회의 하부구조에 놓인 계층은 저임금 노동자들이다. 그렇기에 푸코의 말처럼 사회는 다양한 세력이 형성되는 곳이다. '무저갱'에 머리 박고 있는 가족 역시 이 사회의 소속과 무관하지 않다. 자본주의 사회는 한 가족, 더 나아가서 주변부 모든 가족에게 '투명한 그물'처럼 족쇄를 채워 옴짝달싹 못 하게 한다. 하지만 가족들은 그물의 모습을 볼 수 없기에 쉽게 걷어낼 수도 없다. 이런 '투명 그물'은 가난하고 소외된 사람들에게 가시처럼 온몸을 짓누르면서 억압하고 있다. 그물로 상징되는 자본주의 사회의 가족 형태는 과거는 단절되어 있고, 미래는 전혀 이상적이지 않으며 현재는 고통의 파급력만 있을 뿐이다. 시인은 이런 사회를 보고 "거둬들일 수 없는 익숙한 지옥"이라고 하고, "캄캄한 알 속에 갇힌 껍질"(「알맹이의 자서전」)이라고 말한다.

자본주의 사회의 문제점에 대해, 김윤환 시인은 이전 시집에서는 '꽃'이 '상처'라는 개별화된 상징을 통해 드러내었고, 이번 『내가 누군가를 지우는 동안』에서는 '쉼표'라는 새 상징을 통해 자본가의 이면에 놓여 있는 파편화되고 분열된 가족공동체의 문제점을 드러내고 있다. 이 점이 가정을 분열시키고, 한 인간을 개인주의로 몰아가는 자본주의 사회의 비윤리성을 비판하고 있는 것이다. 그런 점에서 김윤환 시인의 이번 시집의 시들은 소외계층에 대한 대안을 내놓기보다는 이들의 고통을 위무(「무우」)하고, 껴안고 영혼에 영양분을 공급하는 데 중점을 두고 있다. 그는 '쉼표'를 비판하지만, '쉼표'의 상징을 세계에 드러냄으로써 물질주의에 함몰되지 않고, 가족공동체의 효와 미덕을 잊지 말자고 권유하고 있다. 이런 점을 보면 김윤환 시인은 사제적이고 선비적인 매력을 지니고 있어 독자들에게 시와 말과 행위라는 삼위일체론의 실천적 삶을 사는 큰 어른이라 할 수 있다. 이런 그의 현실 참여적인 행보가 앞으로는 어떻게 진행될지 그 발전과정이 자못 궁금해진다. 어둠 속 빛이 되고, 동굴의 역할을 하기 바란다.

그늘의 역할

권혁재 시인

시인이 쓴 한 권의 시집으로 역사와 연결된 가족사를 다 말하기에는 역부족이다. 시는 사적으로 취택된 사건과 연결된 존재의 삶을 다루는 담론 양식이어서, 역사가 가진 진실의 여부와 가능성을 보여주는 데는 한계가 있다. 권혁재 시인은 제주 4·3항쟁의 부조리를 담은『당신에게 이르지 못했다』를 지상에 발표함으로써 가족의 근원적인 고통이 과거사와 관련되어 있음을 언어적으로 확정했다. 4·3항쟁의 발생 배경과 관련이 없는 아버지가 한순간 행불자로 처리되고, 주변인들도 억울한 죽임을 당해 시인은 절망감과 영혼들의 세속적 한을 해결하지 못한 채 가족에게 집착하게 되었다.

이번에 출간한『누군가의 그늘이 된다는 것은』에서도 권혁재 시인은 제주 4·3항쟁의 관심사에 눈이 고정되어 시의 기본적인 특성을 변하게 하지 않았다. 다만 죽은 영혼이 행불자라는 불확정성에서 벗어나 죽음의 확정성을 보여줄 뿐이다. 기본적인 특성은, 아버지가 '부고' 한 장이 되어 돌아옴으로써 (「서리태」)확정적인 사망 인장이 찍힌다는 데 있다. (「외항선」, 「해후」, 「가을밤」, 「비로 내리다」, 「아득한 날의 노래」) 어머니는 집단의 한정적인 지배를 받으며 은둔과 통점의 세월을 살아오다 아버지의 죽음을 확인하고는 뫼비우스띠 같은 섬의 궤도를 이탈해 죽음의 세계로 간다. (「제주여자」, 「드라이플라워」, 「남당항」, 「흰소리」, 「비로 내리다」, 「아득한 날의 노래」 등) 이처럼 『누군가의 그늘이 된다는 것은』에서의 기본적인 특성은 『당신에게 이르지 못했다』와 연결된 제주 4·3항쟁의 자장 안에 놓여 있는 가족사의 아픔이다. 이런 집단의 부조리에 대해 시인은 저항으로 표출하기보다는 절망감과 상실감으로 표출해 독자들에게 죽음과 남은 자의 고통을 이야기하고 있다. 먼저, 주체는 '부음'으로 돌아온 아버지와 '해후' 한다. 그런데 문제는 '부음' 자체가 죽음의 확정성이기 때문에 부성과 함께 할 미래가 소멸되어 주체가 상실감을 경험하게 된다는 점이다.

> 꽃차례로 떨어진 동백
> 떨어진 동백 꽃잎만큼 붉은,
> 아버지의 부고를 들었습니다
> ……〈중략〉……
> 물질을 나가다 소식을 들은 어머니는
> 줄에 널린 미역처럼
> 한없이 흔들리며 간기를 빼냈습니다
> 뜯겨 마당에 떨어진 아버지의 옷고름과
> 한 집안의 살림을 흩뿌린
> 부엌의 깨진 그릇들
> 시간이 지나도 아픔은 웃자라
> 한 시대를 숨비소리로 건너왔습니다
> 어머니의 눈물을 동백 꽃잎으로 받아드는 사월
> 오랫동안 참았던 말문이 트이는지
> 아버지의 유골이 자꾸 들썩입니다
> 나의 참았던 눈물도 툭툭 떨어져
> 아버지의 뼈를 어루만졌습니다.
>
> ─「해후」 일부분

그늘의 역할로서 바라본 주체의 세계는 '꽃차례로 떨어지는 동백꽃' 즉 상실감이다. 주체는 행불자의 유해를 찾아 반 백 년을 돌아다니다가 늦게야 몇 조각의 뼈로 '검붉은 부고'를 받아든다. 이때 마음은 내용도 없는 허물이 한꺼번에 허물은 소리를 낸다. (「고적」) 왜냐하면 주체에게 부고는 그냥 부고가 아닌 '검붉은 부고'이기 때문이다. 검붉는 부고는 "마당에 떨어진 아버지의 옷고름과/한 집안의 살림을 흩뿌린/부엌의 깨진 그릇들"과 연결되면서 그날, 아버지의 상황이 어떠했는지를 독자들에게 유추하게 만든다. 부고는 죽음의 확정이다. 그 순간의 주체의 마음은 긴 기다림의 시간을 놓는 것이고(「안개나무」), 얽어매던 안개의 시간에서 벗어나는 것이며, "물질과 물의 무게로 키가 점점 작아진 아버지"를 대면하게 되는 것이다. (「빈 두레박」)

이런 주체의 마음은 집단 부조리를 한꺼번에 경험하는 증오심과 허탈감으로 이어져 고통스럽다. 그간 아버지의 행불로 인해 가족, 특히 어머니가 집단에 반하는 자의 아내라는 이유로 "한 시대를 숨비소리로 건너"왔다. 또한 "혼자 숨어서 살아"(「곁」)와 집단이 중요시 여기는 반 체제라서 제한적인 지배를 받으며 소외된 세월을 보냈다. 이런 것을 통해서 보면 대상과 집단 사이에는 원활한 소통보다는 오히려 불편한 관계를 보여주고 있다. 환원해 보면 집단이 가족에게 아버지의 생사 유·무에 대해 말해주지 않았고 '죽음' 또한 '근거 없음'으로 처리했다. 결국 집단의 부조리 때문에 주체와 가족이 세계에 내던져진 채 무력감을 동반하는 상실감에 젖어있었던 것이다.

이처럼 『누군가의 그늘이 된다는 것은』에서 시인은 4·3항쟁이라는 기존 특성을 유지하는 동시에 다른 한편으로는 자의식의 변화를 보여주고 있다. 그는 아버지의 죽음을 확인하기 전까지 어머니와 길고 긴 존재공동체를 함께해 왔다. (「시인과 어머니」)이 과정에서 집단의 어떤 유도나 제시가 없었고 주체는 오직 책임감 하나로 가족의 '그늘' 역할을 해 온 것이다. (「안개나무」, 「고적」, 「상처」, 「그늘」) 그러나 이제 아버지의 혼백과 해후한 그는 가족의 배경이 되는 그늘보다 삶과 죽음을 조화롭게 섞어주는 '그늘의 변이'를 보여주고 있다.

> 누군가의 그늘이 된다는 것은
> 나의 색깔을 지우는 것이다
> 한 번도 내 빛깔을 갖지 못하고
> 누군가의 바탕 색깔만 되어
> 침묵으로 누르고 있다
> ……<중략>……
> 평생 지워야 할 망각의 그림자도
> 시간을 탈색하며 변해간다
> 삶과 죽음의 온기가
> 동시에 빠져 내려가는
> 그늘의 짙은 고요
> 누군가의 그늘이 된다는 것은
> 삶과 죽음을 잘 섞어주는 일이다.
>
> —「그늘」 일부분

아버지의 부재 시 대행자였던 주체는 가족의 그늘이 되어 자신의 색깔을 지우며 살아왔다. 침묵하고, 검게 멍든 비늘 쌓인 산을 찾아 헤매다녔다. (「어탁」) 오직 그들의 배경적 존재로만 살아왔던 가족이다. 그늘 같은 삶은 인간이 근원적인 안식처 없이 주변부에서 소외된 삶을 산 '책임감 있는 허물의 구조'이고, "우주에 버려진 빈집"(「고적」) 같은 존재이다. 그러던 그가 "평생 지워야 할 망각의 그림자도 시간을 탈색하며 변해가는" 것을 보면서 '짙은 고요'에 든다. 깊은 사유 이후 주체는 상실감에서 벗어난다. 그리고 '그늘'이 자신의 실체와 자아라는 걸 깨닫고, '삶과 죽음'을 잘 섞어주는 일이 그늘의 역할이라는 것을 알게 된다. 시의 끝 행에서 주체가 강조하는 말은 누구나 마음 변화에 따라 '부정적인 그늘'이 '삶의 중심'이 되는 '조화의 그늘'로 거듭날 수 있기에 살만하다고 한다. 이런 주체의 역할은 주변의 온기가 부정적인 세계로 빠져나가지 않게 하는 것인데, 결국 이 뜻은 Albert Camus의 말로 끝맺을 수 있다. Camus는 "부조리의 허무성과 자신의 존재성을 동시에 받아들임으로써 확실성(authenticity)을 발견"하는 것이라고 말한다.

이제 권혁재 시인의 시는 아버지와 어머니의 죽음의 확정성과 대면함으로써 새로운 국면을 맞이하는 듯하다. 지금까지 시에서 그는 제주 4·3항쟁이라는 역사의 그늘에 가려 눈물과 한과 은둔의 세월을 산 가족 챙기기 역할만 해왔다. 그의 시가 집단의 부조리에 저항과 전복을 제대로 해보지 못한 이유도 이 때문이다. 그러나 시인이 "성판악 상고대의 눈"처럼 살아온 것은 어떤 언어적 외압도 외압이지만 근본적으로 자신의 창조적 삶을 살기 위해서였다. 그리고 경직된 삶에 자유로운 가치관을 만들고, 얻기 위해서였다. 죽음의 확정성을 통해 그의 시가 그늘의 배경이던 역할에서 벗어나 삶과 죽음을 잘 섞는 조화와 소통의 역할로 격상되었다. 죽은 아버지의 탈 예속화에서 벗어난 시인의 시는 어떤 변이양상을 보일지 기대해 본다.

가부장제 질서와 야생 세계에 관한 질문

이향지 시인

　　이향지 시인은 1989년에 등단하여 첫 시집 괄호 속의 귀뚜라미(1992)를 출간한 이후 햇살 통조림(2014)까지 총 다섯 권의 시집을 출간했다. 이 시집들을 관류하는 것에는 시인이 남성지배 질서의 젠더 위계라는 구조화된 현실을 말하는 게 아니라 도덕적 관점에서 이 질서를 관용의 기준으로 보여주고자 했다. 다시 말해서 시인이 여성 특유의 배려라는 보살핌의 기준에 가치를 두고 있다는 것이다, 또 하나는 자연 속에서 길어 올린 생명력과 죽음의 섭리에 대한 탐구의식도 들어 있다. 그러니까 그녀의 시집을 관류하는 체험이나 선험에 의한 개인사와 자연에 관한 생사가 모두 지구상에 존재하는 것들의 실존방식에 관해 묻고 있다. 그녀는 이러한 점을 한국 시단에 지속적으로 주지시키면서 한 위치를 점했으나, 다 아는 길을 가지 않았기에(「야생」) 그녀의 동일한 목소리는 미약했다고 할 수 있다.

　　이번에 출간한 『야생』(파란, 2022) 은 시단의 시인들에게 더 강렬한 반향을 불러일으키고 있다. 이전 시집에서 남성지배 질서의 배려 기준의 가치보다 어쩌면 더 다양하고 더 크게 수렴되었는지도 모를 일이다. 어떤 시인은 "분노의 표출과 절망, 저항을 삭히지 못하는" 질문일 때 좋다고 말하고, 한 시인은 "자연을 탐색하고 질문하는 소소한 의미와 지적 성찰"이 있기에 좋다고 하며, 또 다른 시인은 "날이 선 언어에 베여도 아프지 않고 외려 싱싱하고 시원해서", 또 다른 누군가는 삶의 이야기가 살아 일렁거리거나 "세헤라자드의 천일야화"를 듣는 것 같아서 좋다고 한다. 이 외에도 어떤 누군가는 "경험과 연륜이 묻어나 실존과 부존의 경계를 허물어서" 좋다고 말한다. 이향지 시인의 시는 이전 목소리보다 더 크게 소리 내 시인들이 가져야 할 세계관, 시정신, 개인이 지녀야 할 삶의 길까지 적확하고 명징하게 짚어주고 있다. 그녀와 연배가 비슷한 시인들의 시세계는 초월적이거나 선시풍의 명상을 노래하며 무아에 집중하는데, 이와 달리 그녀는 '새로 돋는 풀잎'의 자세로 인간과 자연을 탐구하며, 예리한 통찰력으로 그것에 대한 상상력과 환상성의 옷을 입힌다. 이러한 그녀가 우리 시문학사에서 어떤 의의가 있다는 건 누구나 아는 지금, 다섯 권의 시집을 통해 '자연 탐구', '가부장제 질서하에서의 '여성의 역할' 이외에 『야생』에서는 또 어떤 질문을 하고 싶은 걸까.

1. 가부장제 질서에 대한 인간의 보편 기준

이전 시집은 '가부장제 질서의 여성 억압'에 대한 갈증을 해갈하지 못했다. 여섯 번째 『야생』에서 시인은 남성 가부장제 질서에 대한 '인간의 보편 기준'을 역설하고 있다. 이 보편적 기준은 여성이 남성보다 '불공정'하다는 의문에서부터 시작된다. 사회적 기준으로 봤을 때 남성에게는 정치, 사회와 연관된 개념, 여성에게는 희생, 배려라는 개념으로 여성을 재단해 왔다. 길리건에 의하면 "여성은 타자와 자신에 대해 부당한 희생에 대항하는 것이 도덕적 판단의 보편적 원리"라고 한다. 이향지 시인이 이번 시집에서 주제적 차원으로 인간의 보편적 기준의 아이콘을 등장시키는 이유는 가부장제 질서의 체면문화(「농담처럼」, 「가면이 필요할 때」) 때문이다. 그 때문에 일부 여성은 '몸적 양식화'로 남성 사회에 희생하는 실정이다. 시인은 이러한 마음가짐을 가지고 있는 '여성 정체성'에 대한 질문을 하고 있다. 예컨대 여성의 몸은 "기울여 엎질러질 수도 없는 것"이며, "연탄구멍 속처럼 해가 떠도 캄캄하며", "목에 걸린 가시 같은 존재여도 숙명적으로 받아들여야" 한다. 결국 이 말은 "옷 주인이 옷을 입어 줘야 겨자씨가 밖 구경을" 할 수 있다는 뜻이다. 그러한 것이 여성의 정체성이고 몸이다. (「다공, 다공」, 「뚜껑이 덮인 우물」, 「롱롱 파이프」, 「겨자씨 속의 구월」) 이런 상황에 부닥친 여성들에 대해 시인은 여성의 정체성을 어디에서 찾아야 하는가? 라고 말한다. 심리적 세계에서 억압되고 희생된 여성의 몸은 남성 가부장제 질서를 향해 변주된 특성을 드러내고 있다. 그것이 「백 년 동안의 고독」이다.

> 나의 이름이 나를 모른다고 하므로
> 나의 가족이 나를 모른다고 하므로
> 내 가죽을 찢어서라도 나를 좀 찾아 주시우
> 막대기 하나가 훼손된 바코드
> 이 참담한
> 불변
>
> 해가 져도 다리 뻗고 누울 곳이 없네
> 캄캄한 나뭇잎 한 장 오그려 덮고
>
> ······<중략>······
>
> 나는 누구이며
> 어디로 가는 중이었을까

나의 국적 나의 모국어는

무엇에 소용되는 바코드인가

—「백 년 동안의 고독」 일부분

이 시에서 주체의 여성 정체성은 훼손된 바코드라서 존재하지 않는다. 상징질서에서 정체성이 존재하지 않는다는 것은 여성이 지속적인 몸의 양식화를 통해 이 질서의 주변부에 있다는 뜻이다. 이때 주체는 현실이 아니라 환각화를 통해 억압당하는 여성의 몸적 양식화를 보여주고 있다. 그 몸은 "해가 져도 다리 뻗고 누울 곳이 없고"/"캄캄한 나뭇잎 한 장 오그려 덮으며" 살 수밖에 없는 존재이다. 이러한 주체는 세계와의 연관성 속에서 "나의 이름도"/"나의 가족도" 나를 몰라서 결국에는 "내 가죽을 찢어서라도" 나의 정체성을 찾아달라고 하는 내면화의 특성을 보인다. 그 예가 훼손된 바코드다. 바코드는 주체가 남성 중심질서에 발을 들여놓지 못하고 주변부적 성이 되어 이 질서를 떠받드는 표상에 지나지 않는다. 그렇다면 문화와 도덕이 살아 있고, 언어가 있으며, 법이 있는 이 현실에서 나의 정체성은 어디에서 찾을 수 있는가. 이 점에 대해 주디스 버틀러는 '정체성의 분열 상황이 수행성 개념에 결정적'이라고 한다. 수행성 개념은 남성지배 질서하에 있는 여성 정체성이 새로이 생산되는가 하면, 동시에 분열되는 방식을 강조하는 말이다. 결국 시에서 여성 주체는 남성지배 질서하에 놓인 자신이 '작은 상자' 속에 갇힌 새와 같고, (「작은 상자」) 오지 않는 희망을 기다리지 않는 새벽 행렬과도 같은 상황을 보여주고 있다. (「새벽의 행렬」) 이러한 상황을 통해 주체는 여성들의 정체성 찾기를 위해 노력해왔지만 결국에는 그들이 몸적 양식화에서 벗어나지 못하고 있다. 그 상태에서 주체는 야생으로 돌아가 역광 속에서 자유를 찾는다. 역광의 공간은 주체가 야생을 좇아 나서는 삶의 정류장이자 빛 그늘의 유적지다.

2. 야생의 삶과 죽음에의 탐구

그녀는 가부장제 질서하에서 억압받는 여성의 정체성 찾기에 심혈을 기울이듯, 야생의 세계에서도 그러하다. 남성 가부장제 질서에 마음을 비운 주체는 새로운 세계에 대한 도전의식이나 탐구의식을 갖게 된다. 주체는 역광에서 획득된 자유를 자연 속의 야생 탐구에 심혈을 기울이고 있다. 야생에는 자유가 있고, 생명력이 꿈틀거리는 호흡이 있으며, 생식의 환원이 있다. 이러한 상황에서 야생의 특성은 "휘늘어지고", "배배 꼬이고", 가시적인 것과 비가시적인 것이 있고, 날 것 그대로 서로 어울려 살아간다. 자연이란 사물과 사물들이 전체 조화 속에서 서로 어울려 살아가는 장이다. 하지만 자연의 한 부분인 야생은 부딪치고, 깨지고, 피 흘리면서 스스로 아물다 죽어가는 독립적인 존재다. 시인은 이러한 야생의 삶과 죽음을 통찰력 있게 탐색한 후 '야생이란 무엇인가'라는 질문을 자신에게 던지고 있다. (「야생」, 「붉고나」, 「운심리」, 「토마토 다섯 알」, 「한 잎에 누워」)

　　지렁이 목표 지점에 닿기도 전에
　　강아지도 나왔네
　　기는 놈 위에 뛰는 놈
　　쫄랑쫄랑 뛰다가 지렁이 건드리네
　　심심해서 흔들어 보는 강아지 발톱에
　　옆구리 터지는 지렁이
　　몸 뒤틀며 울부짖네

　　몸부림치면서 짜내는 내장
　　흙 먹고 흙 쏘는 슬픔
　　흙의 오장육부에 실핏줄 숨길 뚫어 주던
　　뜨겁지만 약하고 물컹한 것

저 뜨거운 뒤틀림
고요해진 후에야 도달할 마른 흙 위

새 밥이 되기 전에 이마를 툭 치는 것

지렁이 피도 붉고나

-「붉고나」 일부분

위의 시에서 야생의 세계는 강자와 약자 사이의 관계 때문에 생기는 삶과 죽음의 장이다. 이 세계는 높은 차원에 있는 강한 대상이 아래 단계에 위치한 약한 대상을 먹이로 생각하는 먹이사슬 관계에 놓여 있다. 왜냐하면 주체는 야생의 힘을 통해 삶이 죽음이라는 물질로 변화하는 것을 경험하고, 탐구한 후 야생의 특성을 시로 드러내기 때문이다. 예컨대 강아지가 심심해서 "발톱을 흔들어 보고", 그 발톱에 옆구리 터진 "지렁이가 몸 뒤틀리며 울부짖는다." 이러한 야생의 특성은 강한 대상이 느끼는 자유와 약한 대상이 살고자 꿈틀거리는 삶 사이의 대비를 통해 약한 대상의 죽음을 말하고 있다. 이 생사의 논리는 야생의 존재가 삶과 죽음을 통해 물질에서 다른 물질로 변화하는 걸 의미하는데, 이때 삶은 "흙의 오장육부에 실핏줄 숨길을 뚫어"주는 가시적인 힘이고, 죽음은 "고요해진 후에야 도달할 마른 흙 위"의 처연한 소멸이다. 결국 주체는 처연함이나 "지렁이 피도 붉고나"를 통해 피 흘리면서 굳어간 강아지 발톱에 옆구리 터지는 지렁이와 남성 상징질서에 희생하고 억압당하는 여성들을 동일시로 보고 있다. 이향지 시인은 여성을 희생적인 존재가 아닌 인간의 보편을 기준으로 봐야 하는 정체성에 관한 질문과 '야생의 세계'의 탐구를 통해 자연과 인간의 불공정성에 관한 질문을 던지고 있는 것이다. 그 질문은, '세계의 모든 강자가 왜 약자를 지배하고 억압하는가?'라는 절규이다. 현실 세계의 모든 인간과 자연은 수직적인 질서에 의한 행위보다 수평적 질서에 의한 행위가 더 활력있고, 서로 조화롭게 살아간다. 수직에는 억압과 폭력이 동반된다. 그에 반해 수평에는 조화와 "어깨 으쓱 올라감"이 있다. (「평균의 맛」) 이향지 시인은 강자와 약자, 남성과 여성의 두리뭉실한 어울림을 통해 '수평적 조화'를 역설하고 있는데, 그녀는 제 더듬이를 세워 매 순간 수평적 세계를 향해 나아가고 있다. 그녀가 이토록 자연과 인간의 수직적 질서를 비판하는 데는 지배 질서에 대한 약자의 삶이 부당하기 때문이다. 그런 그녀의 시는 강압적이고 단단한 지배 질서에 저항하는 약한 자의 절규이고, 제 이름 찾기이다. 다음 시집에서도 이향지 시인은 새싹인 채로 야생의 세계를 향해 더듬이를 세워나가길 기대해 본다.

현실적 자유와 내면적인 자유 그리고 한계

나호열 시인

　현대를 살아가는 우리에게 자유란 무엇을 의미하는 걸까? 속박당한 사람들이 이 자유를 쟁취하기 위해 숱하게 부르짖었고, 쓰러졌고, 목말라했다. 에리히 프롬에 의하면 자유란 인간이 자기를 하나의 독립된 존재로서 의식하는 정도에 따라 달라진다고 말했다. 이를테면 김수영 시인은 생활인으로서 얽매인 자유를 싫어했고, 또한 이런 삶을 반성했다. 그는 1960년대의 시대적 강요가 빈한함이었기에 정권을 비판하고 이와 동시에 자신의 삶을 반성하면서 참여시의 한 행로를 개척해 나갔다. 이처럼 인간은 옭죄인 삶보다는 자유로운 존재로 살기를 원한다. 그러기 위해서 사람들은 정치, 경제, 사회 전반에 변혁을 일으킨다. 하지만 강력한 자본주의 힘에 침윤 당한 우리는 많은 부분 자유가 억제되고 통제된 채 살아가고 있다.

　나호열 시인의『안녕, 베이비 박스』에서 한 주제인 '자유'는 '고독'과 '외로움'의 정서를 낳는 '속박된 자유'이다. 자유를 속박당한 시인은 현실 세계에서 근원적인 모성과의 결연관계(primary ties)가 단절된 채 홀로서기를 하고 있다. (「커피」, 「바람과 놉니다」, 「오월의 편지」, 「꿈길」) 현실을 벗어난 근원적인 세계에서 시인은 유목민의 자유를 만끽하고, 자유로운 삶의 길 위에서는 단봉낙타처럼 유유자적 걸어왔다. (「너무 많은」, 「몽유」, 「숲으로 가는 길」) 그러나 근원적인 모성과의 결연관계는 오래 유지될 수 없고, 독립된 개인으로 성장하기 위해서 그는 개성화 과정을 거쳐야만 한다. 그러나 근원적 세계의 여타 조건이 시인의 개성화 실현을 저해하는 요소로 작용한다. 현실 세계란 삶의 여정이 불안하고, 타자와의 합일이 힘든 실제의 세계이다. 그런 점에서 이 세계는 자연적이고, 근원적인 모성의 세계와는 단절될 수밖에 없다. 따라서 모성과의 분리는 안정감을 찾을 수 없고, 또한 위험으로부터 자신을 지킬 수 없으며 자유를 유지할 수도 없다. 시인은 삶의 방향성을 상실한 채 자유를 물질적 원리와 맞교환 하고 만다. (「몽유」, 「구둔역에서」)

또 하나의 원인으로는 자본주의 생산 양식인 특수성에 그 이유를 두고 있다. (「목발. 1」, 「목발. 10」, 「숲으로 가는 길」) 시인은 현실 세계에 복종하지 않으면 자유와 개성이 결여될 수밖에 없는 상황에 놓여 있다. 자본주의 생산양식은 한 개인에게 있어서 경제적 활동과 물질적 획득을 목적으로 한다. 그 때문에 그 일을 어떤 방식으로 하든, 무엇과 연관된 일을 하든, 성공 신화를 쓰든 말든, 개인의 몫이고 개인의 결과이다. 다시 말해 자본주의 사회에서 이 원리는 인간의 개성화를 드러낸다. 따라서 자본주의 사회의 개개인처럼 시인도 물질을 추구하고, 경제적 활동에 의한 재화도 창출해야 삶이 영위될 수 있다.

그런데 문제는 시인이 생활인이면서 시를 생산하는 시인이라는 점이다. 그는 한 가정의 부성적인 존재이고, 창작활동을 하는 시인이다. 두 가지 일을 동시에 양립하기 때문에 갈등의 골이 깊다. 시인은 개인적인 창작활동보다 부성 역할에 더 심혈을 기울여야 한다는 걸 알고 있다. 이런 자신의 심리를 그는 "그저 먹이에 충실한 채/내일을 걱정하는" 짐승이라고 하고, "매일이라는 절벽 앞에" 서 있어야 하는 존재라고 한다. (「숲으로 가는 길」,

「목발. 1」) 일상에 지친 시인은 자신의 개인적 자유를 "메마른 빵과 결탁해 버리고 만다." '빵'의 상징은 소극적인 의미에서 가족의 일용할 양식이고, 포괄적인 의미에서 자본주의 생산양식인 물질에 해당된다. 결국, 시인은 개인적 자유를 물질과 교환함으로써 굶주림을 해결해 버린다.

> 자유는 스스로 그러한 것이라고 배웠다
> 속박으로부터 벗어나는 것이라고 가르치고
> 갈구하는 것을 향해 나아가는 것이라고
> 깨우쳤다
> 그러나 나는 스스로 말없이 행하는 사물들을 업신여기고
> 값어치를 치르지 않았다
> 그러나 나는 이 세상의 속박과 결탁하면서
> 수인에게 던져주는 메마른 빵을 굶주림과 바꿨다
> 발목이 부러지고 나서
> 내게 온 새로운 친구는 내게 이렇게 말한다
> 너는 나 없이는 한 걸음도 나아갈 수 없어
> 그런데 친구야
> 네가 나를 의지한다는 것은
> 오로지 나에게 너의 온 힘을 전해 준다는 것이지
> 언젠가 너에게 버려질 날이 오겠지만
> 그날이 기쁜 날이지
> 그날까지 날 믿어야 한다는 것이지
> 아 절뚝거리는 속박과 함께
> 비틀거리는 목발

－「목발1」 전문

이 시에서 시인은 마음의 발목이 부러져 절규하듯 자신의 속박당한 자

유를 삐딱하게 바라보고 있다. 또한 그는 그것에 대한 죄업을 치르지 않은 이면을 감추지 않고 잘못과 결탁하여 비틀거리고 있다. 자본주의 사회에 적응하며 그저 일상을 편안하게 받아들이던 시인의 자유가 자신의 잘못 때문에 속박당하고, 갈구의 세계 또한 억압당한다. 외양상 이 시는 타자를 향해 무심히 던지는 읊조림 같지만, 이면에는 속박된 자유에서 탈피하고자 시인은 갈등과 싸움하고 있다. 즉 시인은 "갈구하는 것을 향해 나아가고", "속박된 것에서 벗어나" 고자 하지만 곤궁한 현실 세계에 대한 극복이나 치유책을 내놓지 못하고 절망하고 만다. 더욱이 자신을 "아무짝에도 쓸모 없고, 내던져버린/감자꽃 같다"라고 한다. 거기다가 그는 "거칠고 비탈진 땅", "바늘로 곧추서야 살 수 있는 사나운 바람의 채찍"에 휘둘린다고 덧붙인다. (「감자꽃」, 「긴 편지2」) 그 점에서 시인은 허무와 도피 심리를 드러내고 있다. (「빈집」, 「에필로그」, 「바람과 놉니다」, 「몽유」 등)

이러한 도피의 메커니즘은 대상들을 치환은유로 비유하고, 동일화의 상징을 통해 시로 형상화한다. "산수유 한 그루/이십리 장터 어머니 기다리는 아이"/"어깨 위에 붉어진 눈시울 닮은 열매" (「예뻐서 슬픈」) 등이다. 이는 시인 자신을 '산수유 한 그루'— '아이'— '열매' 등 유사성의 영역에 두고 결여된 어머니에게로 도피하는 외로움의 은유적 소여를 낳는다. 또한 "너는 나 없이도 한 걸음도 앞으로 나아갈 수 없는 '목발'"(「목발1」)이라고 말한다. 이처럼 시인의 목발은 "너 없이 한 걸음도 못 나가고/너에게 나의 온 힘을 전해주는" 동일화의 관계로 변한다. 시인은 객관적 상관물인 목발에 기대어 "동토의 세월"(「동백 후기」)과 어둡고 속박된 그림자 존재에서 벗어난다. (「긴 편지2」) 이 시에서 마음의 안정화는 시인에게 꿈의 날개를 달게 하고, 꽃보다 아름다웠던 아침을 보게 한다. (「목발3」, 「목발5」)그런데 중요한 것은 자유가 아이러니하게도 그늘진 '등'에서 더 확장되어 나간다.(「등」) '등'은 원래 춥고 홀대받은 곳인데 환함과 어둠이 서로 재구성되면서 본 모습을 드러낸다. 냉기가 흐르는 방바닥을 온기로, 어두운 공간을 빛이 비치는 환한 공간으로 변화시킨다. 따라서 '등'은 그리움의 저편에 서서 꺼지지 않고 누군가를 향해 불 밝히고 말을 거는 모성적 존재로 축약된다.

　나호열 시인의 시에서 속박당한 자유는 어떤 제약을 받고 있었는지, 어떻게 도피의 메커니즘에서 자신을 건져 올렸는지는 다시 부연하지 않아도 될 것이다. 시인에게 속박된 자유를 주는 물질과 경제적 활동이 표면적 원인에 해당된다면, 내면적 원인에는 아이러니하게도 근원적인 결연관계였던 모성의 근원성이 작용한다. 모성은 시인에게 절뚝거리는 속박의 자유와 어둠 저편에서 온기와 말을 건네주고 그리움의 길을 열어주는 양면적 존재다. 결국 이 모성은 시인의 시적 경험 속에서 단절되고, 상처주고, 매혹하는 존재이고, 그에 반해 고통과 온기를 주는 그리움의 기표다. 이번 시집은 나호열 시인이 현실 세계와 내면의 세계에서 느끼는 자유의 한계를 말하고 있다. 다음 시집에서는 시인이 속박당한 자유를 어떻게 극복할 것인지가 궁금해진다.

부정성으로 인해 생긴 상처

안희연 시인

　전 시집 『너의 슬픔이 끼어들 때』에서 알 수 있듯 안희연 시의 특징은 인간 존재의 부조리와 세계의 소멸에 대한 감각적인 언어 운용과 탐구로 이해되어 왔다. 이번 시집도 전 시집과 크게 다르지 않은 특징을 담고 있다. 「업힌」, 「자이언트」, 「표적」 같은 시들이 여기에 해당된다. 그는 인간의 부정성과 언어의 소멸 대한 고통을 색색이 유리알처럼 환상시로 조련하고 있다. 포크레인에 의해 집이 부수어 지는 것이나(「빛의 산」), 개의 한쪽 눈이 붉음을 지나 검어지고 죽음의 손에 끌려가는 (「그의 개는 너무 작아서」) 것 등이다. 또한 환상성에 의한 감각적이고 이미지적인 시는 "인간의 마음이 너무 많이 매달려서 나무가 부러졌다는" 것 등으로 나타난다. 이런 시들은 존재의 비윤리적인 부정성으로 인해 모두가 상처 나고, 정신을 잃고, 죽어가는 것들이다. 여기에 덧붙여 시인은 자기의 체험과 상상력을 동원한 창조적 변용으로 시쓰기를 하고 있다. 하지만 상징질서에 대한 언어의 재조립과 달리, 주체는 현실을 시로 형상화하는 과정에서 언어에 대한 욕망이 결핍을 낳아 현실의 구멍(실재계)에서 환상이 생긴다. (「역광의 세계」) 이를테면 다음과 같은 시이다.

할아버지께서 노래를 찾아오라고 하셨다
어떤 노래를요?
그건 차차 알게 될 거라고
해가 지기 전에는 돌아와야 한다고 하셨다

……<중략>……

오들오들 떨며 달의 분화구를 향해 갔다
거기서 잠시 추위를 달랠 요량이었다
그곳엔 행색이 초라한 사내가 정신을 잃고 쓰러져 있었다
아저씨, 일어나보세요. 저는 노래를 찾으러 왔어요
얘야, 나도 노래를 찾아 수백년을 걸어왔지만
노래는 어디에도 없고 이제 더는 걸을 수가 없구나
그의 가방 속에는 녹슨 아코디언이 들어 있었다
건반을 눌러 봤지만 아무 소리도 나지 않았다

그의 몸은 뻣뻣하게 굳어갔다
나는 내게 남은 모든 옷을 벗어 그에게 입혔다
저 해는 아저씨의 심장 같아요
밤이 되어가는 그를 말없이 지켜보다가

결국 나는 빈손으로 되돌아왔다
할아버지, 이 땅엔 노래가 없어요
울음을 터뜨리는 내게 할아버지는 말씀하셨다
벌거숭이 노래를 가져왔구나, 얘야
그건 아주 뜨겁고 간절한 노래란다

—「내가 달의 아이였을 때」 일부분

이 시는 모두 네 편으로 구성된 우화 형식의 환상시인데, 주체는 노래(언어)의 근원을 찾아 갈 수 없는 달을 찾아간다는 의미에서 심미적 탈코트가 일어난다. 시에서 환상은 주로 대상과 사물의 상상된 행동과 장면이 방어기제에 의해 와해되고 때로 그로테스크한 방식으로 구부러진 채 표현되기도 한다. 이 시에서 환상성의 촉발점은 색색의 유리구슬에 비친 빛의 세계이다. 주체는 그 빛을 보고 실재계를 대하게 된다. 하지만 그 세계는, "신발을 벗어주면 문을 열어주지" 않거나 "외투를 벗겨 달아"나고, 시인이 건반을 눌러봐도 '아무 소리'가 없는 주체의 욕망이 교차해버리는 소멸의 세계이다.

주체가 매혹적인 언어의 기표를 찾아 시에 재현하려고 상징계에 구멍으로 왔지만 환상세계에서 노래는 심미적 언어가 되지 못한다. 환상의 세계는 달이다. 먼저 온 사람은 새로운 노래(언어)를 찾아 수 백 년 걸어온 존재다. 그곳에는 노래는 없고, 나 역시 가방 속에는 녹슨 아코디언만 있고, 건반을 눌러봐도 소리가 없다. 이는 부정성과 불신으로 가득 찬 세계이고, 죽음의 세계이며, 깜깜한 어둠의 세계이다. 결국 주체는 어떠한 상황에서도 실재계를 바로 볼 수 없고 환상을 통해서만 보게 된다. 이때 상징질서의 대타자는 빈 손으로 돌아온 주체에게 환상의 세계는 "뜨겁고 간절"해서 모두를 유혹하는 기표라고 말한다. 실재계는 시쓰기에 대한 욕망과 상징질서의 대타자를 연결해주는 고리에 불과하다. 바꾸어 말하면 시인들이 훌륭한 시쓰기를 위해 상징계 구멍인 환상을 통해 실재계를 욕망하지만 언어의 기표란 자기 몸의 가장 깊은 어딘가에 숨겨져 시인의 글쓰기를 자극할 뿐. 명료하게 의미를 성립시키지 못한다.

이 시집에서 특히 도드라지는 점은, 시인이 언어의 탐구를 위해 환상성을 동원한다는 점이다. 그 환상의 영역인 달에는 노래(언어)가 없다. 왜냐하면 달 속에서 노래를 찾는 순간 그 노래는 텅빈 기표로 남아 만족하지 못하는 결핍을 낳기 때문이다. 언어 욕망에 대한 결핍은 미끄러짐이다. 대타자는 시인에게 "삶과 죽음을 가르는 건 단 한 걸음의 차이라고(「내가 달의 아이였을 때」)"−>색색의 유리구슬이 담고 있는 "침묵의 세계"를 보라고 −> 시간의 "매듭을 풀 때는 신중해야 한다"고 당부한다. 언어의 미끄러짐은 결국 '흰 접시'(「시」)로 비유되는 언어 욕망에 대한 결핍이다. 이 근원적 욕망의 결핍은 '벌거숭이의 노래'이며, '빈손'이라서 무無의 세계다. 그러면서도 시인은 욕망의 추구를 멈추지 않는다. 미끄러지는 기표의 환유는 "완두콩의 연두"→ "딸기의 붉음"→ "갓 구운 빵의 완벽과 무구를"(「시」) '흰 접시' 위에 올려놓는 언어라서 혼령처럼 소멸되고 만다.

시인은 존재의 비윤리성과 몸 어딘가에 숨겨져 있는 언어를 탐색하고자 '노래'를 "아주 뜨겁고 간절"하게 찾고 있다. 그런데 "언어만으로는 어떤 얼굴도 만질 수"(「아침은 이곳을 정차하지 않고 지나갔다」) 없고, 욕망 또한 어긋나버린다. 그 때문에 상징질서의 구멍에서 공인되지 않는 환상이 일어난다. 결국 시인은 상징질서의 기표를 찾지 못하고 "앵무 앵무 울며" 자신을 견디고 있다. (「앵무는 앵무의 말을 하고」) 그러나 안희연 시인이 시를 쓰는 한 '뜨겁고 간절한 '벌거숭이 노래"는 계속 될 것이다. "여름날 모든 것을 불태우는 계절"(「여름 언덕에서 배운 것」)처럼 그녀도 시를 향해 정신을 불태울 각오가 되어 있음을 배면에 깔고 있다. 이처럼 시인의 언어 실험에 대한 탈코트화된 정신은 기존 언어에 대한 반성이며 비판이다. 이러한 면에서 안희연 시인은 시를 향한 한결같은 존재의 가치와 개성적인 언어 탐구를 통해 그 고유한 위치를 찾아가고자 하는 고통의 과정이 눈물겹다. 하지만 시인의 욕망은 대상을 찾는 만족이 만족이 아니고 잉여쾌락의 발생으로 걸개없이 미끄러지기만 할 뿐이다.

가족공동체로 인한 내면의 불안정성

안미옥 시인

  안미옥의 시는 불안정성을 띤다. 한곳에 정착하지 못하고 뿌리뽑힌 자가 되어 세계에 대립각을 세운다. 이러한 특징은 사회 중심부적 삶을 사는 자의 위치에 반해 주변적 삶을 사는 자신의 위치가 유동적이라는 데서 불안정성을 드러낸다. 불안정성을 띤 그녀의 가족공동체시는 2000년대 새로운 모더니즘적인 성격에 기반을 두고 있어, 더 부정적이고, 불건강한 징후를 드러낸다.

  시인의 시에는 '서 있는 사람', '그림자', '물로 된 집'이 있고, 반대쪽에는 '앉은 사람', '빛', '아주 좋은 집' 등이 있다. 대립각만 두고 본다면 시인의 가족공동체시는 나─어둠─해체된 가족이라는 공식으로 그릴 수 있다. 2000년대 이후 시인들의 시에는 가족공동체에 대한 비판적인 세계관이 자주 드러나는데, 노혜경 시인(「레이스마을 이야기」)의 경우, 가족공동체의 문제는 아버지를 상징계의 안정된 질서와 위치에서 와해시켜버리고 그 자리에 할머니와 어머니를 대신 세워 여성 가족연대의 성립을 표방한다. 이는 모성의 신화를 통해 아버지를 해체시키고 파편화 하는 부성 부재의 시 쓰기이다.

하지만 안미옥의 시는 다른 시인의 가족공동체시와는 구별된다. 그녀의 시는 아버지를 해체한 여성 가족연대의 성립이 아닌, 시인의 내면 의지로 자신을 포함한 가족공동체 모두를 부정하고 해체해 버린다. 가족공동체의 해체는 화려한 자본주의 산업화에 그 원인을 두고 있다. 왜냐하면 산업화에 귀속된 소가족화 현상은 가족공동체를 약화시키기 때문에 결국에는 가족의 해체를 가속화시키고 만다. '물의 집'으로 비유되는 가족공동체가 팽창하는 자본주의 사회와 수평적 관계를 이루지 못하고 있다. 그래서 그들은 사회 외곽에서 중심부의 주체 변화를 재확인시켜주는 껍데기에 불과하다. 이 점이 시인에게는 상처가 되고, 세계에 대립각을 세우게 되는 지배요인이 된다. 따라서 시인의 고통은 과거 체험으로 끝나는 게 아닌, 원체험의 고통이 무의식으로 나타나 현재의 불안정성이 시의 세계관을 형성하게 된다. 불안정성은 "깨진 벽돌"과 "녹슨 나사", "깨진 창문"(「온」)으로 나타난다. 악수를 건네는 자가 "아주 좋은 집으로 고쳐주겠다"(「페인트」)고 해도, 가족은 못처럼 휘어지지 못한다.(「수색」) 왜냐하면 자신들의 터전이 하락된 교환가치로 대체되는 부정성을 경험했기 때문에 가족은 그들의 말을 전적으로 수용할 수가 없게 된다. (「치료자들」, 「굳은 식빵을 끓여 먹는 요리법」) 그 결과 빛을 바라보고 사는 자는 계속 빛을 보고 살고, 불 꺼진 창을 바라보고 사는 가족공동체는 "집에 아픈 사람"(「적재량」)과 "차고 흰 빛처럼 뿌리가 뿌리를 뻗을 때"(「천국」) 뿌리내리지 못하고 꿈 속에 머물러 있게 된다.

같은 곳을 맴돌고 있으면 이곳에 남지 않는 법을 모르게 된다. 숲이 숲을 닫았다. 나무가 열매 를 닫았다. 이 집엔 불이 들어오지 않는다

큰불을 기다려. 멀리 있는 사람들도 돌아볼 수 있는 모든 것이 순식간에 그런 말들을 기다려. 말 속에 숨어 있는 빛나는 눈을 기다려. 가라앉는

재. 부서지는 마음을.

너는 아직 돌아가지 못했다. 쏟아지는 물 안에 남아 있다. 이 집은 누가
지은 집인가. 거꾸로 펼쳐진 설계도에는 아무것도 남아 있지 않다. 닫혀
있는 구름, 닫혀 있는 소문, 빗장을 열면 누 구나 볼 수 있다.

아직 보지 못한 것은 아직 보지 못한 것으로 남아. 꿈속에 있던 사람들
은 자주 잊혔다. 손바닥안에는 잘린 빗금. 누가 알 수 있을까. 돌아보는 마
음 같은 것. 고여 있는 물. 빗방울. 비가 내 린다. 비가 내리고 있다.

—「천국」 일부분

『온』에서 가장 부정적인 가족공동체의 시는 「가족의 색」이다.

폭력은 밝은 곳에서 벌어지기도 한다.
햇빛이 잘 들어오는 집에 살았던 적도 있다

보이는 것도 흰 것이고
보이지 않는 것도 흰 것일 때

겹겹이 백지처럼
어두운 곳엔 없는 기도를 했다

(중략)

더 깊은 얼굴이 되면
따뜻한 손을 갖게 될까
지우고 싶지 않은 것들 사이엔 반드시
지우고 싶은 색이 있다

가족의 색
가족의 문
가족의 반성과 가족의 울음 가족의 일상 가족의 방식 가
족의 손과 가족의 얼굴 가족의 정지
그리고 가족의 가족

알약은 깊은 곳에서 녹는다
녹는 곳엔 바닥이 없다
이것이 마지막 말이다

얼굴에 그린 그림을 가면처럼 쓰고 있던 아이들이
다 지워질 때까지

─「가족의 색」 일부분

　이 시에서 시인은 자본주의 폭력성으로부터 가정이 와해되는 모습을 지
켜보고 있다. 보이는 세계와 보이지 않는 세계, 그 모두를 죽음으로 몰아넣
고 있는 자본주의 사회의 폭력성을 보면서, 시인 자신도 대항하지 못하고
오히려 악수까지 거절하는 가족과 신을 부정해버린다. 그녀는 이러한 방식
으로 사회의 폭력에 대응한 것이다. 그런데 시인의 왜곡된 시선이 내면 의
지의 발로라는 점에서 문제성이 있다. 그것은 "가족의 색, 가족의 문", "가
족의 반성과 가족의 울음 가족의 일상 가족의 방식" 등으로 나타난다. 시에
서 시인은 가족의 모든 것을 파편화시킴으로써 자신에게 폭력을 행사한 사
회를 비웃고 있다. 거기에서 끝나는 게 아니라 시인 자신마저도 철저하게
부정하고 있다는 점에서 이상 심리양상을 보인다. "알약은 깊은 곳에서 녹
는다/ 녹는 곳엔 바닥이 없다//이것이 마지막 말이다. 시인은 지금까지 버
티기 위해 버틸만한 곳(「불 꺼진 고백」)을 찾았다. 그러나 눈 앞에 펼쳐진
것은 터널 안쪽의 그림자뿐이다.(「균형잡힌 식사」) 시인이 죽음과 대면한

순간, 빛은 반대편에서 "차오르지 않는 빈 몸으로" 또는 "무너지고 있는 집 안에 들어가 깨진 물건을 만지"듯이 찾아온다.(「빛의 역할」)

빛이 온다고 해서 시인은 그 빛을 완전하게 받고 있지 않는다. 아직은 삶의 짐이 과중하고, 내리막길이 펼쳐져 있으며, 한여름 강에 나아가도 언 강을 기억하고 있어(「구부러진 싸인」, 「여름의 발원」) 불안정성에 놓여 있다. 아픈 가족사로 인해 닫힌 입술과 닫힌 눈동자에 갇혀 있는 그녀는 조그마한 생채기에도 아프다.

우리는 시인들이 잘 다듬어지고 성찰된 시 쓰기를 하기 바라고 기대한다. 그러면서도 또 한편으로는 한 사회 또는 한 가족공동체가 개인에게 주는 고통을 끊임없이 해체하는 날 것 그대로의 진정성이 있는 시쓰기를 보고 싶어 한다. 그런 의미에서 안미옥의 시는 자본주의 사회가 보여주는 부정적인 힘의 논리와 양자 간의 대립과정에서 붕괴되는 가족공동체 속의 개인의 고통을 여과 없이 드러낸다고 할 수 있다. 또한 그녀의 시는 2000년대 이후 모더니즘시의 특징인 객관성 상실과 파편화된 주관성을 통해 가족공동체 고통의 근원인 가족내부의 불화. 부재를 드러내고 있다. 그럼으로써 온전한 가족공동체의 화합을 위한 정신적 환경의 중요성을 시사하고 있다. 그 점에서 이 시들은 가치가 있다. 안미옥 시인은 「가족의 색」에서 뿐만 아니라 『온』 전체에서도 "그림의 가면"을 벗어던지며 한국 전통가족의 문제점을 드러내고 있다. 이후 시편에서는 고통의 복제나 증식이 아닌, 흩어진 파편들을 긁어모아 재구성한, '나 세움의 길'로 접어들길 바란다.

사랑의 상실, 그 이전의 독주와 역할 부재

이용일 시인

시에서 사랑은 대상을 소중히 여기는 충실성에 기반을 두고 있다. 이 충실성은 둘의 관점으로 세계를 경험하고 새로운 일을 창조하는데 집중할 수 있는 가능성으로서의 타진이다. 그러나 한 대상을 상실한 사랑이라면 새로운 세계에 대한 경험을 재구성하거나 재배열하지 못한다. 왜냐하면 사랑이란 두 사람이 동시에 미래의 지속을 향해 나아가는 의기투합이며, 투쟁의 역사이기 때문이다. 이용일 시 역시 사랑은 대상의 죽음 때문에 인간관계의 빛 속에서 다시는 만날 수 없는 관계이다. 그는 독주했고, 영역을 지키지 않았으며, 더욱이 대상을 발길질로 찍었던 것이다. 시인은 과거를 회상하며 반성과 성찰하고 있다.

한편 시인은 시에서 객관적 상관물을 이용해 자신을 다른 사물과 유사하게 성립시키는 은유 관계에 놓이게 한다. 서정시가 세계와 자아를 조율해서 아날로지에 근간을 두고 있지만 때때로 자아의 불가피한 연유로 인해 조화의 관계가 깨질 수 있다. 이때, 「괄호에 젖다」(『두레문학』, 2022)처럼 인간은 사랑의 상실을 경험한다.

저 자궁 속 어딘가에

지우지 못한 유전자가 아직도 남아있었나 보다
한쪽을 잃지 않기 위해
인연의 끈을 단단히 조여 매는
한쪽의 괄호가 내 동종의 유전자임을
나는 미처 알지 못했다

한때는 함부로 선택당하기조차 거부했던 사람
굳어 가는 내 몸속에
생명을 떼어 넣어 준 사람
그 빳빳했던 괄호가
허울만 남은 내 발길질에 찍혀
날 선 생리통을 앓고 있다

그래도 한 번쯤은 수많은 변명으로 가꾸어 놓은
햇살 좋은 내 정원 안에서
아내의 웃음소리를 들을 줄 알았다

괄호는 두 개가 한 몸이기에
어느 한쪽도 잃어서는 안 된다는 것을
병들어도, 흠집 내서도 안 된다는 것을
죽음 앞에 선, 중환자실에서 깨달았다

—「괄호에 젖다」 전문

　여기서 객관적 상관물인 '괄호'는 앞과 뒤의 동시성이 존재해야 완벽해지
는 부호다. 그러나 괄호 한쪽이 힘을 잃어가고 있기 때문에 동시성이 이루
어지지 않는다. 이 비동시성은 아내의 죽음을 목전에 두고 있는 시인의 모
습과 유사해서 '괄호'와 '자아'는 은유 관계에 놓이게 된다. 하지만 이 은유
관계는 시인과 세계의 부조화로 인해 관계의 지속성이 단절되고 해체된다.

그러한 슬픔이 고통스러워 시인은 "한쪽을 잃지 않기 위해/인연의 끈을 단단히 조여" 맨다. 하지만 모든 사랑이 그렇듯 상실 이후 그는 "햇살 좋은 내 정원 안에서/아내의 웃음소리를 들을 줄 알았다"라고 변명을 늘어놓는다. 결국 시인은 자기 독주와 영역의 부재로 인해 사랑을 상실하게 되고, "죽음 앞에 선, 중환자실"에서 자신을 낮추며 성찰하게 된다. (「모자이크의 독백」)

그러나 대상을 잃은 시인은 슬픔의 시선으로 존재의 근원을 찾고 있다. 존재들의 시원이 어딘지, 종착지가 어딘지, 끝없이 탐색하며 사유 속을 헤맨다. 마침내 그는 사랑의 비애를 잊고자 '비'에 자신의 감정을 투사한다. 그리고 그 비에 자신의 아픔을 호소한다.

> 그래 나도 마찬가지야
> 어디서부터 왔는지 왜 와야만 했는지
> 어디까지 가야 하는지
> 어차피 하나도 모르고 살고 있으니까
>
> 그런데 너 그거 알아?
> 네가 있어야만 내가 살 수 있다는 거
> 사람들은 너를 원망도 하고 고마워도 하지만
> 말 못하는 생명들은 무척 고마워한다는 것을
>
> 나에게는 텅 빈 가슴만 적셔주면 돼
> 시린 눈물만 씻어주면 돼
> 차라리 소리치는 그 아픔만
> 굵은 빗줄기로 덮어주면 돼
>
> —「비에게 전하는 말」 일부분

이용일 시인의 '비'의 상징은 눈물, 즉 슬픔의 정념이다. 그는 비를 통해 존재의 근원에 닿고 싶어하고, 또한 세계에 진입하고자 하는 목적이 있다. 하지만 아이러니하게도 그 목적에 대해서 하나도 아는 게 없다. 비와 시인이 동시에 모르고 산다는 점에서 이 시는 존재들의 슬픔을 형상화하고 있다. 시인은 이를 "어디서부터 왔는지 왜 와야만 했는지/어디까지 가야 하는지"라고 표현하고 있다. 땅에 흡수되거나 떠내려가는 비의 존재를 보고 시인은 "나도 마찬가지야"라고 '비'를 '자신'과 유사하게 은유 관계로 놓는다. 이 시행에서 시인의 상상력은 놀랍고도 좋다. 이보다 더 중요한 점은 시인이 '비'를 향해 "말 못하는 생명들은 무척 고마워한다"라는 표현이다. 바디우에 의하면 사랑의 과정은 운명으로 결합되어 있다고 한다. 하지만 그 운명을 죽음이 갈라놓았기 때문에 둘의 지속성은 사라지고 시인은 슬픔의 정념과 대면할 수밖에 없다. 그런데도 시인은 슬픔을 타자들에게 발설할 수 없다. 나 또한 "말 못하는 생명들" 중 하나이기 때문이다. 이 주변부적 시각은 결국 자신을 '비'보다 못한 존재로 두어, 그 비에 아픔을 호소하고 있는 것이다. "텅 빈 가슴만 적셔주면 돼"/시린 눈물만 씻어주면 돼/굵은 빗줄기로 덮어주면 돼" 라는 표현이 그것이다.

　이용일 시인은 대상을 잃고 나서 반성과 성찰을 한다. 하지만 이미 내면 깊은 곳에서는 슬픔과 아픔의 진액이 흘러나온다. 슬픔은 심리적 간극이 내면에서부터 진행된다는 신호다. 시인한테는 이런 흔들리는 마음을 찾는 데 있어서 증상보다 더 쓸모 있는 것은 없다. 시인은 위의 시들을 통해 두 사람이 함께 다스리는 사랑의 충실함만이 순정률을 평균율로 조율할 수 있고, 슬픔 없는 조화로운 사랑을 만들어갈 수 있다고 한다. 이용일 시인의 시는 인간에게 사랑의 관계는 어떤 역할을 해야 하는가를 질문하고, 자신 또한 그렇게 살아왔는가 하고 질문한다. 그런 의미에서 그의 시는 자신에게 거울인 셈이다. 계속되는 슬픔과 자기성찰은 그의 시가 긴장감을 놓지 않게 하는 근본적인 힘이 아닐까. 다음 시집에서는 어떤 경향의 시가 발표될까 궁금하다.

3부 /

여성성과의 해후
깊고 푸른

깊고 푸른 여성성과의 해후

강은소 시인 작품론

1. 남성 중심사회로부터 타자화 된 여성성

현대를 살아가는 여성은 세상에 대해서 할 말이 많다. 그 중 일부는 필요 없는 말이고, 일부는 꼭 해야 하는 말이다. 불필요한 말을 줄이고 필요한 말을 하는 사람이 강은소 시인이다. 시인은 자신의 견해를 밝혀야 할 때 '시쓰기'를 통해 뼈 있는 말을 한다. 그럼으로써 말 많은 이의 백 마디 말보다 시인의 단 한 마디 말이 더 강한 흡입력을 갖는다. 이를 집약시켜놓은 작품이 『당신이 오지 않는 저녁』이다. 여기에서 시인은 화자를 통해 시종일관 담담한 어조로 남성 중심사회를 향해 강한 메시지를 던진다.

그 메시지는 크게 두 가지 내용을 말하고 있다. 하나는 이 사회로부터 여성이 겪는 억압에 대한 것이고, 또 하나는 그리움을 향한 욕망적인 것이다. 시 해설을 위해 쓰는 개념은 '여성성'이며, 이는 1990년 젠더 후기 연구 이전의 성이나 사회의 지표로 삼았던 이론이다. 이를 연작시 '낙태 일기'와 단편시 '푸른 그리움'의 시들을 통해 말해보고자 한다. 두 주제는 서로 동떨어져 있거나, 소통 부재로 충돌을 일으키진 않고, 서로 자연스럽게 연결된다. 이런 일련의 시 담론이 모여 강은소 시의 근원이라 할 수 있는, 여성성에 대한 '시쓰기' 맥락을 알 수 있다.

먼저, 강은소 시인은 가부장제 아래에서 여성의 고통에 관한 문제의식을 드러낸다. 그 비유적 대상이 「족두리풀」이다.

약수를 받으러 갔다가
바위섬 기슭에 몰래 피어난
풀꽃 하나 밟았다

발밑을 적시는
홍자색 전율에 비틀거리다
봄날 아지랑이처럼 살아 오르는
풀꽃의 맑은 혼을 본다

고향집 산밭에
김을 매다 독사에 발등을 내주었던
할머니 같기도 하고
족두리조차 내리지 못하고 청상의 몸을
곧추세운 작은 어머니 같기도 한
풀꽃 한 송이에 어리어 떠도는
혼들의 가쁜 숨결

가시 면류관 잉태하고
혀끝에 입덧을 삼키며 피어난
족두리풀꽃 한 송이

해거름 저녁 산길에
모든 것 다 내주고도
아깝지 않은 그리운 사람을 본다

다 버린 사람만이 거두는
아침을 예감한다

-「족두리풀」 전문

　이 풀꽃은 여인들의 고단하고 고통스러운 삶을 상징한다. 더불어 꽃대
의 가녀림 때문에 연약함도 상징한다. 시인은 이러한 족두리풀꽃의 모습에
서 막중한 책임을 통감한다. 왜냐하면 족두리풀꽃은 바람에 쉬이 흔들리고
꺾이기 쉽기 때문이다. 넓은 풀밭에 의기양양하게 피어 있는 것이 아니고,
거부의 정원을 장식하는 화려한 꽃빛을 갖춘 것도 아니다. 그 풀꽃은 바위
틈새에 끼여 자신의 자태를 드러내지 않고 숨어서 피어나는 화초다. 그런
뜻에서 족두리풀꽃은 남편 그늘 뒤에 가려진 채 살아가는 한국 여인들의
숙명적인 삶을 대변한다.

　또한 족두리풀은 전통 혼례식 때 신부 머리에 얹는 화관과 유사하다. 화
관은 한 여인이 한 남성을 죽을 때까지 순응해야 하는 언약의 징표다. 환언
하면, 족두리는 한 여인이 한 남자의 지배 아래로 들어가는 것으로 의미한
다. 이외에도 풀꽃은 여성성이라는 상징과도 연결된다. 그 예가 혼자 일하
다가 "독사에게 물린 할머니"의 삶이 그렇고, 결혼 첫날밤에 "족두리조차
내리지 못하고 죽고 만 작은 엄마"의 삶도 이에 해당된다. 화자는 마치 그
들의 혼이 풀꽃 한 송이로 하늘거리는 것 같다고 생각한다. 할머니나 작은
엄마는 생전에 남편이 없거나 남편이 있어도 별반 차이 없이 살던, 남성 중
심사회의 도구화된 여성들이다. 그들은 살아가면서도 남성 중심사회의 강
요된 침묵으로 인해 "가쁜 숨결"을 몰아쉬어야 했고, "가시 면류관을 잉태"
시킬 정도로 고단한 삶을 살았다. 그러므로 '족두리풀'은 화관과 순응, 꽃
자체의 상징을 두루 지니는 바 다의성을 가진 식물이라고 할 수 있다. 다시
말해서 족두리풀은 언어의 유사성과 모양의 유사성에 기인하는 이미지들
로 중층 유사성을 보인다. 그러면서 남성 중심사회의 주변부에만 맴도는

한국 여성들의 중복된 고통도 표현한다.

화자 역시 한국 여성들의 내면의 원형성인 고통을 알게 모르게 느낀다. 이를 터득한 화자는 남성 중심사회의 불합리한 구조를 깊이 인식하고, 그 점에 저항하고자 한다. "모든 것 다 내주고도/ 아깝지 않은 그리운 사람을 본다"라고 하는 것처럼 화자가 억압받는 여성들을 위해 남성 중심사회에 대한 암유(暗喩)로써 저항의식과 책임의식을 동시에 드러낸다. 그러므로 '족두리풀'은 한국 여성들의 사고와 의식을 포괄하고 있는 풀꽃이라고 할 수 있다.

「족두리풀」과 같이 동일한 맥락에서 쓰인 시가 「낙태일기 1」이다. 이 시를 보면, 강은소 시인은 남성 중심사회에 대해 조용한 저항의식을 드러낸다. 시인 자신만이 잘 할 수 있는 '시쓰기'를 통해 한 가계의 가부장제에 대한 무책임함을 보여주고, 또한 남성 중심사회의 불합리한 구조에 대해서도 비판하고 있다.

> 약전골목 조약국 다녀오시던 날
> 어머니 모시 베개에는 강이 흘렀다
> 어린 것의 가슴을 헤치고
> 강의 줄기는 밤새 내게 왔지만
> 한 번도 함께 흐르지 않은
> 내 영혼의 눈은 얼마나 흐려 있었을까
>
> 한 남자의 아내 되어
> 내 살을 아낌없이 떼어준 아이 낳고
> 어느새 다섯 해가 지났지만
> 어머니의 모시베갯속으로
> 숨죽여 흐르던 그 강의 소리
> 한 가닥이나 들었을까

－＜중략＞－
이렇게 수술대 위에 누워서
눈까풀 속으로 잠겨 들어온 것은
딱딱하게 굳어버린 어머니의 자궁이었지요
나를 남김없이 버렸을 때
비로소 강 저편의 내 어린것에게
영혼의 젖을 물릴 수 있다고
어머니는 온몸으로 말해 주었습니다

－「낙태일기 1」 일부분

십 리 산길 걸어 외할머니댁
산나리처럼 붉은 얼굴로 문 앞에 서면
제일 먼저 나를 반기던 조팝나무
바람같이 떠돌던 한량 남편
소리 없이 목숨 끊은 뒤
외할머니의 겨울은 참으로 길었다
－＜생략＞－

－「조팝나무」 일부분

가족 서사로 봤을 때, 「낙태일기 1」에서 남편과 아내는 사랑을 목적으로 임신하지 않았다. 자연유산과 또 다른 낙태는 화자의 의지가 포함되어 있고, 제삼자의 인위적인 어떤 제거 사건이 연루되어 있다. 따라서 낙태란, 시인의 마음이 남성 중심사회의 가부장제에 대한 저항의식을 드러내는 단절의 행위이다.

일반적으로 할머니에게서 나에게로 이어지는 가족 내 여성의 기능주의적 관점을 보면, 여성은 임신, 출산 등 애정이 담긴 역할을 수행해야 한다. 이에 반해 남성은 가정 밖에서 가장으로서의 역할을 수행해야 한다. 그런데도 시적 대상인 남성들은 오직, "바람 같이 떠돈 한량 짓만"할 뿐이다. 그들은 가정의 주체로서 가족을 제대로 보호하지 못했으며, 가족을 한 곳으로 집결시키는 역할도 하지 못했다. 그러므로 이 남성들은 가족의 중심부에서 가장 역할이 아닌 가족의 외곽 인생만 산 셈이다. 여기에 정확한 답이 "어머니의 모시 베개에는 강이 흘렀"고, "어머니의 '눈물'"이 아이를 지워야 할 정도에서 나온다. 그만큼 어머니의 삶은 절박했던 것이다. 이런 감정을 공유한 화자도 수술대 위에 누워 어머니의 딱딱해진 자궁을 생각한다. 어떤 상황이건, 정황상 어머니나 할머니로 이어지는 가족 서사의 중심에는 여성성의 불합리한 구조가 공시성으로 깔려 있다. 이 공시성은 오직 한국 여성의 여성성에 대한 문제를 한 가계의 할머니→ 어머니→ 화자로 치환해서 보여주고 있을 뿐이다.

두 시에 나타난 서사만 보더라도 남편이 한 가정의 가장으로서의 역할이 아닌, 아내의 주변부인 가정의 타자로 살아왔다는 것을 알 수 있다. 이러한 부성의 역할이 사회에서는 중심역할을 하고 지배질서를 펼쳐 나간다니 아이러니가 아닐 수 없다. 여기에 메스를 가한 것이 보부아르다. 그는 여성이 여성으로 태어나는 것이 아닌 만들어진다고 한다. 남성 지배질서 하에서 여성의 지위를 향상하기 위해 그녀는 여러 가지 변화의 필요성을 역설한다. 그중 낙태도 언급한다. 보부아르는 여성들을 타자화시킨 남성사회에 대한 저항으로 낙태 행위를 한다는 것이다. 또한 그녀는 낙태를 여성의 사회, 문화, 성으로부터 자유로운 독립과 연결시켜서 해석하고 있다. 그러므로 보부아르의 낙태나 강은소 시인의 '낙태일기'에서 '낙태'는 연접점으로 남성 중심사회의 불평등한 여성성 문제에 대한 대안이라고 할 수 있다. 요컨대, 보부아르와 강은소는 여성 자신의 권익 보호와 열등한 지위 향상을 위한 변화의 필요성을 역설한 것이다.

이제 강은소 시인은 남성 중심사회에서의 남성성 우월의식에 반해 여성

사회의 여성성에 대한 저항의식을 보여주고 있다. 그것이 곧 '낙태일기'로 이루어진 연작시다. 낙태의 축자적 의미는 여인이 출산하기 전 자궁에서 발육 중인 태아를 제거하는 일이다. 남성과 여성이 결합하여 임신한 태아를 분만 전에 제거한다는 뜻은 남성 중심사회의 가부장적인 폐단을 뿌리 뽑겠다는 시인의 저항 의식의 발로이다.

    바람의 숨결 거칠어져도
    밤새 흐르지 않는 시간
    문밖에 몰려와 있는 어둠처럼
    벼랑에 부딪히는 아이의 울음소리
    빤히 나를 쳐다보고 있다

    살은 참 떼어내기 쉬워서
    망각의 강에 던지고 오는 길인데
    나를 완강하게 가두어 버리는
    시간의 파도는 거꾸로 흐르고 있다

    분만실을 서둘러 나올 때
    붉은 샐비어가 강이 되어 흐르는

                                    ─「낙태일기 2」일부분

　화자는 「낙태일기 1」, 「낙태일기 2」를 통해 여성성이 지닌 낙태의 고통을 호소하고 있다. 정황상 화자가 고통을 주는 대상에 대한 말을 하지 않지만 자신의 몸을 찢으면서까지 낙태를 결행하는 데에는 임신의 주범인 남성 가부장제에 대한 호소라고 볼 수 있다. 낙태의 순간 태아가 벼랑에 부딪히며 울음소리를 내는 것처럼 화자의 귀에도 울음이 그렇게 들린다. 비록, 화자가 남성의 전유물이 아님을 낙태를 통해 저항하지만, 태아와 자신이 한 생명줄에 의지하고 태아를 보호하고 사랑해야 하는 모성애를 지닌 사람이다. 그 점이 몹시도 고통스럽다. 그럼에도 불구하고 화자는 죽은 태아를 강에 던지고 온다. 왜냐하면 남성 중심사회의 고질적 병폐가 여성을 억압하는 것이기 때문에 여성들은 '낙태'를 통해 탈가부장제의 의지를 드러내고 있다. 강이 이를 상징하고 있다. 바다로 흘러드는 강은 망각을 뜻한다.

그렇지만 강은 '망각'이라는 여성의 해방구가 되지 못한다. 오히려 "시간의 파도"를 타며 거꾸로 흘러간다. 이런 모습을 본 시인은 자신의 삶이 "붉은 샐비어가 강이 되어 흐르는 것"처럼 피눈물 나게 고통스럽다.

2. 여성 해방구로서의 '시쓰기'

인간은 고통을 잊고자 망각하는 존재다. 강은소 시인 역시 여성에게 고통을 주는 남성 중심사회에 대한 부정적 인식에서 벗어나고자 노력해왔다. 그 결과 남성지배질서와 상관없이 부정적 인식을 망각하게 되고 동시에 자기 자신을 인식하게 된다. 시인은 이런 자신의 소리를 모아 '시쓰기' 담론을 펼친다. 데일리에 의하면 억압된 여성이 자신들의 해방구를 찾고자 하는데 가장 좋은 방법이 '여성의 소리'를 모으는 것이라고 한다. 강은소 시인에게 있어 자신의 해방구로는 '시쓰기' 담론이다. '시쓰기'를 한다는 행위는 무언가 고통스럽다는 뜻이고, 시를 쓰는 동안 그 고통에서 벗어나 승화단계에 있다는 것이다.

이런 점들과 연결해 보았을 때, 강은소 시인의 '시쓰기' 는 '강, 물, 바람'처럼 '소리'와 관련이 깊다. 그것이 「겨울나무」이다. '겨울나무'가 내는 소리는 시인의 억압된 세계를 보여주고 있다.

바람이 불면

나무는 춤을 추기로 했다
가로등 아래 저 혼자 춤추는 나무
그 사이로 마른 풀잎 흩어져 비를 맞고
밤새 창밖엔 눈꽃이 쌓인다

사람 사는 동네에 살기로 한 나무는
사람들처럼 소리 내어 우는 법을 몰라
바람이 불어 울고 싶을 때면
나무는 다만 춤을 추기로 했다

세상이 뱉어낸 쓰레기처럼
밤마다 일어서는 뻘건 십자가들
거리에도 아파트 주차장에도 어디에도
끝이 없는 유혹이 넘실거리지만
어와둥실 바람의 곡조에 맞추어
나무는 온몸으로 춤을 춘다

바람이 불고
누군가 나무는 그저 흔들린다고 말할 때
표정 없는 세상이 슬프다고 나무는
벌거벗은 몸뚱이째 춤을 추며
박제된 새처럼 메마른 사람들을 흔들어
우수수 눈물 뿌린다

―「겨울나무」 전문

    나무는 몇 가지 상징체계를 지니고 있다. 원형적인 상징, 인습적 상징, 그리고 개인적인 상징이 그것이다. 그 중 '겨울나무'는 시인의 개인적 상징에 해당된다. 시인이 자기 자신의 헐벗고, 고통스러운 현실 상황을 유추하는 기제로 '겨울나무'를 이용하고 있다. 나무가 우는 소리는 바람에 의한 몸 전체의 흔들림이다. 나무에게서 흔들림은 춤이다. 나무는 정적인 것에서 동적인 변주를 준다. 이 유연성은 무감각한 화자의 정체성을 흔들어 깨운다. 춤은 곧 화자 자신의 목소리 내기이다.

'겨울나무'를 객관적 상관물로 감정이입한 화자는 울지 못하고, 자기 스스로도 무엇을 할 수 없다. 다만, 바람이 불어야 제 목소리를 내게 되는데, 그 목소리 속에는 가부장제 하에서의 사회적 전제들로부터 벗어나 문화적이고 특별한 것을 받아들이고자 하는 욕망이 들어 있다. '춤사위'는 그런 화자의 욕망을 드러내는 바, 따라서 '겨울나무'는 화자 개인의 정신활동을 상징한다고 할 수 있다. 그렇게 된 이유에는 "세상이 뱉어낸 쓰레기"와 "끝이 없는 유혹"이 있기 때문이다. 화자는 무질서하고, 비합리적인 사회를 타자들과 연대해서 남성 중심사회의 불합리한 구조를 눈물로 호소하고 있다.

3. 물로 흐르는 '푸른 그리움'

강은소 시집에서 또 하나의 주제의식은 '푸른 그리움'이다. 시인은 평소 남성지배 질서의 습속에 길들여져 온 탓인지 푸른 그리움이 일어도 모르는 체하고 그 감정을 억제하며 살아왔다. 사람은 누구나 이상과 현실 사이에서 괴리를 느낀다. 괴리가 주는 고통을 느끼지 않으려고 자신을 더 옭아맨다. 시인 역시 타인들처럼 감정을 무심으로 처리하거나 더 옭아맨다. 이런 점 때문에 화자는 여성성을 위협하는 나쁜 환경이 주어지면 억압에 대한 저항의 표시로 자신을 더 욕망하게 된다. 거기에 관한 시가 「저녁 산책」이다.

여울을 훌쩍 흘러가는 넉넉한 소리
노을 속에 붉게 지는 해와

바람에 안기는 산과 구름이 모두
전설이 되고 역사가 되는
흐르는 소리의 은유를 알 것도 같다
그러나, 당신은 내게 오지 않고
헤아릴 수 없는 당신의 마음
당신을 향한 내 사랑은 깊고 또 높아
가슴 위 멍울마다 엉겨 붙은
내 마음의 웅어리를 한없이
부끄러워하면서 강둑을 걷는다

당신이 오지 않는 저녁
속을 박박 긁어 파는, 나는 무섭다

—「저녁 산책」 일부분

　　화자의 마음속에 '푸른 그리움'이 일렁이는 장소는 노을이 내려앉는 강
둑이다. 이때 화자의 그리움은 갑작스럽게 일어나지 않는다. 사랑한 대상
과 같이하던 장소, 별이 총총하던 모습과 또는 어떤 물성이 개입되어야 일
어날 수 있다. '저녁 산책'이라는 시적 정황으로 봐서 시인은 오랜 세월 과
거를 호명하며 살아왔다는 것을 알 수 있다.

　　이때 과거는 개인의 역사가 켜켜이 쌓인 세월, 즉 바람이 산과 구름을 안
아서 성숙시킨 시간이다. 그 배경으로 등장하는 역사성은 현재에서 과거를
호명할 수 있고, 과거에서 현재를 호명할 수도 있다. 이 시에서 호명은 과
거에서 현재로, 시인의 그리움을 불러낸다. 그 역사적 배경이 되는 소재는
여울과 바람, 물, 산과 구름 등이다. 이 소재들은 바람소리, 물 흐르는 소리,
구름이 흘러가는 묵음 등 소리와 연관이 있다. 이 소리는 세월과 함께 역사
를 쌓아가지만 화자가 사랑하는 당신은 아무리 욕망해도 합일할 수 없는
존재로 남는다. 따라서 당신은 화자의 가슴에 한으로 남게 된다.

화자는 그리움을 떨치기 위해 양수리로 간다. 양수리에서도 갈등을 표출하지 못한 채 대상을 놓아주고 만다. 인간의 기본 품성은 욕망이 들끓으면 지혜롭게 처신하는 것보다 본성대로 행동하게 된다. 그런데 화자의 경우 타인과의 이해관계 속에서 갈등을 표출하지 않고, 오히려 인고로 해결하려 든다. 그렇다고 해도 화자에게 어떤 환경이 주어지면 바람으로 떠돌게 된다. 화자에게서 바람은 자유이고, 숨이며, 호흡이다.

이제는
바람으로 떠나도 좋겠다
길가에 아무렇게나 핀
싸리꽃 하얀 속살처럼 흔들리며
바람으로 떠나도 좋겠다

한 세월 묶어둔
그리움 같은 사월의 양수리
그 매듭 풀어놓고
그렇게 강물로 흘러도 좋겠다
다짐하고 또 다짐했건만

—「사월, 양수리 그리고 노을」 일부분

언제나 궁금했어 흐르는 물을 보면
늘 처음을 알고 싶어 길을 떠나고 싶었지
셀하에 이르기 전
구리 살결 반짝이던 마얀 길잡이는
물결 테두리의 몽골반 애기를 한참 했었지
그 푸르스름한 옛 기억을 함께하는 나
오래전 떨어져 흐른 한 방울의 물이었을까

－＜중략＞－

돌아갈 수 없는 그곳 물의 근원으로

갈 수만 있다면 다시 시작할 수 있다면

내 시간의 옅은 물색도 프러시안 블루까지

차츰 깊어지고 넓어질 수 있을까

－「세븐 블루」 일부분

　화자는 인고와 절제에서 벗어나서 자신의 언어로 소리를 낸다. 이 소리는 자신의 정체성을 찾아가는 하나의 과정이다. 그녀는 지금까지 남성 중심사회를 향해 '낙태'로 저항만 했을 뿐이지, 진정한 자신의 여성성을 찾지는 못했다. 「사월, 양수리 그리고 노을」을 통해 그녀는 가부장제 질서로부터 벗어나기 위해 자신을 성찰하는데 더 주력하고 있다. 왜냐하면, 지금까지 가부장적인 권력에 의해 자신이 "싸리꽃 하얀 속살처럼 흔들렸기" 때문이다. 흔들린다는 것은 성 역할의 고정관념에서 벗어나 자신의 의사를 표출하지 못했다는 뜻이다. 이젠 남성 가부장제에서 벗어나 독립적이고, 모험적인 사람으로 바뀌어 가고자 한다. 그 시작이 바람 되어 자신의 의지대로 생을 경작해 나가는 것이다. 화자에게서 바람은 삶의 매듭을 푸는 일이고 자유를 찾아가는 일이다. 매듭지어진 상태란 남성 중심사회에 여성들이 결박되어 있다는 뜻이다. 가부장제 질서는 여성에게 암묵적으로 '억압'을 강요하고 있다. 역으로 말하면, 그 질서에 의해 여성들의 고유한 자율성이 침해받고 있다는 의미다. 화자는 이 모든 억압과 굴레에서 벗어나 강물처럼 흐르고자 한다. 강물의 상징은 모성성이다. 이는 생명을 잉태하고, 여성의 정체성을 다지는 공간이다. 그 공간에서 화자는 힘들게 꾸려온 가부장제 하의 여성성이라는 허위의 탈을 벗고 여성 본질(근원)의 주체성을 찾아가고자 한다.

　여성성을 찾기 위한 첫 번째 일은 "푸르스름한 옛 기억"을 더듬는 데 주력하는 것이다. 그 기억은 "오래 전에 떨어진 한 방울의 물이다." 물은 물과 물이 만나기도 하고, 무형태로써 형태와 서로 교통하기도 한다. 이런 물은 액체와 기체로 전환되는 등 형태의 변환과정을 거친다. 예컨대, 물의 상징은 모성, 자궁, 다산과 관계됨으로 여성성의 특성을 지닌다. 그러므로 물은 자궁에서의 태아처럼 다양한 변화과정에 의해 완성된 여성성을 갖추게 된다. 화자가 이 근원을 찾는 데에는 그만한 이유가 있다. 여성성의 모태인 프러시안 블루는 강은소 시인에게 영혼의 안식과 혜안을 주는 지혜의 호수다.

시인은 마침내 '푸른 그리움'이 있는 공간에 닻을 내린다. 그곳은 내면의 물소리가 향기로 흐르는 「향불」, 「스완의 동쪽」에 있는 한 장소다. 여기서 시인은 투명한 사랑의 유동체를 발견하게 된다.

> 깊은 가슴 속 물소리 따라
> 흐르는 향기가 되어
> 마침내 우리가 하나 될 꽃 한 송이
> 그 향기로 피어나고픈, 나는
> 너에게로 간다
>
> ─「향불」 일부분

> 이제 나도
> 당신의 소원 흩어진 이 언덕 자리가 좋다
> 가장 힘든 언덕배기를 넘어올 때
> 바람은 제풀로 찾아들어 따스하고
> 아직은 마지막 순간이 아니라고 속삭이며
> 파닥이며 새들은 날갯짓을 여기저기 퍼덕이고
> 호수는 더 푸르게 살아올라 하늘에 닿고
> 멀리 국경 너머 산 위 만년설처럼 오래된
> 그리움의 줄기 단단하여 환하다고

마냥, 내가 당신을 노래하는

－「스완의 동쪽」 일부분

　　화자의 가슴 속에는 이미 오래전부터 향기가 흐른다. 그 향기는 물을 따라 흘러왔는데. 물은 생명수이며, 꽃 한 송이를 피우게 하는 탄생수이다. 이런 생명수인 '푸른 그리움'을 만나기 위해 너에게로 갈 수밖에 없다. 당도한 곳이 푸른 호수가 내려 보이는 언덕이다. 호수는 바람이 제풀에 잦아들어 따스한 장소이다. 또한 그곳은 "새들이 날갯짓" 하는 자유의 공간이다. 더욱이 "호수가 살아올라 하늘에 닿는" 설화적 공간이다. 너와 내가 엮어온 설화는 수 만년의 그리움이 쌓인 만년설처럼 오래 되었다. 인연이란 하루아침에 만들어진 것이 아닌, 줄기가 단단해 근원과도 같은 오래된 것이다. 화자는 이 언덕배기에서 그리움과 마주하기 위해 그 누군가를 기다린다.

　　기다림에는 화자가 대상과 합일하고자 하는 욕망이 한으로 남아 있다. 그 욕망은 얕게 이루어지지 않고, 오래 세월 물 표면과 수면 사이의 줄기와 깊이를 반영할 정도로 본질적이고 근원적인 것으로 흐른다. 그런데도 화자는 이 그리움과 대면할 수 없다. 우리가 아는 대부분의 그리움은 구체적이고, 감각적이며, 현재적이다. 그에 비해 화자의 그리움은 만년설이 켜켜이 쌓일 정도로 역사성을 지니고, 정념적이다. 그러므로 강은소 시인의 '푸른 그리움'의 대상은 이상향이거나 설화적인 세계에 존재하는 그 무엇과 같다. 따라서 화자는 근접할 수 없고, 마음 한 자리 차지하는 절대적인 존재, 즉 근원적인 여성성일 뿐이다.

4. 근원을 찾아 우주적 세계로의 지향

　　'푸른 그리움'과 합일하지 못한 시인은 아쉬운 마음을 떨쳐 버리기 위해

별, 달 등 우주적 세계를 지향하게 된다. 시인은 그리움을 찾아 바람처럼 강둑을 거닐기도 하고, 노을 진 창가를 서성이기도 한다. 그러나 여성성에 대한 근원은 추상화된 그리움일 뿐이지 정작 시인에게 문을 열어주지 않는다. 시인은 마침내 추상화된 존재와 이별하고자 우주적 세계에 자신의 염원을 갈구하기 시작한다. 그래야만 한 인격체로서 온전히 세계와 소통할 수 있기 때문이다. 우주와의 첫 소통으로 시인은 달을 향해 욕망을 드러낸다. 원형적 상징으로 볼 때 달은 여성성을 뜻하며, 여성적 이미지로 사용된다. 또한 달의 표피는 계속 변화하는 이미지를 드러내는 바, 재생과 부활을 상징한다. 시인은 자신의 피곤한 마음과 지친 그리움을 부활하고자 우주적 세계에 기댄다. 그의 시 『달에게』는 이런 시인의 심정을 잘 드러내고 있다.

> 백두산 영봉 아래
> 그리운 임 하나 있으면 좋겠다
> 눈 내린 겨울밤
> 모퉁이 길마다 사리고 선 달에게
> 시린 발 숨기지 않아도 될
> 사랑 하나 있으면 좋겠다
>
> 그리운 임 하나
> 백두산 영봉 아래 떨고 있으니
> 밤이 투명해질수록
> 슬픔으로 가득 찬 달에게
> 한 번도 만나지 못해 더 그리운
> 임의 근황을 보챈다
>
> —「달에게」 일부분

우주적 지향의 촉발점이 「달에게」이다. '달'은 여성의 월경주기와 관계

있고, 부계에서 모계로 전환하는 과정에 여성성의 특성과 닮아있다. 그 점에서 달이 여성성을 상징한다고 볼 수 있다. 화자는 자신의 그리운 마음이나 감정을 달과 동일시한다. 또한 달을 투사의 대상으로 삼는다. 그 예가 달을 향해 "백두산 영봉 아래", "그리운 임 하나" 떨고 있다고 말하는 시행이다. 덧붙여 화자가 그 대상에게 근접할 수 없으니. 임의 근황이나마 알아봐 달라고 보챈다. 투사 대상인 달 또한 "눈 내리는 겨울밤에 모퉁이마다 발을 사리고" 있을 정도로 심사가 고통스럽다. 따라서 서로 동일시를 통해 달도 화자의 '푸른 그리움'을 볼 수 없다.

화자는 '푸른 그리움'인 여성성을 표면적으로 드러내지 못한다. 왜냐하면 여성성은 "백두산 영봉"에 위치하기 때문이다. 따라서 감각화 할 수 없는 '푸른 그리움'은 어머니로부터 그 어머니로 이루어진 절대적인 여성성의 근원이라는 점에서 화자와 현재적 시간으로 합일될 수 없다.

현재에서 찾을 수 없는 '푸른 그리움'을 화자는 '별'을 향해 또 욕망을 드러낸다. 별이란 존재는 어둠 속일수록 빛을 발한다. 그 점에서 별은 고귀한 존재, 정신, 지고, 불멸, 희망을 상징한다.

마음속에
별 하나 있으면 좋겠다

침묵하는 산의 밤 풍경처럼
속을 알 수 없는 세상
수치를 깨우는 거울도 좋겠다
마음속에 거울 하나
별처럼 빛난다면
한밤에도 마음은 밝아지고

때로는
흐르는 강의 밤 풍경처럼
깊이를 알 수 없는 세상
상처를 남기는 칼날이라도 좋겠다
마음속에 칼날 하나
별처럼 번쩍인다면
살아가는 시간은 녹슬지 않고

거울 같은 별 하나
칼날 같은 별 하나
마음의 눈으로 세상을 보면
산다는 것은 별빛을 따라
모든 버려야 할 것들 다 버리고
가볍게 걸어가는 일

마음속에
별 하나 있으면 좋겠다

-「별 하나」 전문

　찾을 수 없고, 고귀한 것일수록 사람들은 더 갖고 싶어 한다. 화자 역시
그 빛나며 고귀한 존재를 꼭 갖고 싶어 한다. 지고한 존재는 어둔 밤을 밝
히는 인도자이기 때문이다. 그러한 이유로 화자는 별을 향해 소망을 말한
다. 그 소망이란, "침묵하는 밤 풍경이어도 좋고", 또한 "흐르는 강의 밤 풍
경"이어도 좋다. 마음 속의 칼날 하나 순간의 광채로 반짝이기만 하면 된
다. 가부장적인 남성들은 침묵 속에서도 어떤 불투명함을 안고 있다. 여성
으로서는 그들의 속성을 알 수 없다. 불투명한 심성을 가진 사람들이 투명
한 세계로 가기 위해서는 자기 스스로 수치심을 알아야 하는데, 그들 스스

로도 빛나는 지혜를 알지 못한다. 따라서 이를 밝히기 위해 어떤 매개체가 필요하다. 그것이 '거울'과 '칼날'이다. '거울'은 남성들의 행위를 되비추는 역할을 하고, 불투명한 인식을 투명한 인식으로 전환하는 데 필요한 도구이다. '거울'과 '칼날'이 가진 유사성은 '빛'이다. 이 빛은 타자와 대상을 되비추며 미래의 빛나는 이상을 드높이는 존재다. 따라서 별은 인간의 수치와 무딘 정신을 되비추어 혜안의 표식으로 삼는 빛나는 이성의 상징이다.

지금까지 시인은 『당신이 오지 않는 저녁』을 통해 남성중심 질서에 대한 부정적인 자세를 취하고 있다. 그것이 '낙태일기'로 나타난다. 여기에는 시인이 여성성의 근원을 찾아가야할 만큼 주제의식이 깊다. 한 가계의 서사에서부터 시작되어, 한국 여성의 공통적 특질인 여성성의 근원에 이르까지 파헤쳐야 하는 '시쓰기' 담론이다. 이 담론 속에는 강은소 시인의 힘만으로는 해결할 수 없는 현실 세계의 남성 지배구조가 강하게 작용하고 있다. 시인은 여성성의 해방을 위해 남성 중심사회에 대한 문제점을 드러내었고, 국소적이나마 자유를 느끼고 저항의식도 가졌다. 그 점에서 이 시집은 시사적으로 의의가 있다. 또 하나, 『당신이 오지 않는 저녁』 시세계는 시인의 욕망인 '푸른 그리움'에 대한 대상 찾기가 있다. 이 시세계는 위의 주제의식과 동떨어져 있지 않다. 여성성의 시원을 찾아간다는 점에서 동일성을 갖고 있다. 하지만 '푸른 그리움'의 대상은 추상화된 것이어서 시인의 욕망이 우주적 지향성을 내포할 수밖에 없고, 그 세계에 기댈 수밖에 없다. 시인의 특유성인 은근과 끈기로 여성성의 근원을 깊이 파헤친다는 점에서 여성성의 확장이라고 볼 수 있다.

가부장제에 대한 역압, 스스로의 억제, 푸른 그리움을 끌어안고 살아온 강은소 시인의 시쓰기는 한 권의 『당신이 오지 않는 저녁』으로 나타나 독자에게 묻어두고 싶은 말이 아니라 상징질서를 파헤치고, 근원의 형상을 여는 말을 하고 있다. 앞에서도 주지한 바와 같이 시인은 여성성이라는 명제에 입각해서 여성의 내면의식을 치열하게 드러내었다. 그녀의 단단한 내 공처럼 앞으로도 여성성의 근원을 찾는데 이 한 권에 머물지 말고 두 번째 시집에서도 이어가기 바란다. 그리하여 시인이 욕망하는 것처럼 깊고 푸른 여성성과의 해후를 위해 지고한 이성의 '거울'과 '칼'이 그 길을 환하게 비추어 줄 것이다.

그늘, 불가의 인연과 생태시학

– 이경숙 시인 작품론

1. 그늘과의 동거

누구나 자신에게 맞는 삶의 존재방식이 있다. 이경숙 시인의 삶은 시 쓰기 전까지 형용할 수 없는 그늘에 놓여 있었다. 그늘이라고 해서 다 나쁘다거나, 머리 숙이거나, 허리 휜 의미는 아니다. 그늘은 긴박한 마음의 동요 속에서 원래의 나로 돌아가고 싶은 마법 같은 의식이다. 시인이 그늘의 존재방식에 대해 시로써 세계에 공표한다는 것은 그늘에서 빠져나오는 행위를 하거나, 이미 빠져나왔다는 것을 의미한다. 하이데거에 의하면 존재가 분명하게 무언가를 깨달아 자신을 세계에 기투한다면 현시하는 자로 정립할 수 있다고 한다. 신기하게도 인간은 지난한 일상 속에서 이벤트 같은 환상이 자주 주어진다고 기대하지는 않는다. 일상이란 그늘과 기쁨의 공존현상이라서, 존재는 그늘에 오래 노출되고, 기쁨에 짧게 스치듯 지나간다. 이럴 때 현재를 살아가는 시인들은 '산다는 건 무엇인가', '어떻게 살아야 하는가?'라고 묻고, 이를 시 속에 쏟아 붓는다. 그래서 근원적 대상을 상실하는 것에서 오는 존재의 결핍이 곧 욕망으로 옮겨 가기도 한다. 이경숙 시인은 2018년에 등단하고 첫 시집 『목이 긴 행운목』을 통해 지금까지 보고,

느끼고, 생각한 삶의 궤적을 묵직하게 그려내고 있다.

이경숙 시인에게서 '그늘의 시학'은 그리운 대상을 상실한 데서 오는 결핍으로 나타난다. 결핍은 시인에게 고통과 슬픔을 주면서 욕망을 반복한다는 점에서 중요성을 띤다. 이웃이나 친구와 동일하게 겪는 것이 아닌, 존재 스스로 겪어야 하는 심리적 번뇌이다. 결핍은 나를 외부 세계로 데리고 나가야 하지만 주변을 스치듯 지나갈 뿐 정작 자유를 부여하지는 않는다. 시인은 여기서 자유를 얻기 위해 절망하고 탄식한다. 그러면서 자신만의 상 (像)을 만들어내는 목표를 만들어나간다. 이경숙 시인의 경우 타인과 선친의 상실에서 오는 그리움은 오래도록 정신을 잡고 있다. 시간이 경과한 후 상실된 대상으로부터 마음과 정신을 철회하고, 스스로 홀로서기를 하거나, 새로운 대상을 찾아 결핍에서 벗어난다. 그렇다면 이경숙 시인을 포함한 대부분의 시인들은 왜 그들의 삶에 결핍을 갖고 있는가? 시인은 누구나 그리운 대상을 상실하는 순간 결핍을 느끼고, 결핍이 또 욕망과 연결되면서 마음이 흔들리는 느낌을 받는다. 그 욕망을 메우기 위해 시인은 오래도록 '애도'의 고통을 겪는다. 이 지난한 그늘의 과정을 보면서 이경숙 시인에게 근원적 부재의 간극이 얼마만큼의 큰 고통으로 다가오는지 「패역 영상」을 보면 알 수 있다.

> 나는 씹다버린 껌이요
> 연극이 끝난 후 텅 빈 객석이요
> 떠나간 연인을 기다리지 않아도 되는
> 잊혀진 여인이다
>
> 있어도 없는 듯이,
>
> 팔다리가 잘려나가고 몸뚱이만

휑하니 남아 있는 전시실
박제된 추억이 전시되고 있다

나아갈 수도 뒤로 물러설 수도 없는 엉거주춤한 상태

묻지 못할 말을 바람에 손짓하고
듣지 못할 말을 햇살에 기별한다
시간은 바람벽에 정지되어 있고
그림자는 움직이지 않는다

꿈에서도 깨어나도 다시 꿈을 꾸는,
연착된 기차가 플랫폼에 걸려있는
그런 날들,

봄날은 간다

―「폐역 영상」 전문

시인은 시에서 고통의 형상을 "씹다 버린 껌/연극이 끝난 후의 텅 빈 객석/ 잊혀진 여인"으로 묘사하고 있다. 이쯤 되고 보면, 시인은 자신의 자아를 관상(觀像)과 퇴락한 존재로 여겨 비인격성과 동일시하고 있다. 더욱이 그는 자아를 "있어도 없는 듯한" 존재로 생각한다. 여기에서 존재는 세계에 기투하지 못하고 차단당한 채 내면에서만 자유의 날개를 펼치고 있다. 예컨대 "팔다리가 잘려나가고/몸뚱이만 남아 휑하니/ 박제된 채" 추억으로 전시되는 그런 식이다. 육체가 차단당한 시인은 고통이 깊어도 욕망을 미래지향적으로 표출하지 못하고, 뒤로 물러서서 결핍 상태에 머물러 있지도 못한다. 시인은 자신의 결핍을 메워 줄 대상을 상실한 것에 대한 욕망이 크게 흔들리는 느낌을 받는다. 이러한 상태라서 시인은 새롭게 욕망하는 대상을 자신의 내면에 부착시키지 못한다. 그 이유는 「폐역 영상」에서 찾을 수 있다.

　그리움의 대상을 상실한 시인은 "묻지 못할 말을 바람에 손짓하고/듣지 못할 말을 햇살에 기별"한다. 시인이 바람과 햇살에 그리움을 표현한다고 해도 바람벽이 가로막고 있어 정지된 대상에게 전달할 수 없다. 대상 역시 그림자(죽음)이다. 따라서 시인은 환상이나 꿈을 꾸지 않는 한 자유의 날갯짓을 하지 못한다. 더욱이 자신이 죽은 대상에게 날갯짓을 한다고 해도 현 존재와 다른 계는 접근 자체가 차단되어 있다. 그러한 이유에서 시인은 '꿈'의 통로를 통해 대상에게 접근한다. "꿈에서 깨어나도 다시 꿈을" 꾸고 싶다고 하는 것이 그 예다. 대상을 잃은 시인의 심리는 마치 "연착된 기차가 플랫폼에 걸려 있는 날들"과 같다. 이 시에서 시인은 그리움의 대상을 말하지 않는다. 하지만 '연착된 기차'의 상징을 통해서 보면 이는 정지된 남근, 즉 죽었거나 죽음과 동일시한 남성성이다. 따라서 이 시에서 시인에게 부재의 간극을 준 존재는 남성성이다. 시인에게서 상실의 대상은 이 한 사람에게만 있는 게 아니다. '구순 할머니'와 '아빠', 또 '타인'도 있다. 시인은 마음 속에서 오랫동안 이 대상들을 기다린다.

　　구순의 할머니
　　꽃상여 타고 먼 길 나들이 떠날 때
　　푸른 머리채 조아리고
　　두 손 모아 합장한다네

　　쏟아지는 저 소낙비 처연하게 맞고 가는 할머니
　　　　　　　　　　　　　　　　　　　　　－「느티나무 어르신」 일부분

　　상가에서 묻어온 슬픔이 방문까지

따라왔어요
똬리를 틀고 구석에 웅크리고 있어요
움직이는 동선 뒤에 따라다녀요

—「슬픔과의 동거」

지충 계단 뒤
서릿발이
움트는
흰 목련이

화기 하나 없는 지하 단칸방
목울대 넘기지 못한 아픔
잔기침 쿨럭이는

기러기 아빠

—「얼음꽃」 전문

　시인은 '할머니', '죽음의 주체', '아빠' 등 현실에서 부재하는 사람들을 찾아 근원적 경험으로 되돌아가고자 한다. 근원적 본질은 현실과 괴리가 있다. 시인이 이를 건너뛰고 부재한 대상을 찾아 헤맨다고 해서 결핍의 구멍을 메울 수는 없다. 더욱이 시 텍스트에서 부재하는 대상들은 이미 '죽음'으로 기억되는 존재들이다. 살아 있는 이가 아닌 이상 시인은 현실에서 이들을 떠받들며 살아갈 수 없다. 대신 그 대상에 대한 부재를 가슴에 깊이 안고 살아가게 된다. 이 시에서 결핍은 고통으로 작용한다. 시인은 "쏟아지는 저 소낙비 처연하게 맞고 가는" 할머니의 죽음과 대면한다. 그 순간 죽음은 '무'로 작용하기에 앞서, 미셀 앙리가 지적하듯 '지향성 없는 정감성'(affectivité sans intentionnalité)으로 다가온다.

또한 시인은 상갓집에서 한 죽음과 대면한다. 이러한 행위를 보면 시인, 타자, 한 죽음 모두 서로 감정적으로 연계되어 있음을 알 수 있다. '웅크리고 있는 자세'를 보면 시인은 타자에 대한 연민과 어떤 연대성을 띠는 것 이상 행동의 동일화를 느낀다. 시인이 움직이면 타자도 움직이고, 한 곳으로 가면 타자도 한 동선으로 움직인다. 결국 시인은 아직까지 상실된 대상을 포기하지 않고 그들의 죽음을 자신의 책임으로 돌리고 만다.

이 외에도 시인은 혼자서 투병중인 아버지의 고통과 대면한다. 시인의 그늘은 대상의 결핍과 관계가 있다. 결핍은 자기 생명을 돌봐 줄 외부의 도움이 시인에게 충족되지 않아 발생하며 이는 아버지에 대한 더 큰 욕망을 낳는다. 유아의 생명을 향상시켜주던 아버지가 병 중에 놓여 있기 때문에 시인은 자신의 욕망을 충족시킬 수가 없다. 왜냐하면 어린 시절의 아이는 자신의 생명력을 유지시키기 위해 '언어'로 아버지를 요청을 해야 한다. 그런데 말이 의미화되기 이전이라서 아이에게 무한정의 사랑을 충족시켜줄 말의 수신 자리가 공백기로 있기 때문이다. 따라서 욕망은 '말에 기록된 결핍'이다. 시인의 정신 속에서 아버지에 대한 결핍은 "서릿발이 움트는 흰 목련"으로 남아 있고, "목울대를 넘기지 못한 잔기침"하는 대상으로 남아 있다. 여기서 '흰 목련'과 '잔기침'의 비유는 차이성을 낳지만 연상에 의해 '터지는' 것으로 유사성을 보인다. 시인은 죽음에 대한 관심을 갖고 죽어가는 존재, 더 나아가 자신에게 던져진 존재에 대해서도 결핍을 느낀다. 정상적인 정신성을 가졌다면 혼자서 고독과 맞서 싸우다가 시간이 경과하면 독립된 주체로 일어서듯, 이경숙 시인 역시 시간 경과와 함께 상실된 존재에서 분리되어 홀로서기를 하고 있다. 왜냐하면 시인은 현실에서 그리운 대상의 상실을 경험한 후 자신의 욕망을 그 대상과의 관계 청산을 하고 다른 대상에게로 그리움을 부착하기 때문이다. 상실된 대상이 죽었거나, 병중에 있는 그리움의 대상에게 시인이 더 이상 마음을 부착할 수 없을 때, 시인은 그 대상에게 과잉 투사되었던 모든 기억과 회상을 제거해서 현재 대상에게로 옮겨간다.

　아래 시 「가면무도회」, 「목이 긴 행운목」에서 알 수 있듯 시인은 상실된 대상과의 부착 관계를 서서히 끝내고 자기에게 충일하거나 혹은 새로운 대상에게 마음을 부착시킨다. 아래 경우의 시들은 다른 차원으로 결핍된 대상에게 마음을 부착시킨다.

　　천장에는 부서진 별들이 반짝인다

　　홀 안에 별별 별이 모여 있다. 가면을 쓴 사람들이 술잔을 부딪치자
　　악단이 '무도회의 권유'를 연주한다
　　묵직한 첼로의 선율이 울린다
　　사자가 옆에 있는 흰 고양이에게 정중하게 허리를 굽히며 춤을 청한다
　　고양이가 한 발짝 물러서며 고음의 클라리넷 음색으로 춤을 거절하는데
　　사자는 다시 한번 손을 내밀고, 고양이는 그 손을 다잡고
　　중앙 홀로 나간다

　　너구리, 호랑이들이 춤을 춘다
　　천천히 연주하던 선율은 경쾌하게 바뀌고
　　가면들은 흥겨운 몸짓으로 바닥을 훑는다
　　얼굴 뒤에 감추어진 영혼은 절정의 리듬을 탄다
　　희열과 슬픔이 교차되는 그들

　　만족하셨나요?
　　예
　　첼로와 클라리넷의 가벼운 입말의 대화가 끝나기도 무섭게

뭐얏, 밥 다 타잖아!

압력밥솥에선 탄내가 진동하고
된장찌개는 렌지를 넘어서 국물이 바닥으로 흥건하게 고였다

2막에서 늑대가 씨근덕거리고
샐쭉해진 여우는 행주를 찾느라 허둥지둥,
'무도회의 권유'는 숟가락 박수소리로 달그락거린다

―「가면무도회」 전문

　「가면무도회」는 잃어버린 시인의 자아를 '내입'을 통해 다른 대상으로 치환된다. 내입이란 쾌락원칙처럼 기분 좋고 행복한 어떤 특성들을 자기 자신과 동일시한다는 뜻이다. 이 시에서 기분좋은 내입을 전제로 하는 시어는 '별'이다. 별은 '희망과 사랑'으로 가득 찬 동경의 대상인데, 영화라면 화려하고 웅성거리는 미장센이 될 수 있다. 사람들은 "서로 술잔을 부딪치고", 묵직한 선율이 흐르는 홀에서 '무도회의 권유' 음악이 흐른다. 배경을 흥성하게 띄워주는 것은 음악이다. 동물의 가면을 쓴 사람들이 분위기 있는 음색의 "첼로"와 "고음의 클라리넷 소리" 속에서 춤을 춘다. 사자는 흰 고양이에게 춤을 추자고 권한다. 고양이에게서 '사자'는 동경의 상징인 별이고, 시인에게 이 사자는 근원적 본질의 결핍 대상을 철회한 후에 새로운 대상을 얻는 좋은 기회가 된다. 가면을 쓴 영혼들은 음악에 맞춰 "절정의 리듬을 탄다" 시인 역시 춤을 통해 극희열에 휩싸인다. 이는 사랑과 그리움의 결핍 대상을 철회하고 다른 대상에게 마음을 부착하는 좋은 결과다. 이처럼 상실된 대상을 마음에서 놓아버린다는 건 자아 형성에 중요한 역할을 한다. 그러나 지금까지의 새로운 대상은 '가면' 속의 허구적 인물일 뿐, 제2막에서는 실질적으로 새로운 대상이 "뭐얏, 밥 타잖아!"라고 외치는 부성

이다. 시인이 현실 속에서의 실제/실재적인 삶에 충실할 수 있는 진정한 사랑을 찾은 것이다. 삶의 욕동인 '에로스' 대상으로서 부성은 종족을 번식시키고, 이 번식은 가족을 만들 수 있는 생명의 유일한 리비도다.

나무 기둥에서 뿌리내리면
쉼 없이 발길질하면서
싹을 틔워내지

튼실한 뿌리는 꽃도 피워낸다지

식솔을 끌고 금산으로 이주한 어미는 둥치지 못한
모래무덤처럼 파도에 휩쓸려 갔지
허공에 허우적거리다가 또 절룩거리고,

이빨을 들이대고 솟아오르는
물기둥을 의지하며
하루에도 쉬는 날 없이 발돋움을 했지

잎들은 그늘을 만들고
칠년 만에 행운꽃을 피워냈지
벌과 나비를 불러들이며 향기도 뿜어냈지

먼 곳에서 번져온 인삼향이 행운 꽃 속에 녹아들어
옛집에 벌나비도 바글바글거렸지

가족 모두 목을 길게 내밀고 함박웃음을 지었지

　　　　　　　　　　　　　　　　　　　　　　　－「목이 긴 행운목」`전문

시인은 가족의 개열성으로 '행운목'을 들고 있다. 시어에서 알 수 있듯 '행운목'은 집안의 상서로움을 불러오는 행운의 표상이다. "나무 기둥"은 나무 전체를 이끄는 '엄마'의 또 다른 표상이다. 부부는 결혼을 하고 성욕망을 통해 자식을 생산한다. 가족이라는 튼튼한 줄기는 싹을 틔우고, 꽃을 피우며 열매를 맺는다. 그 예로 시인은 자신의 가족사를 본보기로 들고 있다. "식솔을 끌고 금산으로 이주한 어머니"는 온 가족의 삶을 이끌어가는 수레다. 이러한 어머니의 허우적거리는 삶의 모습이 마치 "허물어지는 '물기둥' 같다. 여기서 시인은 어머니의 삶을 '물기둥'으로 비유하고 있다. '물기둥'은 한순간에 치솟았다가 허물어진다. 이런 속성 때문에 어머니는 "마른 피한 방울까지 더 짜내"야 할 판국이다. (「산세베리아」) 어머니와 자녀들은 긴 고통의 시간을 통과한 후 마침내 온 가족의 삶이 한껏 생명력을 피운다. 홍성홍성한 생명력의 힘은 꽃 위로 '벌'과 '나비'가 날아드는 현상이다. '나비와 꽃', '벌과 꽃'의 짝짓기, 즉 '에로스'는 암컷과 수컷의 사랑이고, 파토스의 반대편에 있는 생리적 차원의 욕망이다. '에로스적' 욕망은 인간의 종족의 번식을 위한 성욕망이라고 할 수 있다. 삶의 홍성한 기(氣)가 가난 때문에 떠나온 옛집까지 번져 그곳에도 벌, 나비가 바글바글거린다. 이 시의 제목처럼 "목이 긴 행운목"은 어머니의 강인한 힘의 표상이고, 그 힘으로 기울어졌던 가족의 힘을 한곳으로 모으는 총체성을 보인다. 가족이 긴 고통의 시간을 통과하듯 행운목 역시 지난한 고통의 과정을 거쳐 한곳에서 꽃을 피운다. 이러한 인연 관계에 의한 가족공동체는 서로 분리되지 않고 소멸되지 않으며 한 묶음의 긴 연대를 보여주는 관계라고 할 수 있다.

2. 인연 그리고 화엄의 바다

『목이 긴 행운목』 중에서 시인이 가장 중점을 두는 시편들은 '불교의 연기론에 천착한 인연 관계'이다. 연기법이란 무아론과 일맥상통한다. 붓다가 지적했듯이 무아론이란 "상주론과 단멸론이라는 양극단의 '중도'로 간주된다." 중도는 이곳이든 저곳이든 어느 한쪽에 편승하지 않고 중심에서 사물, 대상, 타인 모두를 바라보고 서로 관계를 맺는 진실의 도리이다. 이처럼 인연은 세상의 만물과 그것들이 서로 연결되어 존재하는 관계, 각각의 사물들이 촘촘하게 그물망처럼 존재하는 관계이다. 이 인과설을 인간 중심사고로 볼 때, 시인은 시를 통해 도덕적 책임을 다하고 있다. 실제, 이러한 이유로 시인은 불교적 색채가 짙은 중도 진리의 시를 쓰고 있다. 중도적 시는 한 성향에 편승하지 않고 객관성을 띤다. (「손바닥 경전」, 「나비 한 쌍」, 「선운사」) 사물을 볼 때 시인은 자신의 주관성에 치우치지 않고 즐거운 것, 괴로운 것을 다 느낀다. 이외에도 시인은 자연과 나의 관계, 무기체와 유기체의 관계, 이러한 관계를 인연으로 보기 때문에 시에서 '필연성'은 꼭 필요하다. 왜냐하면 인연이란 시적 세계가 변화하는 과정이고, 또한 삼라만상이 다 인연에 얽히어 있기 때문에 시인은 타자의 고통까지도 다 싸안고 싶은 윤리적 사회성을 지닌 관계이다.

다음으로 모든 사물이 연기에 의해 인연을 맺는다고 보았다. 시인은 이것과 저것을 연결시켜 세계의 불성이 정신, 신체적 의식으로 결합하는 과정을 그려내고 있다.

지인이 동영상을 보내왔다

검은 고양이가 새를 만지고 핥아주어도
새는 싫은 내색없이 고양이의 애무를 받아준다
강아지와 오리, 달이 술래잡기를 하고
고양이가 노란 병아리를 품어 안고
제 몸의 체온을 빌려주자 병아리는

어미의 품속인 양,

자연계의 미물은 모두
이심전심이 아니던가?

개에게도 불성이 있는지
조주스님께 물었다

붓다는 일체중생이 실유불성이라 했거늘

인드라망 그물코에 걸린 구슬이 빛을 쏘아 보내고
그 빛이 다시 다른 그물코 구슬에 비추어 빛을 보내는
화엄의 바다

- 「손바닥 경전」 일부분

시인은 연기의 인과관계에 천착해서 시의 그물을 짜고 있다. 세계에 놓여 있는 모든 사물과 생물은 현재의 경험을 중심으로 서로 연결되어 있는 관계다. 인과 발생의 경험들은 존재의 현재 위에 기초해 개별 사물이나 인간의 인연을 얹어 놓는데, 그 이유는 인과 관계에서 기억이란 왜곡될 수 있고, 미래는 아직 도래하지 않았기 때문이다. 이에 시인은 현재의 경험을 중시할 수밖에 없다. 붓다의 여래성에 따라 "일체중생이 실유불성"이라고 그는 말한다. 즉 모든 사람들은 다 부처의 불성을 지니고 있다는 뜻이다. 이 시에서처럼 세계 만물은 유기체와 물리적 현상 관계, 즉 종과 유에 상관없이 모두가 서로에게 이타심을 보여주고 있다. "검은 고양이가 새를 핥아주는" 것과 "강아지와 오리, 달이 술래잡기"를 하는 것, "고양이가 노란 병아리를 품어 안고" 있는 현상처럼 이들은 서로 관계를 맺으며 살아간다. 하지만 시인은 연기론의 인과 관계가 세계의 모든 현상에 다 해당되지 않는다고 보았다. 이런 궁금증의 질문은 "개의 불성"에 대한 유. 무로 나타난다. 실제로 실체론학파는 시인이 생각하는 것처럼 물리적 원리인 인과 관계를 외부성으로만 보고 있다. 거기에 관한 서적을 탐독한 시인은 그들의 이론에 동조할 수도 있다. 하지만 스님의 일깨움의 결과 시인은 인연 관계를 "인드라망 그물코에 걸린 구슬이 빛을 쏘아 보내고 그 빛이 다른 그물코 구슬에 비추어 빛을 보낸다"라고 인식하게 되었다. 이는 세계의 대상과 사물의 현상이 모두 하나로 상호 관련되어 있음을 말한다. 우리는 이를 보며 모든 현상과 인간의 심리 과정을 '화엄경의 바다'라고 표현한다.

시인은 시에서 붓다의 연기와 연기법의 제약에 관한 현상을 '생기'와 '소멸 의식'으로 보고 있다.

너에게로 가기엔
너무 멀고, 외로워
나는 괜스레
불덩이 가슴을 녹차로 다독인다

그때,
금성 하나 내려와
누르스름한 꽃송이 위로 별빛을 뿌린다

침묵을 깨고 풀벌레들이 노래하는 밤이다

— 「여름밤 수국은」 일부분

화르륵
간밤, 비맞은 화설을 빗질하는 소리
육백년 벚나무가
보듬어 안고 있던 꽃잎들을 털어낸다

이승의 짧은 사랑의 줄을 잇는 나비 한 쌍이
양 팔을 흔들며 노닐고 있다
동영상을 찍어 그에게 보낸다

한 동안 뜨악했던 그와 나

우리는 그새 나비되어 가벼이
탑 위로 날아간다

─「나비 한 쌍」 일부분

인간은 사물을 지각한다. 지각은 인간 몸이 수동적이라는 것을 뜻한다. 인간 존재가 무엇을 느끼고 만지고 하나가 되는 것은 내가 아닌 타인이 있기 때문이다. 이는 시인에게 상대성과 수동성이 있어서 사물의 지각이 가능하다. 그런데 지각한다는 것은 우리들 눈에 현상과 곧바로 연결되는 걸 말한다. 예컨대 "너에게로 가기엔 너무 멀고"라고 하는 것에서 '너'란 상대성을 말하는 것이고, '너무 멀다'라고 하는 것은 주체와 상대의 시·공간 거리가 외부성을 느끼지 못한다는 것이다. 그 결과 시인은 마음이 "외로워, 불덩이 가슴을 녹이기 위해 녹차로" 자신을 다독인다. 환언하면 시인은, 지각하는 존재가 가까이에 있지 않고 보이지 않기 때문에 '무상'을 느낀다고 한다. 이런 무상은 한순간에 이루어진 것이 아니고, 오랜 인연에 의해서 변화된 것이다. 존재의 변화란 생기하고 소멸하며 마침내 노쇠해서 죽는다. '너'와 '나'의 관계가 소멸 과정에 놓여 있을 때 "금성"이 내려와 "누르스름한 꽃송이에 빛을 뿌리"듯, 시인에게 금성은 '지고의 존재'다. 이 존재가 "누르스름한 꽃 위로 빛"을 뿌린다고 할 때, '누르스름한 꽃'은 시의 상징에서 볼 때 주로 '나이 든 여인'을 일컫는다. 아마도 이 시에서 시인은 자신을 '누르스름한 꽃'의 동일성으로 본다. 이처럼 인연 관계로 볼 때 시인이 빛을 자각한다는 것은 상대성이 있다는 뜻이다. 그 상대성이 '지고의 존재'인 불성이다. 그렇기에 「여름밤 수국은」은 연기법의 제약에서 벗어나 연기론의 인연 관계에 놓여 있다,

그렇다면 「나비 한 쌍」은 인간 존재 간의 소멸에서 다시 생기를 되찾게 되는 인연 관계라고 할 수 있다. 시인은 "짧은 사랑의 줄을 잇는 한 쌍의 나비"를 보고 소멸 관계에 놓여 있던 존재에게 동영상을 보낸다. (「손바닥 경전」에서 소멸관계의 대상이 먼저 보내온 동영상에 화답한 영상이다.) 거기에는 나비 한 쌍이 양팔을 벌리고 노는 모습이 담겨 있다. 동영상을 받은 타자는 소멸되어가던 마음에 생기가 돌고, 시인 역시 「손바닥 경전」에서 그가 보내온 동영상을 보고는 생기가 돈다. 이제 둘은 그 사랑의 화해로 '탑 위로 날아가는' 한 쌍의 나비 형상을 하고 있다. 서로가 갈등상태에 놓여 있을 때는 모든 것이 불만족스럽다. 하지만 둘이 사랑의 과정에 놓여 있을 때는 다시 생기가 돈다. 인간 존재란 이처럼 세속적인 욕망에 지배당하지 않을 수 없다. 삶의 욕망, 행복에의 욕망, 고통에서 벗어나고 싶은 욕망, 이런 일부의 욕망이 현재를 살아가는 세속적인 인간의 인생론을 결정 짓는다.

하지만 시인은 불교 종교관이 신실하기에 지각과 현상에 오래 머물러 있지 않고, 세속에서 벗어나 영원불변의 세계로 나아가고자 한다. 그것이 「가문비나무」이다.

해발 3000미터 로키산맥
한여름에도 만년설이 깔려있고
거칠게 불어대는 눈보라에 눈이 멀 것 같아
눈 감고 입 닫는다
겨우 목을 축이고 생장을 멈춘 지 이미 오래전
매서운 바람에 등은 굽고

가슴과 무릎이 맞닿은 채로
꿇어앉은 나무는 수도사이다

잡념을 떨치고 수행에 힘쓰는 그는
오직 땅을 굽어보며 안으로 숨을 들이쉰다
오묘한 생각으로 떠오르는 빛을 별처럼 펼쳐놓고,
몸을 단단히 조여 나이테로 쟁여놓는다

부르르 떨리는 손으로 힘찬 법문을 시작하는
불가의 노래
정진하며 살아가는 수도사의 고단한 삶을
그는 침묵의 눈빛으로 엮어낸다
풀어내듯이 전생을 하나씩, 하나씩

접혀진 무릎, 단단하게 박고
예불, 예불, 그가 부르는 오계,
격렬한 무곡으로 치닫는다

－「가문비나무」 전문

「가문비나무」에서 나무는 일상적인 육체에 매여 있는 존재가 아니라 불성을 지닌 성스러운 존재라는 사실을 잘 보여주고 있다. 일상적인 몸으로는 나무가 '해발 3000미터'에서 성장하지 못한다. 또한 '만년설'이 깔린 지역에서 숨 쉴 수도 없다. 그러한 모습이 나무의 공간적 신비성인 불성을 잘 보여주는 예이다. 만약 그런 불성을 가진 존재가 아니라면 나무는 "거칠게 부는 눈보라에", "목을 축이고 생장을 멈춘 지 이미 오래 전"의 모습을 취할 수 없다. 더욱이 가문비나무는 "가슴과 무릎이 맞닿은 채로 꿇어앉아" 있을 수도 없다. 왜냐하면 가문비나무는 고귀하고 초감각적인 형이상학적 실체를 지닌 존재로 거듭나고자 하기 때문이다. 시인은 이러한 가문비나무를 '수도사'로 치환시킨다. 상징계의 범상한 존재가 아닌 가문비나무(수도사)는 상징계의 구멍인 욕망을 초월하려는 존재이다. 만일 수도사가 비범한 존재라면 가문비나무 역시 세속적 욕망에서 벗어난 초월적 존재로 나아갈 것이다. 나무가 자신의 욕망을 '비운'다는 것은 "땅을 굽어보며/안으로 숨을 들이쉬는" 육체적 욕망에서 벗어나고, "오묘한 생각으로 빛을 펼쳐놓고"/"몸을 단단히 조여 나이테를 쟁여놓게" 된다. 이 비움은 정신적 욕망에서 벗어나기 위해 몸과 영성을 다하는 수행의 한 방법이다. 이러한 수행을 거친 가문비나무의 불성은 하늘과 땅에서 나오는 기의 충만함으로 진리를 깨닫게 된다. 이 시에서 하늘의 기와 땅의 기는 '자아와 물질'의 충만함으로 나타나고, 두 기가 합해졌을 때 가문비나무는 '법문'을 닦게 되며 불가의 노래를 부르게 된다. 존재가 초월적 자아를 얻는 과정은 그냥 얻어지는 게 아니며, 전생의 삶을 실오라기 풀 듯하고, '예불 예불' 오계의 '무곡'을 부르면서 '침묵의 눈빛'으로 수행해야 가능해진다. 그랬을 때만이 나무는 초월적 세계로 나아갈 수 있다. 따라서 초월적 수행은 뼈를 깎는 노력과 참을 수 없는 인내를 거쳐야만 해탈에 이를 수 있다.

3. 물질적 사고와 생태시학

세속에 발을 담그고 사는 시인은 수도사의 수행 과정을 넘어설 수 없다. 시인은 생태 시학을 통해 인간 무지에 대한 도덕적 책임을 수행으로 대신한다. 현재의 자연은 원래 그대로의 모습을 보여주지 않는다. 인간이 환경을 파괴하면서 산업화와 과학기술의 가속화를 일삼아 왔기 때문이다. 그 결과 인간은 방사능과 오·폐수의 오염 때문에 죽음에 이르게 된다. 또한, 환경오염물질은 인간에게 정서적으로 불구의 몸을 재생산한다. 세계는 종과 유를 막론하고 서로 상관관계를 맺고 있다. 그 점에서 시인은 독자적인 환경운동으로 생태계를 복원시킬 수는 없다. 이 테크노피아 시대에 인간이 윤택한 생활과 욕망을 버린다면, 오늘날 코로나 바이러스 감염증 같은 역병이 돌지 않을 것이고, 자연 또한 그대로의 모습으로 살아갈 수 있을 것이다. 하지만 인간이 자연의 생명력을 복구하는 것은 순조롭지 않다. 자연은 자체에 내재한 작용에 따라 천천히 진행되는 속성을 잘 유지할 때 원래의 모습으로 복원될 수 있다. 이를테면 자연은 누구의 간섭도 받지 않고, 일직선으로 나갈 수 있는 힘을 지니고 있는데, 베르그송이 말하길, "자연은 고매하고 정직하며 영속적인 가치를 가진 생명이라는 개념을 진지하게 다루는" 것이라고 한다. 시인이 시에서 제기한 생태 시학의 문제도 이와 비슷하다. 인간의 탐욕이 불러일으킨 산업화와 과학기술 문명은 인류를 가장 큰 죄악 중 죄악으로 물들이고 있다. 그것에 의해 바다 생태계가 파괴되고 오염물질이 방류되어 미래 인간의 생명을 크게 위협할 것이라고 시인은 진단한다. 「미나마타(水保炳)」가 여실히 말해주고 있다.

저녁마다
남자의 손에는
참치회를 담은 비닐봉지가 들려졌다
임신한 아내가
보채듯 전화해서
남자의 주머니는 점점 얇아졌다

아기는 물고기처럼 등에 지느러미를 붙인 채
눈만 껌벅이며 울음을 터트렸다
바다야, 여긴 바다야
가시에 찔린 지느러미,

아이는 비명을 지른다
여자의 몸에도
남자의 몸에도
지느러미가 생겼고
밤은 시퍼런 등줄기를 새우며
한 밤까지 철썩거렸다

모질게 산다는 건
모래를 갈아먹고
쓴 해초를 찢어먹는 일이라서,
일가족은 바다를 살피려고
바다 속으로 깊이 걸어 들어갔다

이후
밤은
파도를 불러들이지 않았다

― 「미나마타(水保炳)」 전문

　일본의 미나마타현 화학공장에서 나오는 폐수로 인해 고양이가 발작을 하며 바다에 뛰어들었다. 최후의 자연은 수 백, 수 천 년을 미리 당겨서 운다. 우리가 즐겨먹는 생선에 수은이 포함되어 있다. 생선을 일주일 내내 먹으면 수은중독에 걸릴 수도 있다는 이야기는 사실이다. 수은중독에 걸리면 신경계통에 이상이 생긴다. 임산부가 이를 즐겨 먹을 때 태아는 우리가 모르는 사이에 수은중독에 걸리게 된다. 공포다 가족이 한 고리로, 이웃과 사회는 인드라망에 서로 비추고 영향을 주고받는 우주의 한 공간에서 숨을 쉰다. 혹처럼 지느러미가 달린 아기가 태어날 수도, 가시에 찔려 울음을 멈추지 못하는 아기가 태어날 수도 있다.

― 「논픽션 르포」 일부분

인간은 오염된 자연을 회복하자면 새로운 패러다임을 설정해야 한다. 자연이란 한번 파괴되면 회복하는데 30년에서 최장기 2만 4천년이 걸린다. 각국마다 과학자들은 과학기술의 빛나는 업적을 중요시해서 기계부품을 생산하는데, 이 부품들은 주변국을 정복하거나 생활수준을 높이기 위한 방편으로 이용된다. 만약, 산업 폐기물에 의해 자연이 파괴되면 수거작업은 하루아침에 이루어질 수 없다. 이 산업폐기물은 인근 바다와 강, 화천을 황폐화시키고 많은 사람들을 질병과 죽음에 이르게 한다. 예를 들면 시인의 「논픽션 르포」처럼 인드라망의 세계는 인간의 단독성이 아니라, 인류 공동체의 연계 그것이다. 그러므로 산업 폐기물에 의한 오염은 한 국가가 아닌, 전 인류가 공동으로 대처해야 한다.

　　시인은 「미나마타(水保炳)」를 통해 과학기술과 산업화의 문제점에 대해 경고하고 있다. 이 세계는 오·폐수의 대량방출로 바다가 오염되었고, 시인은 병들어가는 임산부를 대비시켜 생태시학을 부각시키고 있다. 생명을 잉태한 임산부는 수은중독에 의해 기형아를 출산한다. 이 「미나마타(水保炳)」의 특징은, 아이가 "등에 지느러미를 붙이고" 태어나고, "가시에 찔려 울음을 멈출" 수없이 운다는 점이다. 이뿐만 아니라, 남편과 산모의 몸에도 지느러미가 생긴다. '지느러미'는 수은 중독의 한 증상인 혹의 동일성이다. 이처럼 인류가 먼 시공간에 있어도 물질문명이 가속화된 세계에서는 불가분의 관계에 놓이게 된다. 가족공동체라면 이 병에 걸리는 건 말할 것도 없다. 이들은 '미나마타'를 고치기 위해 "모래를 갈아먹고/ 해초를 찢어"먹는다. 그래도 수은 중독증은 낫지 않고, 결국 가족은 병의 고통에 무력한 몸이 되어 바닷속으로 들어가고 만다. '수은중독'은, 인간이 자연을 파괴하고 파헤친 결과에서 오는 죽음의 병이다. 자연은 한번 파괴되면 회복이 쉽지 않다. 그런 점에서 아래 「고사를 지내는 동안」은 자연을 파괴하는 한 인간의 아이러니한 행위에 대해 시인은 서슴없이 비판하고 있다.

웃고 있는 돼지머리를 찾는다는 전단지의 질은 얇다 A 반도체 하와이
공장 기공식 고사에 쓰려고 담당자는 웃고 있는 돼지머리를 구한다는 광
고를 낸다 아프리카돼지열병으로 수천 수 만 마리의 돼지들이 생매장당
하고 살처분 당한 이 마당에 회사 사장님이 허파에 바람이 들었거나 실성
하지 않고서야 어찌 웃는 돼지를 찾는가

원주민은 돼지 입꼬리를 살짝 올리는 보정 작업을 한다 과일이 풍성한
상 한가운데 떡 버티고 앉아있는 돼지의 입에는 천만 원짜리 수표가 물려
있다 원주민은 빛의 신, 축산의 신 카네를 불러오고 르노*를 찬양하면서
발을 구르며 빨라지는 북소리에 흥겹게 춤을 춘다

제상 위 A 반도체 광고 화면에서는 무인 자동차가 달리고 로봇이 커피
를 내리며 드론이 가방을 배송하는 장면이 어지럽게 움직인다. 미래가 날
아오든 말든, 천만 원을 입에 문 돼지는 입이 귀에 걸리도록 활짝 웃는다.
시대를 역주행한 드론이 돼지를 태워 멀리 날아간다

─「고사를 지내는 동안」 전문

이 시는 첨단의 산업화 기술력 속에서도 미신을 믿는 대상의 야만적 태
도를 아이러니 형식으로 보여주고 있다. 21세기 글로벌화 된 기업은 우수
한 제품과 우수한 인력 수급에 대한 노동 생산성 때문에 국내에서 국외로
기업을 확장시켜나간다. 그 과정에서 자행된 자연에 대한 폭력성과 가학성
은 황금만능과 물질주의에 대한 식민 지배라는 직접성과 연관이 있다. 기
업주인 대상은 '아프리카돼지열병'으로 돼지들이 생매장당하고, 살처분 당
하는 상황임에도 고통과 연민의 감정을 느끼기는커녕 반도체 회사를 착공
하기 위해 '웃는 돼지머리'를 제상에 올리고 있다. 이 과정에서 우리가 주목
해야 할 점은 이 대상의 의식에는 황금만능주의가 팽배해 있어, 동물 애호
나 동물 존중 정서는 전혀 찾아볼 수 없다는 것이다. 기업주는 오히려 "돼

지입 꼬리를 올리는 보정 작업"을 해서 돼지 입에 "천만 원짜리 수표"를 받는 일을 자행하고 있다. 전 세계적으로 물질주의적 사고와 황금만능주의가 체질화된 현대사회 속에서 인류는 진정한 삶의 '가치(value)'를 어디에 두고 있는지 시인은 이 시를 통해 질문을 던지고 있다. 이처럼 자본주의에 배태된 물질적 사고는 원주민까지도 물들이고 있는 것이다. 그 예가 "원주민은 빛의 신, 축산의 신, 카네를 불러오고 르노를 찬양하면서 빨라지는 북소리에 흥겹게 춤을 춘다"라고 하는 시행이다. 황금만능주의와 연결된 원주민의 신을 찬양 하는 행위는 자연 질서의 흐름에서 벗어나 돈의 가치를 최우선에 두고 있다.

더욱이 3연에 오면, 대상은 미래 첨단산업화 속에서도 과거지향적인 행위를 함으로써 동물의 생명을 빼앗는 태도를 보이고 있다. 다시 말해서 반도체 산업의 기업주는 최첨단 과학 기술주의의 대표성을 띠면서도 정신적인 면에서는 원시적 야만성에 기대고 있다. 시대에 역행하는 대상의 아이러니한 행태에 대해 시인은 "죽은 돼지가 입이 귀에 걸리도록 웃는" 모습을 희화화하고 있다. 그럼으로써 시인은 "인간 같은데 인간이 아닌 것 같은" 비인간적인 행위를 비판하고 있다. 돈의 가치를 최우선에 두는 인간은 지구에서의 다양한 공생관계를 저해한다는 점에서 자연의 적으로 간주된다. 따라서 야만성을 지닌 인간은 종과 유의 위계질서에서 동물 아래에 위치하는 존재라고 할 수 있다.

지금까지 여러 시편들을 살펴보면서, 이경숙 시인의 내면에는 내재된 말이 많아 보인다. 시인이 말을 토해내는 걸 우리는 '쓴다'라고 한다. '쓴다'는 것에는 자신의 그늘에서 건져올린 상실의 언어를 해제해버리는 작업이 있고, 또는 자신과 세계인을 미래 지평으로 이끌어내는 작업도 있다. 전자와 후자 다 화엄의 바다로 이끌고 싶은 마음이 이경숙 시인의 시정신이자, 세계관이다. 그럼에도 한 곳에만 발을 담그지 않고, 그녀는 자신의 속물근

성(「속물근성」)을 성찰하고, 죽은 이들을 애도하는 마음과 고통받는 이들까지 책임을 지고자 하는 사회적 윤리성을 보여주기도 한다. 자꾸만 잃어가는 자신의 마음을 지우지 않기 위해 가릉빈가의 노래를 상상하면서 마야부인의 품을 찾는다.(「선운사」) 그녀는 사회의 물렁물렁한 것에 칼날을 대고(「엇박자」), 한 걸음 더 나아가 타인과도 손을 맞잡아 "막걸리 잔을"(「막걸리」) 기울이고 싶은 후덕한 마음씨를 가지고 있다. 이경숙 시인처럼 시인이 시를 '쓴다'는 것은 동사보다도 형용사로 써야 할 것이다.

물에 의한 정화와 영원으로의 지향

구상 시인 작품론

    구상 시인의 『오늘 속의 영원, 영원 속의 오늘』에 나타난 세계관은 물을 매개로 한 영혼과 육체의 정화, 그리고 영원으로의 지향이라는 초월의식으로 이해할 수 있다. 물은 세속적 욕망과 태만에 잠겨 있는 구상에게 자신의 죄업을 씻는 정화 기능을 한다. 이때 정화란, 물로써 한 사람의 과오를 없애는 것 이상이다. 종전까지 구상의 삶은 물욕과 안일과 허위에 찼다. 그를 영원의 세계로 끌어낸 매개물질이 바로 물이다.

    현세를 살아가는 한 존재에게 부활을 통한 영원의 세계는 시간과 공간을 초월한 그 무엇이다. 현실에서는 나 아닌 타인을 위해 박애를 베푸는 일이다. 이러한 초월세계가 그냥 구상에게 주어지는 게 아니다. 물을 통해 정화하고 깊은 사유 속에서 성찰과 반성한 후에야 깨달음을 얻게 된 것이다. 그 점에서 이 시집은 한 시대를 살아가는 젊은이에게 시사하는 바가 크다. 그렇다면 구상 시인이 왜 현세적인 삶에서 초월하고 싶은가? 구상은 남하한 시인이다. 그는 남하 초기에 남한의 문학과 연결된 내적 동기로 인한 반발의식을 외적으로 상쇄하고 싶은 마음에서 비롯된다. 요약하면 내적으로 빚어진 불만을 전쟁으로 고통받는 타자를 위한 박애로 상쇄하고 싶다는 말이다. 따라서 그의 영원을 향한 지향성은 정신성에서 비롯된다고 할 수 있다.

구상에게 영원을 향한 초월적 지향의 토대는 '성찰과 반성'에 있다. 성찰은 노년기에 접어든 그가 한강의 흐름을 통해 과거의 삶을 반성하는 것에서부터 시작된다. 물의 상징은 세례이면서 정화의 기능을 갖고 있다. 구상 시인이 현세에서 물의 존재를 인정한다는 것은 현재적 삶에서 자신의 과오를 인정한다는 뜻이다. 물은 세속에 찌든 그의 신체와 정신을 씻고 새 출발을 하고 싶은 염원을 담고 있다. 세속의 과오는 명리(名利)이다. 그가 명리에 의해 죄를 지었고 그것을 해소하기 위해 한강에 나갔던 것이다. 그 세속적 욕망과 허위의 죄업에 관한 시가 「근황 3」이다.

> 흐려진 내 눈으로 보아도 내 마음은
> 아직도 명리에 연연할 뿐만 아니라
> 음란의 불씨도 어느 구석에 남아 있고
> 늙음과 병약과 무사를 핑계로 삼아
> 태만과 안일과 허위에 차 있다
>
> 더구나 나는 이렇듯 강에 나와서도
> 세상살이 일체에서 벗어나기는커녕
> 욕정의 밧줄에 칭칭 감겨 있으니
> 사랑의 화신을 만날 수 있으며
> 싯다르타처럼 깨우침을 얻겠는가?
>
> ─구상, 「근황 3」 일부분

이 시에서 가장 인상 깊은 시인의 시선은 물, 한강에 고정되어 있다. 물은 정화작용을 한다는 것을 그가 '관수세심'(觀水洗心)을 통해 보여주고 있다. '관수세심'이란, 물을 바라보며 마음을 씻는 행위다. 한강이 그 역할을 하는 셈인데, 그가 한강을 이용해 "욕정의 밧줄에 칭칭 감겨" 찌들은 자신의 때를 벗고자 노력한다. 하지만 세속에 발을 딛고 사는 사람인 이상 쉽게 죄에서 벗어날 수는 없다. 이 마음을 강조한 시행이 "싯다르타처럼 깨우침을 얻겠는가?"이다. 고뇌에 고뇌를 더하고 이를 벗기 위해 6년간의 몸부림을 했다면 가능할까, 그렇지 않은 시인으로서는 해탈이 가당치 않다고 한다.

시인의 또 다른 시선은 자신 안에 내재한 욕망과 오욕에 찌든 때를 벗기위해 자신 안에 고정되어 있다. 시선이 자신에게 고정되어 있다는 것은 바로 말해 자신을 '성찰'하고 있다는 뜻이다. 그러나 세상 명리를 좇고 있다면 결코 그가 과거의 죄업에서 쉽게 벗어날 수 없다. 하지만 시인이 "음란의 불씨도 어느 구석에 남아 있"고, "태만과 안일과 허위에 차 있"기도 하다는 것으로 봐서 성찰한다는 것을 암시하고 있다. 그 성찰이 곧 물에 자신을 비추는 행위이다. 따라서 물은 시인의 욕망을 벗어나게 한다는 점에서 열린 지평으로 나아가게 하는 초월적 기능을 가진다고 할 수 있다.

1. 만물을 향해 지평을 넓혀가는 시선

시인이 성찰을 통해 사물의 신비한 세계를 공유한다는 것은 '보이는 시선'과 '보이지 않는 시선'에 의해서만 가능하다. 왜냐하면 인간이 소우주인만큼 구상 역시 인간이기에 몸과 영혼으로부터 한순간 사물에서 받아들여지는 인식이 남다르기 때문이다. 신비한 세계란 막연하게 보던 꽃에서 한순간 빛을 발견하는 것이고, 선함과 기쁨을 발견해서 세속의 명리에서 벗어나는 것이다. 또한, 사물의 신비를 보고 다른 초월의 세계를 경험할 수도 있다. 그것이 꽃이든, 정신의 한 작용이든, 사물의 깊이를 인식하는 가운데서 그가 세상 만물의 지평을 넓혀가게 된다. 구상이 성찰을 통해 신비한 세계로 나가는 시가 바로 「신령한 소유」이다.

이제사 나는 탕아가 아버지 품에
되돌아온 심회로
세상 만물을 바라본다

저 창밖으로 보이는
6월의 젖빛 하늘도
싱그러운 신록 위에 튀는 햇발도
지절대며 날아다니는 참새떼들도
베란다 화분에 흐드러진 페튜니아도
새롭고 놀랍고 신기하기 그지 없다.

한편 아파트 거실을 휘저으며
나불대며 씩씩거리는 손주 놈도
돋보기를 쓰고 베갯모 수를 놓는 아내도
앞 행길을 제각기의 모습으로 오가는 이웃도

새삼 사랑스럽고 미쁘고 소중하다.

　　　　　　　　　　　　　　　─「신령한 소유」일부분

　시인은 한강에 나가기 전까지만 해도 사물과 이치에 눈먼 삶을 살았다.
그가 인간의 도리와 책임 의식을 모르고 살아간 것이 얼마나 어리석었는지
강을 통해 깨닫게 된다. 그런 삶을 시인은 "탕아"에 비유한다. 탕아의 삶에
서 벗어난 그가 깨달음의 정신 변화를 보이는 첫마디가 "이제사"이다. 이
말에서 그가 열린 시선을 지니고 있다는 것을 알 수 있다. '이제사' 본 하늘
과 햇살은 평소에 보던 그런 느낌이 아니다. 그때 본 정적인 꽃과 동적인
참새떼의 날아가는 모습과는 다른, 신의 소유인 아름답고 신비로운 자연
현상을 보는 것이다. 또한, 자신의 시선이 현재 타자에 닿아 있는 것은 이

전 타자를 바라보던 모습과는 사뭇 다른 느낌이다. 반성하지 않는 상태에서 본 "손주놈", "이웃 사람"과 "6월의 젖빛 하늘" 은 그냥 타자이고, 하나의 대상에 불과하다. 그런데 신비를 체험한 후 보는 "행길의 오가는 이웃"과 "나불대고 씩씩대는 손주"는 이쁘고 아름다운 타자이다. 또한 "유월의 젖빛 하늘" 역시 박애를 베풀어야 하는 대상으로 다가온다. 따라서 세상 만물을 향해 나아가는 시인의 시선은 새로운 책임으로 대변되는 박애이고 사랑이다. 박애의 실천은 일상의 도덕 규범을 넘어 타인을 향하는 선적 행위이다. 세상 만물의 조화가 인간을 사랑하는 신의 섭리처럼 구상 자신도 타인을 위해 헌신적인 삶을 살고 싶은 것이다.

2. 초월적 세계를 향한 영혼의 날갯짓

타자를 향해 헌신적인 삶을 살고 싶은 구상에게 죽음은 피할 수 없는 운명이다. 특히, 나이가 들수록 죽음에 대한 생각은 동물과 식물, 사람이면 모두 죽는다는 유한성에 집중되어 있다. 죽음은 탄생과 함께 한 몸에 존재한다. 죽음이면 모든 것이 끝날 유한성 때문에 구상은 타자를 향한 선과 사랑을 더 깊이 인식하게 된다. 그 시작점으로 우주를 향해 반성과 성찰의 형태를 취한다. 통상적으로 하느님이 하늘에 상정한다고 보면 시인의 시선이 하늘에 고정되어 있다는 것은 지금까지 살아온 과오에 대한 종교적 성찰을 의미한다. 따라서 그의 영원에 대한 동경은 이승에서의 성찰과 구원의 갈구 이후에나 가능한 일이다. 여기에 관한 시가 「모과옹두리에도 사연이 96」, 「병상우음」이다.

　　병상에서 내다보이는
　　잿빛 하늘이 저승처럼

멀고도 가깝다

돌이켜 보아야
팔십을 눈앞에 둔 한평생
승도 속도 못 되고
마치 옛 변기에 앉은
엉거주춤한 자세로 살아왔다.
　　　　　　　　　　　－「모과옹두리에도 사연이 96」 일부분

털벌레처럼 육신의 허물을 벗어놓고
영혼의 나비가 되어 찾아들 양이면
내가 그렇듯 믿고 바라고 기리던
그 님을 뵈옵게 됨을 물론이려니와
　　　　　　　　　　　　　　　　　－「병상우음」 일부분

　죽음을 앞둔 시인의 시선은 늘 하늘에 닿아 있다. 그 하늘빛은 잿빛을 띠고 있다. 색채의 상징으로 볼 때, 잿빛은 암울함이나 죽음을 의미한다. 이제 시인은 잿빛이 가깝게 느껴졌으므로 죽음을 생각하지 않을 수 없다. 존재가 죽는다는 건 시간을 통해 생명을 제한한다는 게 아니라, 시간성에 의해 그 존재를 죽음으로 옮겨갈 수 있는 사건이라는 것이다. 따라서 시인이 하늘을 응시한다는 것은 제 존재의 소멸이 멀지 않았다는 것을 의미한다.

　그 이후 시인의 시선은 모든 사물마다 그냥 지나칠 수 없이 예쁘고 곱기만 하다. 이는 성찰 이후 또 다른 시선으로 하늘을 우러러 보는 것과 일맥상통한다. 그 이유가 관입실재(觀入實在)에 있는데, 시인의 시선이 한 사물에 집중하여 깊은 인식의 단계로 들어서기 때문이다. 깊은 인식의 단계는 성찰을 통해 죽음을 받아들이는 과정이고, 영원의 세계로 들어갈 시점에 이르렀다는 것이다. 그러므로 시인은 육신의 허물을 벗어놓고 영혼의 나비로 탈바꿈하고 있다.

지금까지 구상 시인의 『오늘 속의 영원, 영원 속의 오늘』에 나타나는 시 세계를 살펴보았다. 구상 시인에게는 이 시집 이외에도 9권의 시집이 더 있다. 『오늘 속의 영원, 영원 속의 오늘』은 자기 정체성을 묻는 성찰과 신을 향한 초월의식이라는 점에서 뭇사람들에게 진한 감동을 불러일으킨다. 특히, 이 시집 속에는 박애 정신이 들어 있다. 박애란 주체가 아닌 타인이 그 지향점이라는 데서 후설의 현상학이나 하이데거의 세계 속의 기투와는 전혀 다르다. 20세기를 휘몰아쳤던 이성중심 사유에서 벗어나 구상은 타자중심 사유에 시선을 고정시켰다. 그 점에서 이 시집은 타자를 향한 내면 의식의 한 확장이라고 볼 수 있다. 이 외에도 그는 자신의 과오를 살피고 육신을 물로 정화해서 털벌레처럼 영원의 세상으로 가고자 했다. 한 시인에게서 '박애', '초월'과 '영원성'이라는 묵직한 키워드를 발견한다는 것은 쉬운 일은 아니다. 이런 것만 봐도 구상은 모든 시인에게 인생의 높은 단계를 보여주는 견인차 역할을 한다고 볼 수 있다.

욕망과 현실 부조화에 의한 갈등 양상

고경숙 시인, 이강하 시인,
박동민 시인, 이성웅 시인 작품론

1. 타자성에 기댄 역동적 상상력

한 계절이 이 세상에 와서 극적인 폭서의 역사를 쓰고 있다. 필자는 이 계절을 잠시 피하러 카페에 와서 몇몇 시인들의 시를 읽는다. 더위에 뒤척이는 계절적인 요인 때문일까 서로 비슷한 특징을 보인다. 소재적인 면에서 보면, 시인들은 역동적인 꿈의 상상력을 펼치고 있다. 이미지와 이미지 간의 결합을 통해 시인들은 대상에게 신비와 자유를 부여하는 강한 역동성을 드러내고 있다. 꿈은 현실이 아닌, 비현실성을 띤다. 꿈이 현실과 맞닥뜨릴 경우, 시인은 은유나 상징에 의해 자아를 시적 대상에 투사시킨다. 다시 말해 투사심리를 이용해서 이상화된 세계를 꿈꾸는 것이다. 그 꿈은 자신의 바람이거나 이상세계에 대한 심리적 노출이다. 예를 들면, 젊은 날 미완성 사랑에 대한 욕망을 꿈으로 드러내고, 또한 가 보지 못한 이국 소도시에 대한 욕망적인 요소를 내포하고 있다. 미완성 사랑이든, 미입국 도시든, 시인들의 시적 상상력은 탐구와 열정이 아로새겨진 시정신의 미학으로 자리 잡고 있다.

앞에서 보듯 일부 시인들의 꿈은 현실에서 이룰 수 없는 이상향을 드러내고 있다. 현실은 시인에게 삶, 행동, 방향 등 모든 것에서 윤리와 도덕, 관습의 잣대를 들이댄다. 그러니 시인이 화자를 통해 또 다른 꿈, 희망을 찾지 않을 수 없다. 그들은 시 속에서 꿈과 연관된 자연, 인간의 행위와 형태를 소재로 취하면서 타자성을 욕망하고 있다. 욕망에 관한 시인의 지향점은 어디이며, 왜 세계와 부조화를 보이며 갈등 양상을 나타내는지, 어떻게 대상과 합일할 수 있는지에 대한 상상의 세계를 따라가 보고자 한다. 먼저, 화자의 꿈은 현실에서 벗어나 무작정 타자성을 향해 비행하고 있다. 꿈의 이상화 지점은 시인의 현실적 삶보다 좋거나 순수한 삶을 영위할 수 있는 곳이다. 그랬을 때만이 꿈이 꿈인 것이다. 시인은 미지의 공간에서 현실적 자아보다는 탐색에 용이한 이상화된 자아를 먼저 내보낸다. 고경숙의 「우크라이나」가 그 예라고 할 수 있다.

가본 적 없는
우크라이나 작은 도시에 나보다 먼저
나를 보내요
거침없는 키에프 아가씨처럼 호방하게
아주 호방하게 웃어줄 거예요
빛나는 태양 아래 정강이 드러나도록
긴 치마 걷어 올리고
철학자처럼 사뿐사뿐 냇물을 건널 거예요
보드카에 코가 빨갛게 취한 아저씨
손뼉을 치며 노래를 부르면
나는
뚱뚱한 할머니 곁으로 옮겨 뜨개질하는 벤치 옆
예술센터 담벼락에 조용히 기대서서
짧은 시를 읊조릴 거예요

동양의 작은 여자 목소리에
속삭이던 새들이 놀랄까요? 할머니가 놀랄까요?
호호, 아름다운 '우크라이나'

—고경숙, 「우크라이나」 일부분

위의 시에서 객관적 상관물은, 우크라이나의 작은 도시이고, 시적 배경
은 '보드카에 취한 코 빨간 아저씨와 뚱뚱한 할머니가 있는 예술센터의 담
벼락' 등이다. 그러니까 이 시는 사람과 사물의 형태와 행위로 표현된다.
화자는 우크라이나행 바람을 왜 갖게 되었는지, 꿈의 촉발점이 무엇인지
밝히지 않고 있다. 다만 내 안의 나를 먼저 보내고 있다. 그것은 "키예프 아
가씨처럼 아주 호방하게 웃어"주기 위해서이고, "철학자처럼 사뿐사뿐하
게 냇물을 건"너고 싶어서이다. 그런가 하면, "예술센터 담벼락에 기대어
짧은 시를 읊"고 싶어서이다.

화자는 왜 그런 욕망을 하고 싶은가에 대해 의문을 제기하지 않을 수 없
다. 답은 간단하다. 화자는 고통뿐인 세속에 물들지 않기 위해서이고, 현실
원칙이 지배하는 일상에서 벗어나 자유를 구가하기 위해서이며, 자신의 시
소재를 확장하고 싶어서이다. 그것이 이국의 타자들과의 교류하고 싶은 목
적이다. 이를 종합하면 화자는 자신이 처한 심리와 상황이 작고 답답하다
는 걸 의미한다. 이를 상쇄시키기 위해 화자는 "뚱뚱한 할머니 곁에" 있고
싶고, 문화와 예술이 한 장치로 되어 있는 "예술센터의 담벼락"에 기대어
시를 읊조리고 싶다. 작은 것에 대비되는 거대한 것은 화자의 작고 불안한
심연을 낮추는 평화 역할을 한다. 예술센터는 동유럽과 서유럽 예술의 총
본산이라고 할 만큼 거대하다. 화자는 이 거대한 담벼락에 기대어 "짧은
시"를 "읊조리고" 싶다. 자신이 지닌 작은 몸, 여린 목소리에 비해 이 형태
들은 '크고', '뚱뚱'하고 '거대'하다. 작은 것과 대비되는 뚱뚱하고 거대한 것
은 시인에게 버팀목이 된다. 따라서 화자의 욕망은 '가벼움에서 오는 불안'

때문에 크고 거대한 타자성에 기대고 싶은 것이다. 환언하면, 시인의 꿈은 큰 형태에 기대고 싶고, 큰 행위를 하는 대상에게 기대고 싶은 욕망으로 가득 차 있다. 결국 우크라이나의 작은 도시는 두 개의 '부조화'된 외적 인식에 의해 현실의 고통을 잊는 '평화의 기제'로 사용되고 있다.

고경숙 시인의 시가 풍성하고 거대한 타자성을 욕망하는 것이라면, 아래 강빛나 시인의 시는 통영시, 즉 고향이라는 친밀성이 섞인 사랑의 욕망에 관한 것이다. 그런 점에서 강빛나의 꿈은 밤의 상상력에 토대를 두면서도 현실과 밀착된 관계라고 할 수 있다. 왜냐하면 꿈의 출발점과 현실세계의 도착점이 공간적으로 인접해 있기 때문이다. 이러한 이유로 시적 대상과 화자 간의 행위 또한 자유로울 수 있다. 이 시에서 이미지와 이미지들 간의 조합은 시의 밀도를 높이는데 기여한다. 꿈의 시적 형상화 방법은 고깃배 한 척…>작은 배…>바닷게로 나타난다.

　　　통영항이 보이면서 귀불이 붉어졌다
　　　귀뜸 없이 찾아든 그날
　　　물살이 보이는 곳에 고깃배 한 척
　　　어디로든 나를 데려다줄 것 같은 비린 사내가 있어
　　　태풍 차바도 허물지 못한 기대가
　　　선착장에 묶여 있다.
　　　…<중략>…

　　　무너진 언덕 아래 사내는 남아
　　　고향을 지키다가 작은 배로 떠 있고
　　　운명선 같은 것
　　　올 사람은 온다는 희망이 선착장을 밀고 가는 통영의 뱃길

　　　백석이 뒤척였던 포구에서 그 남자 불러내어

하룻밤쯤 나 몰라라 사랑하면 안 되나

빈 소라 껍데기를 지고 떠나는 바닷게처럼
등대에 업혀, 캄캄한 언저리 핥고 지나가는

―강빛나, 「하룻밤쯤」 일부분

강빛나 시의 장점은 잘 아는 소재를 꿈의 시어로 사용한다는 점이다. 그녀의 고향은 섬이다. 바다는 그녀의 정체성이 묻어 있고, 삶을 통해 인식의 세계가 형성되는 곳이다. 더욱이 이 바다 위에 고깃배 한 척처럼 떠 있는 시적 대상이 있다. 그렇기에 시인의 바다 사랑은 특별하다.

한 시인에게 있어 공통의 주제가 세계관으로 굳혀진다고 볼 때, '비린 사내'는 구체적인 시적 대상이고, '고깃배 한 척', '작은 배', '바닷게'는 바다 사내를 표현하는 객관적 상관물이다. 따라서 시인은 감각적 사물을 이용해 자신의 꿈을 표현하고 있는 것이다.

그런데 이 시에서 꿈은 무의식의 틈새를 비집고 올라오는 어린 날 기억의 한 표상과 연관되어 있다. '비릿한 사내'를 욕망하기 위해 화자는 역동적 상상력을 펼친다. 그 힘은 "태풍 차바도 허물지 못하는 기대"에 있다. 기대란 처음부터 갖게 되는 '소원 충동'이 아니다. 시간의 축적과 기억을 통해 현실적인 삶에 적절한 변화를 줄 수 있는지, 타진 후 바라게 된다. 프로이트에 의하면, 소원 충동인 꿈은 무의식의 본능적 요구를 전의식 조직을 통해 형성하게 된다고 한다. 시인이 시에서 소원 충동을 해소하는 길은 무의식이 의식의 조직을 거쳐 직접 행위로 통하게 된다. 그런데 화자는 바로 그 행위로 옮기지 못하고 독백체 형식을 취한다. 다시 말해 현실의 어떤 점이 화자의 적극적인 행동을 제어하고 억압하고 있다는 뜻이다. 그 때문에 화자의 꿈은 "작은 배로 떠 있는 운명선"과 차단되고 결국 "빈 소리 껍데기를 지고 가는 바닷게"의 형상에 지나지 않게 된다. 따라서 이상화된 꿈은 발산과 행위에 적극적으로 가담하지 못하고 환상으로 부서져 버린다. 이는 '비 릿한 사내'를 향한 욕망이 언제든 고개를 들 수 있다는 것을 암시하는 지점 이기도 하다.

2. 물질적 상상력으로 본 현실의 부조화

시인들의 시 중에서 위의 시들과 달리 물질적 상상력에 중점을 둔 시가 있다. 물질적 상상력은 물, 공기 등과 같은 질료인데, 이 질료를 이용해서 꿈을 그리는 시인이 있다. 이때 꿈은 객관적 상관물의 갈등이나 상실을 나타내거나 위악적 세계를 드러내기도 한다. 그럼으로써 부조화의 세계를 전제로 하고 있다. 시인에게서 이런 경직성은 사회적인 측면도 있지만, 개인적인 측면이 강하다. 개인적인 측면에서 현실과의 갈등의 원인은 어린 날의 공포, 상실의 아픔과 불안 등이 무의식에 저장되어 있다가 꿈을 통해 의식화되기 때문이다.

이강하 시인과 박동민 시인의 시가 비슷한 예라고 할 수 있다. 시인들은 '물'과 연관된 물질적 상상력을 통해 고통을 드러낸다. 바슐라르에 의하면 물질적 상상력이란, "물질을 사유하고 물질을 꿈꾸며, 물질 속에서 사는, 즉 상상의 영역을 물질에 관한 욕구"로 채우는 것을 말한다. 물의 본질은 생명체에게 없어서는 안 될 필수불가결한 요소지만 이 두 시인에게 '물'은 세계와 조화를 이루는 질료가 아닌, 부조화를 이루는 질료이기에 갈등의 원인이 된다.

이강하의 「손톱」은 시인의 투사물이다. 시인은 '손톱'이 지닌 억압의 대상을 물의 모퉁이라는 은유로 나타낸다. 은유는 '물의 모퉁이'인 엄마와 누군가에 대한 욕망이 단절되어 화자의 불완전한 심리를 드러내고 있다.

손톱은 물의 모퉁이다. 누군가를 잊고 싶다는 생각이 극에 달하면 더 길어진다. 어제의 생각을 정리하면 다음 생각이 또 다른 물의 절망을 끌고 다닌다. 원고를 끝내고 조간신문을 읽은 후 당장 깎아버리고 싶은데 당신이 잘못될까 봐 또 하루를 미룬다. 당신을 보지 못할까 봐 여러 날 격한 일에 몰두한다. 그러다가 계속 내리는 봄비를 이해하지 못할 때는 아트 브러시를 한다. 차오른 엄마를 지우고 싶다고 다시 살고 싶다고 물방울 섞인 나뭇잎을 엄지손톱에 그려 넣는다. 지울 수 없는 모퉁이여, 더는 아프지 마오. 지독한 병에 걸리면 손톱은 자꾸 물렁하다. 골짜기가 두렵고, 가시 많은 울타리와 이별하고 싶고 내달리는 과학이 싫어지고 자신이 태어난 흙집도 싫다. 약속을 지키지 않는 그들이 못나 보이고 신체적 아위에 욕심을 부린 나는 더 추악해 보이고 그런 뾰족한 시간을 매달고 그것을 즐기듯 밥을 먹고 화장실을 가는 뒷모습들이 슬프다. 더 절망하기 위해서 사과나무에 물을 뿌리는 물뿌리개가 되기도 하는 손톱은 더 슬프다. 사월의 손톱들은 물이 많고 아린 모퉁이들이다.

─이강하, 「손톱」 전문

위에서 손톱과 물의 속성은 동질성을 지니고 있다. 물의 속성은 자신을 비춘다는 의미에서 '마음의 거울'이다. 하지만 모든 물이 다 모성을 상징하는 것은 아니다. 그런 점에서 물의 '모퉁이'는 시인에게서 고통의 한 표현이다. 물이 '모퉁이'가 된 때는 정황상 사월부터 시작된다. 생명력이 왕성한 달인 데도 화자는 생명력과 반대되는 대극점에서 '손톱'과 단절하고자 하는 심리를 드러낸다. 왜냐하면 '엄마'가 '봄비' 같은 속성을 드러내고 있기 때문이다. '봄비'는 대지에 생명력을 주는 환경적 요소라고 하지만 이 시에서 '봄비'는 주변을 파괴하고 상처와 고통을 주는 상징화 작업이다. 덧붙여 "약속을 지키지 않는 그들도" 고통을 주는 존재들이다. 따라서 '물의 모퉁이'는 화자의 중첩적인 고통을 상징하는 바, 이런 대상과 가까이 하고자 하는 화자의 꿈과 그들로부터 고통을 받는 아픔이 작용해서 자신을 부정적 인물로 부각시키고 있는 것이다.

어느 쪽에도 편승하지 못하는 화자는 "지독한 병"을 앓게 된다. 이 병의 증상은 "골짜기가 두렵고, 가시 많은 울타리, 이별하고 싶고, 내달리는 과학이 싫어지고, 자신이 태어난 흙집도 싫"을 정도이다. 다시 말해 화자가 위악적인 패배의식을 드러내고 있는 것은 어린 날의 모성 상실과 연관 있다고 할 수 있다. 그런데도 화자는 억압으로부터 탈출하지 못한 채 대용품만 이용하고 있다. 그것이 '아트 브러시', 가짜 손톱이다. 이것 역시 자기 몸의 일부에 붙어있는 만큼 물의 속성을 지녔다고 할 수 있다. "물방울 섞인 나뭇잎"에서 "물방울"은 눈물방울과 유사하다. 따라서 화자는 비록 가짜손톱인 나뭇잎에 물방울이 굴러도 그 고통의 굴레로부터 탈출하지 못한다는 것을 암시하고 있다.

화자의 희생적 자의식과 달리 '물의 모퉁이'는 인간의 욕망, 내밀성을 지니고 있다. 화자의 물질적 상상력은 꿈과 맞닿아 있는 게 아니다. 절망과 연결되어 있다. 그는 "사과나무에 물을 뿌리는 물뿌리개" 역할을 한다. '사과나무'는 인간의 원초적 욕망을 탐닉하는 심리상태를 상징한다면 화자의 고통은 4월의 '봄비'와 '사과나무' 즉 인간의 리비도와 무관하지 않다.

물과 연관된 시인의 물질적 상상력은 이상화된 세계를 꿈꾸지만, 개별적 존재의 관계성으로 인해 세계와의 부조화를 그린다. 따라서 시인의 꿈은 현실성을 획득하지 못한 채 고통의 복제 현상만 낳게 된다.

아래 박동민의 물질적 상상력은 이상화를 꿈꾸지만 각기 다른 차원의 세계를 살고 있기에 합일보다는 세계와의 부조화로 갈등을 겪는다. 「더빙」에서 시적 형상화는 '비'이다.

타닥타닥 비가 내린다
나무는 이파리 하나도 무겁다

허공은 이파리 하나도 그립다

갈라진 식탁이 빗물을 차린다
부러진 의자는 비를 지킨다

가는 비가 굳은 숲을 부수고 있다
비가 주먹을 천천히 열고 있다

…<중략>…
그들은 멀고도 가까운
손등과 손금

잎맥을 따라 흐르는 물방울이 바닥을 짚는다
외등은 눈을 감는다

작약 한 단이 놓인 묘비 앞
가만, 손등과 손금이 끌어안고 기도합니다

나는 플립 북*을 넘겼을 뿐인데
나는 내게 귓속말을 했을 뿐인데

—박동민, 「더빙」 일부분

위의 시는 액자식 은유를 취하고 있다. 현실 속 화자와 영화 속의 대상과의 관계, 즉 이중적인 관계를 그리고 있다. 영화 속 시적 대상인 '비'는 묘비주인의 객체화된 모습이고 '허공'의 또 다른 이름이다. 비라는 시적 대상을 향해 현실 속 화자는 자신에게 독백형식을 취하고 있다. 이와 달리 영화 속 비의 출현에 무거움을 느낀 '나무'는 대지에 뿌리를 박고 있는 지속적이고 완전한 자연의 생명체를 그리고 있다. 영화 속인데도 '무겁다'고 말을 한다.

이와 달리 '허공'이라는 불완전한 공간은 대지에 뿌리를 박고 있는 완전한 이파리 하나까지 그리워한다. 또한, 불완전한 사물인 "갈라진 식탁"과 "부러진 의자"는 비와 합일을 이룬다. 갈라지고 부서진 상태에서 비와 합일하는 존재라면, 그 이면에 숨겨진 시의 이중성을 살펴볼 필요가 있다. 이는 겉과 다른 속뜻을 숨기고 있는 아이러니에 초점을 맞추고 있는 것이다.

그런데 "가는 비가 숲을 부수고", "주먹을 연다"고 하는 것은, 여린 비가 완강한 숲을 향해 화합을 요청한다는 뜻이다. 하지만 시적 대상과 또 다른 시적 대상과의 관계는 부조화로 인해 소통 부재를 낳는다. 그 이유는 "손등과 손금"과의 관계 때문이다. 손등과 손금은 손의 구성기관이지만 서로 대면할 수 없는 위치에 놓여 있다. 이는 나무가 손금이라면 허공은 손등에 해당된다. 따라서 이들의 관계는 중층 구조의 성립이라고 볼 수 있다. 따라서 둘은 다른 차원의 존재들이다. 그렇기에 묘비 주인으로부터 사랑을 받을 수 없는 시적 대상은 '갈라지고', 부러진' 형체로 표현된다. 이러한 아이러니의 이면에는 허공이 이파리 하나도 그립듯이, 자녀 또한 죽은 이에 대한 그리움을 욕망하고 있다. 마침내 허공에 떠있는 빗방울이 나무를 타고 바닥으로 내려온다. "외등은 눈을 감"고, 묘비에 작약까지 놓고 기도를 한다. 비록 '손등과 손금'이 합장하고 기도를 하지만 생명체와 사물이라는 데서 각기 다른 차원에 속한다. 그러므로 영화 속 대상 사이의 소통 부재는 당연한 현상이다.

이와 더불어 현실 속 화자 역시 영화를 위해 더빙하는 사람이다. 영화란 인간의 삶을 허구로 꾸미는 이야기의 특징을 지니고 있다. 특히 더빙은 영화에서 동시 녹음을 할 수 없을 때 사람과 사물의 소리를 더하는 작업이다. 화자의 목소리는 타자성의 재현이라는 점에서 허구성을 드러낸다. 따라서 이 시는 현실 속 화자와 영화 속 시적 대상 사이, 세계와의 합일보다는 부조화로 소통 부재와 갈등 양상을 그린다고 할 수 있다.

3. 물질적 상상력을 이용한 존재 간 합일의 세계

위의 시에서 물질적 상상력과 역동적 상상력에 의해 욕망을 꿈꾼 시인들은 이상화된 세계에서 모두 실패하게 된다. 그 이유가 자아와 세계간 정서의 합일이 아닌, 이 둘 사이 미묘한 긴장과 대립 차원이 다른 세계와의 소통 부재현상을 낳는다. 그러나 물질적 상상력 중에서 공기 질료를 통해서 합일의 세계에 이르는 경우도 있다. 예컨대, 바람은 강한 역동성으로 자아와 대상 간의 매개역할을 하는 전달 질료로 표현된다. 주체의 상상에서 나온 언어가 바람을 타고 대상에 닿으면, 그 주체는 대상이 암호에 의해 자신과 합일했다고 믿는다. 즉, '투사적 동일시'를 통해 대상과 합일의 세계에 드는 것이다. 『정신분석적 진단, 성격의 구조의 이해』의 저자 Nancy Mcwilliams에 의하면, 시인은 "내적 대상을 투사하는 동시에 상대방을 마치 가시적 대상인 것처럼 느끼고 행동"을 하는데, 이것이 '투사적 동일시'라고 한다. 특히, 이성웅의 「바람의 말」에서 주체는 투사적 동일시 중 '성숙한 투사'를 이용해서 대상과 합일 세계에 든다.

입의 말보다
허공에 그려내는 유창한 언어들,
그녀에게 말은 폐허에 불과하다
어느 우주인의 은밀한 전파를 접선한 것일까?
허공에 둥둥 떠도는 동그란 암호들
그녀의 손끝에서 해독 중이다
손과 얼굴의 행간에 언어의 길이 있어
바람의 말이 송이송이 피어나고 있다
허공에 풀어내는 말은 모두 마술이어서
마음을 그려내는 마술이어서

'사랑합니다'란 말, 손바닥 안에서
맷돌처럼 갈려 나온다
눈부신 언어를 생산해 내는 중이다
관능적인 언어가
수화로 소통되고 있는 중이다.

─ 이성웅, 「바람의 말」 일부분

위의 시에서 화자는 '성숙한 투사'로 자신의 심리를 드러내고 있다. 시적 대상은 바람이란 매개체를 통해 누군가에게 사랑의 말을 전한다. 화자는 시적 대상과 또 다른 대상이 서로 '공감'한다는 것을 공감하고 있다. '공감'을 '공감'하고 있다는 것은 화자와 대상 사이에 이미 합일의 세계가 전제되어 있다는 뜻이다. '공감'의 측면에서 비춰보면 화자뿐만 아니라, 그 누구도 개별화된 타자의 마음을 알 수 없다. 그런데도 화자가 '공감'한다는 것은 제 경험에 비추어 보아 개별 타자의 세계를 알 수 있다는 뜻이다. 따라서 화자는 '성숙한 투사'로 타자의 생각을 전적으로 믿고 공감하고 있는 것이다.

시적 대상인 그녀는 꽃말을 빌려 타자에게 말을 건네고 있다. 그녀의 "유창한 언어들"은 허공의 상승 기류를 타고 날아간다. "허공에 둥둥 떠도는 동그란 암호들", 이때 '허공'은 물질적 질료인 바람이 흐르는 공간이다. 또 다른 대상, 즉 "우주인"인 듯한 사람에게 보내는 "동그란 암호들"은 바람이 매개체가 되어 서로 교섭하고 있다. "동그란 암호"의 실체에 대해서 시인은 설명하지 않는다. 정황상, 즉 "송이송이 피어나고 있다"든가, "마음을 그려내는 마술"라든가, "사랑합니다"란 말을 통해서 그녀가 타자에게 보내는 말이 '사랑의 밀어'라는 것을 짐작할 뿐이다. 여기서 질료적 상상력은 큰 힘을 발휘하게 된다. "그 밀어를 생산해내는 곳이 손바닥"이고, 이 손바닥 안에서 "눈부신 언어"가 생산 중이다. '손바닥'의 상징은 입 다음으로 무한한 말을 표현해내는 신체 기관이다. 또한, 누군가를 향해 자비를 베푸는 상징적 기관이기도 하다. 따라서 그녀가 눈부시게 생산하는 언어는 자비로 가득 찬 '사랑의 밀어'인 셈이다. 그러나 시적 대상과 타자 사이에는 신체적으로 직접 대면하는 사랑이 아닌, 바람을 동반한 은밀한 사랑을 하는 관계이다. 이성웅의 시에서 물질적 상상력에 의한 대상과 화자와의 합일의 세계는 비록 화자와 대상 간의 은밀한 사랑의 공감대는 펼치지 못하지만, 시적 대상과 또 다른 대상과의 사랑을 보면서 '성숙한 투사'로 사랑을 공감하게 된다. 사랑에는 직접화법의 사랑이 있는가 하면, 수화나 정신적인 사랑, 밀어로 속삭이는 은밀한 사랑도 있다. 위의 시는 시적 대상이 또 다른 시적 대상을 향해 보내는 자비와 사랑의 밀어가 중첩되어 있다. 그런 뜻에서 시인은 따뜻한 세계관을 그려내고 있다고 할 수 있다.

지금까지 여러 시인의 시를 '역동적 상상력'과 '물질적 상상력'이란 제목으로 분석하고 시평을 해보았다. 필자가 시인들의 시를 통해 생각하는 것이 있다면 '시인은 왜 시인인가'하는 점이다. 이와 함께 '시인일 수밖에 없겠구나' 하는 생각도 해보았다. 이 부분에서 플라톤의 말을 빌려오지 않을 수 없다. 그는 『이온, 클라튈로스』에서 소크라테스와 음유시인인 '이온'과의 대화를 통해 시인의 '영감'을 말하고 있다. '영감'은 곧 상상력이다. 상상력은 선천적으로 일어나든 후천적으로 일어나든, 분명한 것은 신의 은총이라는 점이다. 왜냐하면 대부분의 시인은 현실의 삶에서 고통과 상처를 많이 받는데, 영감을 통해 자신의 고통을 풀어낼 수 있기 때문이다. 시인들에게서 고통을 잊는 최적의 방법은 시쓰기다. 물질적 상상력과 역동적 상상력을 이용한 이상화된 세계 꿈꾸기, 이처럼 시란 시인에게 고통의 산물임에 반해 면죄부이기도 하다. 따라서 시인들은 "아프니까 시인이고, 아프니까 시를 쓰고, 시를 풀어내다 보니 그 아픔이 사라진다."라고 한다. 그런 의미에서 위의 시인들은 시를 통해 세속의 짐을 덜어내고 있다.

노천명 시에 나타난 고독의 변모 양상

1. 서론

노천명은 1930년대 우리시단에서 서정시를 주로 쓴 대표적인 여성시인이다. 그녀의 시는 여성 특유의 감정을 배제하고 과장을 절제하는 자기응시의 고독어법을 사용했다. 최재서는 「시단전망」에서 노천명의 시를 일러 '감상의 극복', '섬세한 서정', '절제된 언어미학'을 대표하는 시인이어서 1930년대 낭만주의자들의 시와는 다르다고 말했다.[1] 왜냐하면 노천명의 시는 애수와 고독을 안으로 심화시키고, 감성을 절제한 개성 있는 언어를 사용하기 때문이다. 예를 들면 『산호림』, 『창변』, 『사슴의 노래』 등에서 나타나는 고독. 향수의 정서 같은 것이다.

하지만, 노천명은 절제된 언어 미학 속에 숨겨진 일상적 삶과 달리, 구원으로서의 작가의식이 강하다. 거기에 반해 남성지배 사회 안에서의 명예의식적 삶도 절제하지 못한다. 그러므로 제 사유 속에 갇히게 된 것이다. 거기엔 노천명이 자신에게 방해가 되는 작가의식의 짐이 있고, 타자를 기준

---

[1] 최재서, 「시단전망」, 『문학과 지성』, 1938, 240쪽.

점으로 하는 세상의 시선에 대한 저항의식이 들어있다. 이런 것들이 시의 식의 부정적인 정서로 작용하여 '고독' 속에 갇히게 된 것이다.[2]

본고는 노천명의 시집 중에서 『사슴의 노래』(1958년)를 대상으로 시를 논의하고자 한다. 이 시편에서 자주 등장하는 시어는 '고독'이다. '고독'은 두 가지 양상을 띤다. 하나는 작가의식에 의한 결핍으로서 나르시시즘적 형상화이고, 다른 하나는 신체적 결핍에서 오는 죽음같은 고통의 형상화이다. 이 양상들은 어떻게 고독을 탈피하여 타자를 향한 초월의식으로 변모하는지에 대해 규명하고자 한다. 또한, 노천명의 시 의식 중에서 '고독'은 시 전체에 어떤 의미망을 형성하는지도 면밀히 따져보고자 한다.

고독에 대한 논의는 지금까지 학자들에게서 꾸준히 이루어져 온 편이다.[3] 선행연구를 세분화해 보면, 구창남은 노천명의 시들이 인생만사에 애착하지 않는 작품이라고 말한다. 또한 그는 고독을 장미로 상징화하여, 그 장미가 가진 정열로 고독을 극복하는 의지를 보인다고 말한다. 본고는, 노천명의 시에서 장미가 능동적, 수동적 대상으로 상징화 되어 나타나며, 시

---

2) 이인복, 「노천명론」, 『비평문학』, 2002, 240쪽.
3) 고독과 향수에 대한 연구를 한 연구자는 다음과 같다.

김지향, 「사슴과 고독, 그 허상과 실상」, 『시문학』, 1973. 10월호.

권도현, 「고독과 니힐의 부정문학 ― 천명과 청마와 작가의 고뇌」, 『현대문학』, 1973.10.

성낙희, 「향수와 고독(천명의 시와 세계)」, 『청파문학』 13호, 숙명여대 국어국문학과, 1980.

허영자, 「고독과 향수의 시인」, 『한국대표시평설』, 문학세계사, 1975.5.

노병곤, 「고향의식의 양상과 의미 ― 지용시와 천명시를 중심으로」, 『한국학 논문집』, 한양대학교 한국학 연구소, 1995.2.

이명찬, 「고향에 이르는 길 ― 노천명론」, 『문학과 교육』 10호, 한국교육미디어, 1999, 가을.

구창남, 「盧天命의 詩世界」, 『한민족문화연구』 제22집, 2007.8.

김현자, 「사슴 해설」, 『노천명 전집』, 솔출판사, 1997.

이성교, 「노천명 연구」, 『성신여자사범대학 연구논문집』 1, 1986.

박수연, 위의 글, 235쪽.

적화자의 정서를 질서화 하는 데 변용되어 나타난다고 본다. 박수연에 의하면 노천명은 자기만의 세계에 갇혀 시를 절대 고독으로 치장하고 있다고한다. 본고는 노천명의 심리 안에 일어나는 정체성을 이중적이라고 생각한다. 왜냐하면 여성적 심리 안에는 '고독'이 명분화되어 나타나지만 사회적명예의식에는 남성적인 힘의 논리가 작용하기 때문에 노천명은 한계 상황에서 명예의식이 고독으로 방향을 선회한 것으로 보고 있다. 박수연의 노천명에 대한 고독은 시 전체를 하나의 정서나 심리로 끌고 가기엔 한계가있다고 본다. 이인복은 노천명의 고독에 대해 작가의식, 명예의식, 저항의식에서 비롯된 결손이라고 보고 있다.[4] 본고는 노천명이 작품을 통해 복합적인 의식을 보여주어야 하기 때문에 심리적 거부인 고독이 생겼다고 본다. 이인복의 결손의식에 대해서는 대체로 수긍하는 편이다. 이처럼 노천명의 '고독'에 대한 연구자들의 논문을 살폈으나 소재적인 측면에서만 다루었기에 그 논문들이 피상적인 것에 머문 한계를 보인다고 할 수 있다.

본고는 이러한 선행연구의 성과를 받아들이고 한계를 지양하여 노천명의시 전체에 나타나는 '고독'의 형성과정과 의미를 살펴보고자 한다.

2. 고독의 형성과정과 의미

근대 이후 고독은 세계 속에서 연관 되어지는 주체와 주체 사이의 사회성을 목적에 둔 채 정의되고 있다. 반면에 레비나스는 고독을 존재자인 주체가 존재성을 필연적으로 내재하고 있을 때 생긴다고 한다. 이때 자아는타자와 하나로 혼합되거나 융화되는 관계가 아니라, 거리를 유지하는 관계로 나타난다. 그러기 위해서 주체는 흐름이라는 시간 속에서 '현재' 시간의

---

4) 이인복, 「노천명론」, 『비평문학』, 2002, 240쪽.

흐름을 단절시켜야 타자와의 거리가 유지되어 '홀로' 있게 된다. '현재'의 시간이란 흐름의 시간에서 분절되어 나온 것이다. 이때 현재의 주체는 존재자인 자신이 된다. 주체는 흐르는 현재의 존재를 포획하고, 자신 안에 얽매이게 되는데, 이러한 얽매임은 주체의 실존이 그 자신에게 속한 무게를 극복하기 위해 홀로서기 하는 것이다.

노천명의 시에서 주체는 결핍과 신체적 고통 때문에 혼자만의 공간에 갇혀있다. 주체의 결핍 때문에 형성된 고독을 세 가지로 나눌 수 있는데, 첫째, 성의 정체성 혼란으로 나타난다. 노천명은 어릴 때 사내아이로 길러진다. 남장 여아로서 그 시기에 겪어야 하는 여성의 거세 경험을 느끼지 못한다. 이때 거세에 대한 공포는 주체 자신에게 무의식적 지위를 부여하게 되는데, 거세 경험을 느끼지 못한 노천명은 이상적인 형태와 자신을 동일시할 수 없는 내부의 모순 즉, 성의 정체성 혼란으로 인해 결핍이 생긴다.5) 그의 시 「남사당」에서는 거세에 의한 정체성의 혼란이 여실히 드러나고 있다.6) 또한 그의 고독은 외모의 아름다움과 관련이 있다. 아름답지 않은 얼굴에서 오는 정체성 혼란은 그를 타자들과 어울리지 못하는 요인이 된다. 「자화상」7)을 통해서 보면, 그는 우울증을 앓고 의기소침해 있다. 이러

---

5) 딜런 에반스, 김종주 외 옮김, 『라깡 정신분석 사전』, 인간사랑, 39~41쪽.
　라깡에 의하면 자기애 단계의 아이들은 외적 면에서 성 구분이 있음에도 불구하고 정신적으로 동성 상태에 머물러 있다. "이는 미분화 상태의 상징을 남근으로 보는데, 아이가 성숙하고 거울 단계를 벗어나 상징의 단계로 진입하는 과정에서 상상적으로 남근을 상실하는 경험을 하게 된다"라고 거세를 설명하고 있다. 또한 라깡은 "아이가 어른으로 성숙해 가는 한 과정이다"라고 말한다. 라깡은 이 거세에 대해 대상의 거세를 결핍으로 설명하고 있다.
6) 시 「남사당」"나는 얼굴에 粉을 하고/싸네리는 사나이//초립에 쾌자를 걸친 조라치들이/날라리를 부는 저녁이면/다홍치마를 들르고 나는 骨丹이가 된다. (중략) 내 男聲이 十分 屈辱된다." 이 시에서 시적화자 사나이는 자신의 외적 모습인 여성의 복장과 분장, 女聲 목소리를 보면서 심한 굴욕감을 느낀다. 이는 화자가 사나이 자신에 대한 가치인식을 두는 것으로서 사나이 본래의 모습을 지니지 않아 정체성과 결핍을 느낀다.

한 중세는 나르시시즘적 콤플렉스로부터 시작된다.[8] 둘째, 세속적인 이유에서 보면, '유명세'와 관계가 있다. 남성 위주의 문단에서 여류는 희귀성과 특수성을 가지는데, 노천명은 자신이 남성에 비해 지적 능력 저하로 지적 콤플렉스를 앓는다고 생각한다. 이외에도 그의 정신적 결핍은 시인으로서 자유를 얻고자 하는 기질 탓도 있다. 셋째, 작가의식에 기인한다.[9] 그는 작가의식에서 자기 존재의 추구에 대한 질문으로 '어떻게 살 것인가'를 묻는다. 그러나 이런 과제를 정면으로 돌파하지 못한 탓에 고독한 시의식의 시인이 된다.

고독의 형성과정 세 가지를 살펴보면, 첫째 전기적 사실과 관계가 있다. 6세 때 홍역을 앓아 병약한 몸이 된다. 둘째, 부역과 관계가 있다. 그는 1950년부터 6개월간 囹圄생활에서 온 재생불량성 빈혈을 앓아 정신과 신체가 핍박하게 된다. 셋째, 피해망상증과 관계가 있다. 여고시절 어머니의 죽음은 그의 삶을 죽음의식에 간히게 하고, 이와 더불어 삶을 허무하게 만드는 허무의식에도 시달리게 된다. 이외에도 그녀는 영어의 몸 이후 피해망상증에 시달리게 된다. 이러한 고통과 어머니의 죽음은 그녀로 하여금 반복강박증을 앓게 되는 원인이 된다. 삶의 편린이 노천명으로 하여금 고독의 시편을 낳게 하고, 작가의식을 지향하게 하지만 타자의 눈을 의식한 그녀는 「자화상」에서 신체적 불만을 토로하고 자기부정적 정서를 낳게 된다. 이 정서는 현재 타자와 상호관계가 아닌, 흐름으로부터 단절된 고독이다. 따라서 노천명의 고독은 '홀로서기'로서의 흔적이다.[10] 이 시에서 고독

---

7) 시 「자화상」 대자 한치 오푼 키에 두치가 모자라는 불만이 있다. /부얼부얼한 맛은 전혀 잊어버린 얼굴이다. 이 시에서 자신의 모습에 대해 자기부정적으로 표현했지만 시 전체를 통해서 본 결핍은 아이러니칼하게도 애적 성격을 띤다.

8) 알프레트 쉐프, 김광명·김정현·홍기수 옮김, 『프로이트와 현대철학』, 열린책들, 2001, 106쪽.

9) 이인복, 위의 글, 238쪽.

10) 윤대선 지음, 『레비나스의 타자철학』, 문예출판사, 2009, 204쪽.

은 두 가지 의미가 있다. 하나는 흐름의 속성에서 분리되어 나오는 결핍이고, 다른 하나는 공간 속의 '홀로 있음'에 대한 자유다. 결핍은 존재자가 세상과 거리두기 때문에 홀로 자신 안에 갇혀 있는 것이고, '홀로 있음'에 대한 자유는 공간적 차원을 의미하는 것이다.[11] 노천명에게서 고독은 인간 존재의 결핍 때문에 생긴다. 즉, 이 고독은 전기적 사실과 작가의식으로 드러나는데, 「자화상」에 모두 집약되어 있다. 이 시에서 주체는 타자에 대해 초월적이고 싶지만 자신을 개방하는 윤리적인 관계를 극복하지 못한 채 결핍되고 만다. 결핍에 의한 고독은 위에서 말한 우울과 의기소침의 반어적 의미가 들어있는 자애의 선언이다. 시에서 이런 나르시시즘적 고독은 성의 정체성과 세속적 불만뿐만 아니라, 작가의식의 탐구로도 이어진다.

나르시시즘적 고독은 그의 전기적 사실과 작가의식에 대한 결핍으로 오고, 죽음은 신체적 고통[12]과 허무의식에 의한 죽음욕동으로 온다.[13] 이 두 형상화를 통해서, 노천명의 시에 나타난 고독은, 주체가 타자와의 향유 속에서 종교로의 귀의로 나타난다.

---

11) 임마누엘 레비나스. 강영안 옮김, 『시간과 타자』, 문예출판사, 2004, 57~69쪽.
12) 그의 수필집 『바닷가를 찾아서』에 실린 「병상에서」를 통해서 보면 지병인 빈혈로 아침저녁으로 하루에 두 번의 수혈을 했고 그로인해 두드러기가 돋았으며 피를 토했다고 적혀있다.
13) 임마누엘 레비나스, 강영안 옮김, 앞의 책, 76쪽.
레비나스는 "신체적 고통은 내면 속에 극단적인 고양작용인 죽음욕동을 갖는다"라고 한다. 집단성과 상호작용을 벗어나서 현재라는 혼자만의 공간에서 마치 가슴을 찢는 것 같다거나, 하나의 사건에 대해 열린 영역 같다거나, 고통을 통해 또 다른 사건의 전야에 처해 있는 듯한 느낌을 받는다. 이러한 고통을 받는 고독의 주체는 삶의 욕동에 의해 빛의 영역 밖으로 타자들을 향해 나간다.

3. 존재에 의한 고독의 형상화

1) 결핍에 의한 나르시시즘적 고독

결핍에 의한 나르시시즘적 고독은, 객관성이 결여된 자아가 자기 사랑에 대한 도취 상태에서 벗어나지 못하고 존재적 위기를 맞는 의식 현상이다. 노천명의 나르시시즘적 고독은 전기적 사실, 작가의식, 세속적인 명예의식[14]을 통해 드러나며, 이 의식은 결핍에 의한 나르시시즘적 속성을 가지고 있다. 나르시시즘으로 인한 결핍의 예로 시인이 타자와의 거리두기에서 진술된다. 따라서 노천명의 시에 나타나는 고독은 자존심 강한 자아가 타자로부터 억압을 받아 홀로 공간 속에서 자기애적 의식 현상으로 드러난다.[15] 여기서 강한 자아는 자기불만으로부터 생성된 결핍이다. 이런 결핍에 의한 고독은 우울과 의기소침이라는 반어적 의미가 들어있다. 이 시에서 나르시시즘적 고독은 노천명에게서 타자와의 거리두기인 「사슴」을 통해서 대상화된다.

> 모가지가 길어서 슬픈 짐승이여
> 언제나 점잖은 편 말이 없구나.
> 관이 향기로운 너는
> 무척 높은 족속이었나 보다.

---

14) 이인복, 위의 글, 235쪽.
　　이화여전 출신, 신문기자 생활, 『산호림』 출간 후 호화로운 출판기념회를 열고 운집한 문인들로부터 <마리 로랑상>이라는 칭송을 들었다. 극예술연구회도 가입했다. 이 시기 최고 엘리트여성의 길을 걸었던 것이 세속의 명예의식에 물들게 했다.
15) 오세영, 앞의 책, 92쪽.
　　이 결핍은 유년시절의 노천명이 사내아이로 길러졌다는 점과 예쁘지 않은 용모에서 오는 사회적 억압 때문이다. 시집 『산호림』에서 「자아상」, 「사슴」 시를 통해서 드러난다. 이 시편들은 노천명의 결핍인 나르시시즘과 결합된다.

물 속의 제 그림자를 들여다 보고
잃었던 전설을 생각해 내고는
어찌할 수 없는 향수에
슬픈 모가지를 하고 먼 데 산을 바라본다.

-「사슴」 전문

「사슴」에서 자아는 이상화된 본래 모습에서 벗어나 물 속 제 그림자를 보는 고독의 공간에 갇혀있다. '사슴'의 고독은 슬픔과 자애적 연민의 속성을 갖고 있는 나르시시즘 현상과 결합되는데, 이 자애적 연민의 표상은 사슴이 긴 목을 늘어뜨리고 '물속의 제 그림자를 들여다보는' 행위이다. 물은 '고뇌하는 원소'[16]이기에 고독의 공간을 의미한다. 물은 이 시에서 영상 나르시시즘[17]인 거울 이미지와 같다. 예컨대 사슴이 물에 비친 제 모습을 보면서 고독의 자기 동일성 안에 갇히는 데서 표현된다. 이러한 사슴의 행위는 모든 사물이 상하 수직으로 대립 될 때에만 관찰대상을 반사시키지만, '모가지를 올려서 먼 데 산을 바라보고 있을' 때에는 반사시키지 못한다. 따라서 사슴의 정체성 문제와 연결된다.

사슴에겐 거울에 비친 자아가 현실의 자아이다. 이 자아는 거울 밖의 자아를 관찰해서 의식의 전도현상이 일어난다. 문제는 사슴이 이 세계에 존재 형태를 띠지 못하고, 기피 현상을 보인다는 점이다.[18] 사슴의 자의식이

---

16) 가스통 바슐라르, 이가림 옮김, 『물과 꿈』, 문예출판사, 2004, 171쪽.
17) Gason Bachelard, *L'et les Reves*, 가림 역, 문예출판사, 1980, 37쪽.
  정신분석학에서 나르시시즘은 영상이나 잔잔한 물에 비치는 얼굴에 대한 인간의 사랑을 나르시스의 표시로 보이도록 결정한다. 여기서 잔잔한 물인 샘물은 열려진 상상력의 기회를 얻게 된다. 약간 어슴프레하고 약간 창백한 반영은 관념화의 작용을 암시하고 있다. 자신의 물 앞에서 나르시스는 자신의 아름다움이 계속되는 것, 그것이 완성되지 않아서 완성시켜야 함을 의미한다. 또한 여성성으로 나타나는 나르시시즘에는 두 가지 형태가 있다. 하나는 물에 의해 나타나는 영상 나르시시즘과 또 하나는 과대망상증의 확대 현상으로 나타나는 나르시시즘이 있다.

'먼 데 산'을 통해 외부세계를 지향하고 싶은데, 현재 사슴이 위치한 공간이, '물표면'이다. 그러니까 사슴은 현재의 제 모습이 아니라, 본래성을 잃어버리기 전인 과거의 이상화된 모습인 것이다. 과거 사슴은 '관이 향기로운 높은 족속', 즉 신화적 성스러움을 담고 있다. 다시 말해 사슴은 현실적 자아와 이상적 자아의 동일시가 아닌 상충에서 오는 자기존재의 고독 속에 갇혔다고 할 수 있다. 결국 노천명은 고독한 슬픔을 이상화한 사슴에다 자신의 모습을 투사하고 만다. 이처럼 노천명은 타자로부터 거리두기에 의한 심리적 갈등을 표출하는 방식은 폐쇄적이다.

「바다에의 향수」는 시적 자아가 이상화된 과거와 동일시를 이루는 것으로서 바다와 하늘은 나르시스적 표현으로 형상화 된다.

記憶에 잠긴 藍빛 바다는 아드윽하고
그리는 情熱은 겻잡지 못한 채
하늘 머언 뭇우에서
오늘도 떠가는 구름으로 마음을 달래보다

지금은 바다 저편엔 七月의 太陽이 물우에 빛나고
기인 航海에 지친 배의 肉重스런 몸뚱이는
집시의 퇴색한 꿈을 안고 푸른 요우에 뒹굴며(중략)
장엄한 출범은 이 아침에도 있었으리...
늠실거리는 파도- 바다의 호흡- 흰 물새-
오늘도 내 마음을 차지하다-

—「바다에의 향수」 일부분

---

18) 이동용, 『나르시스, 그리고 나르시시즘』, 책 읽는 사람들, 2001, 81쪽.
이것은 슬픔이나 향수와 같은 것으로 현실적 자아와 이상화된 자아를 혼동하는 사람에겐 일어날 수 없는 감정이라고 한다. 이는 화자의 현실적 자아와 이상화된 자아 사이에 동일화가 이루어지지 않고 있음을 말한다.

노천명의 「바다에의 향수」에서 자아는 '뭇우에서' 바다를 바라본다. 자아가 남빛바다를 바라본다는 것에는, 한때의 기억을 떠올리며 과거 이상화된 세계로 가기 위함이다. 이때 생성되는 정감은 "하늘 머언 뭇우에서 오늘도 떠가는 구름으로 마음을 달래" 보기에 쓸쓸하고 외롭다. 요약하자면 시적자아가 기억 속에서 절대적인 세계와의 동일화를 꿈꾸고 있다는 말이다. 이러한 나르시스적 사랑은 이상화된 세계 속에 자신을 끝없이 투사하기 때문에 고독한 자아가 이상적 자아로 전환하고 있는 중이다.

또한 시에서 자아는 "집시의 퇴색한 꿈을 안고 푸른 요우에 딩굴며/낯익은 섬들의 기억을 뒤적거리"고 "푸른 밭을 갈아 흰 이랑을 뒤에 남기며/장엄한 출범"을 하려고 이 아침에도 서 있다. 여기서 상상의 세계는 자아와 동일화된 과거의 나르시시즘을 말하는데, 자아가 개별체로 고독상태에 머물러 있으면서도 절대 자아를 향해 시적 확대를 꾀하고 있다. 이때 바다는 두 개의 이미지로 나타난다. 1연의 바다는 화자가 고독한 상태에서 이상화된 자아를 그리고, 2, 3연의 바다는 현재 일반적인 바다의 전형이라고 할 수 있다.[19] 따라서 노천명은 「바다에의 향수」를 통해 지금까지 원만하지 않은 자아와 현실세계를 잘 극복해서, "화려한 출범을" 하고자 한다. 현실을 초월하려는 나르시시즘 투사는 현실의 고독을 능동적 고독으로 전환하고자 하는 이상적 자아 상태를 의미한다.

위의 시에서 시적자아는 정열의 대상과 이상화된 세계에서 동일시를 이루었다면, 다음 「고독」은 타자와 현실화 되지 못한 상황에서 한 공간에 유리되어 절대 고독을 낳고 있다.

그는 고요한 사색의 호숫가로

---

19) 문혜원, 「노천명 시에 나타나는 자아 정체성 연구」, 『성심어문논집』 제23호, 2003, 220쪽.

나를 달래 데리고 가

　　내 이지러진 얼굴을 비추어줍니다.

―「고독」, 1938년, 일부분

「사슴」은 시적화자의 대상화된 투사라면,「고독」은 관념화된 투사이다. 시적자아는 타자와의 관계에서 대화나 집단적 작업에서 얻은 기쁨이 아니라 화 내는 여린 감성을 지니고 있어서 실존적 고통을 느낀다. 이때 발생하는 자아의 고독은 단순히 자기를 망각하기 위한 쓸쓸한 정조인데,「고독」에서의 자아는 관념화된 자신만의 공간에서 제 모습을 반추하는 병적인 나르시시즘의 고독으로 나타난다. 예를 들면 자아가 "사색의 호숫가로/ 나를 달래 데리고 가"와 "내 이지러진 얼굴을 비추어줍니다"라는 하는 것 등이다. 이처럼 자아의 나르시시즘적 고독은 타자와 동일시하지 못한 채 허무와 죽음의식을 낳는다. 결국 자아는 과거의 이상화된 세계와 동일화가 되지 못한 채 현실 속에서 타자와 유리된 나르시시즘적 고독과 마주하게 된다.

2) 신체적 고통으로 인한 고독과 죽음

노천명은 나르시시즘적 고독 때문에 이상화된 대상에 자신의 모습을 투사하고 있다. 그렇다면 다른 한 방향인 신체적 고통에서 오는 고독은 죽음의식을 낳는가? 이런 인간 존재의 결핍과 신체적 고통에 의한 고독은 존재가 살아가는데 불가피한 속성이자 절대적 속성이다. 이 속성들은 각자 개별체로서 생명과 관계되는 것이므로 '혼자 갇혀있고', '혼자 죽는' 특성을 보인다. 여기서 개별체의 '죽음'은 살아 있는 실존을 지배하는 것이 아니라, 살아있음의 마지막 과정이라고 할 수 있다. 죽음의 현상은 인간의 인식 밖에서 찾아오는 알 수 없는 것이다. 죽음의 문제는 인간 실존의 가장 중요한 문제이며, 삶의 마지막 문턱에서 마주친 자아의 실존적 불가능성이다.

노천명시에 나타나는 죽음은 신체적 고통에 의해 생긴 것으로서, 인간의 인식 밖에서 찾아오는 최후의 고독 현상이라고 할 수 있다. 노천명의 죽음의식은 전기적 사실과 관계가 있다. 하나는 6세 때 홍역을 앓아 죽다가 살아나는 이후엔 병약한 몸이 하늘이 주신 명으로 살게 되었다고 '天命'으로 개명했을 정도로 약했던 사실이다. 다른 하나는 1950년부터 만 6개월간 시작된 囹圄생활이 그를 육체적 정신적으로 지배해서 억압하게 한다. 또한 감수성 예민한 어머니의 죽음에 의한 허무의식과 영어생활은 노천명으로 하여금. 피해망상증과 죽음의식을 낳게 하는 근본 원인 된다. 이 세 가지 사실로 봤을 때, 노천명의 고독은 원체험의 고통이 현재에서도 무의식을 지배하고 있다고 인정하지 않을 수 없다. 또한 자아는 오랜 신체적 고통에 노출되어 있어 반복강박증을 낳는다. 증상에는 죽음욕동이 있고, 죽음욕동 속에는 삶의 욕동이 있어 서로 긴밀한 관계를 유지하고 있다.[20] 따라서 고통은 나약한 존재를 고독 속에 갇히게 하고, 죽음이 가까이 존재한다는 걸 알게 한다.[21] 그렇지만 삶의 욕동 속에는 생명력 강한 에너지원이 있어 타자를 환대하고 맞이하는 타자성이 있다. 이는 주체를 고독으로부터 벗어나게 하는 역할을 한다. 「자화상」, 「국화제」는 노천명의 신체적 고통 때문에 죽음의식과 고독의 증상이 나타난다.

> 꼭 다문 입은 괴로움을 내뿜기보다 흔히는 혼자 삼켜
> 버리는 서글픈 버릇이 있다 세 온스의 '살'만 더 있어도
> 무척 생색나게 내 얼굴에 쓸 데가 있는 것을 잘 알 것만
>
> ―「자화상」 일부분

---

20) 이정호, 『텍스트의 욕망』, 서울대학교 출판부, 2003, 48쪽.
21) 임마누엘 레비나스, 강연안 옮김, 앞의 책, 76쪽.

웃음 거둔 네 얼굴은 수그러져
빛나던 모양은 한 잎 두 잎 병들어가는구나
아침마다 병(甁)이 넘게 부어주는 맑은 물도
들녘의 한 방울 이슬만 못하더냐?
너는 끝내 거친 들녘 정든 흙 냄새 속에
맘대로 퍼지고 멋대로 자랐어야 할 것을……

-「국화제」 일부분

위의 시는 자아가 국화에 자신을 투사한 작품이다. 오랫동안 병약한 몸으로 살아온 자아의 소망은 부얼부얼한 얼굴을 만드는 것이다. 인간이 보통 모습과 다른 '결핍'을 갖고 살아간다는 것은 타자를 취하여 투사와 희망의 대상으로 삼을 수 없다는 것이며, 스스로를 통제하여 외톨이로 살아가게 된다는 것이다.22) 또한 국화로 대상화된 시적자아는 자연 상태에서 "한 잎 두 잎 병들어 가는" 것이어서 신체적 고통을 느낀다. 그것이 '수그러'지고, '한 잎 두 잎 병들어' 서서히 죽음의 과정을 거치게 된다. 신체적 고통에 처한 국화는 '맑은 물'과 '이슬'로 상징되는 몸의 정화에도 불구하고 이미 인식 밖에서부터 죽음이 스며들고 있다. 따라서 위 두 시편을 통해서 보면, 노천명의 시는 신체적 고통에 의한 고독과 존재의 인식 밖에서 오는 최후의 고독으로 나타나는데, 이 두 고독은 타자와의 관계에서 현재 일어나는 현상이나 상태를 의미한다.

그의 죽음의식은 첫 시집 『산호림』의 「喪章」과 「만가」에서 잘 나타난다.

한밤 안되는 고독이 나를 둘러싸고
목화송이 같은 눈이
소리 없이 밖에 나려 싸이고

---

22) 알프레트 쉐프, 김광명·김정현·홍기수 옮김, 앞의 책, 234쪽.

벙어리처럼 말이 없음은
상가집 곡성보다 더 처량했다
오! 슬픈 장난이여....

—「喪章」 전문

요령을 흔들며 조용히 지나는 덴 낯익은 거리
들……
엄숙히 드리운 검은 포장 속엔
벌써 시체된 그대가 냄새 납니다
그대 상여 머리에 옛날을 기념하려
흰 장미와 백합을 가드윽히 얹어
향기로 내 이제 그대의 추기를 고이 싸려 하오

—「만가」 일부분

온 것조차 모르시니
애닯은 이 마음이랴
눈 들어 먼 山 보니
안개 어이 가리는고
발밑의 흰 딸기도
눈물 젖어 있더라

—「省墓」 일부분

노천명에게서 고독은 상가집 곡성보다 더 처량하고 쓸쓸하다. 고독 때
문에 자아는 자신을 죽음이라는 현상 속에 내몰 정도로 모든 걸 망각하기
때문이다. 망각은 타자의 존재를 인정하는 데서가 아닌, 홀로 있는 공간 속
에서 타자와 관계했던 의식들을 떨치게 한다. 하지만 자아가 떨칠 수 없으
니 '목화송이 같이 쌓이는' 흰눈으로 무화시킨다. 이때 눈이 제시하는 흰색
은 죽음의 색이다. 망각은 죽음을 뜻하므로 자아에겐 '인생이 하나의 슬픈

장난'으로 비쳐지고 있다.

아래 「만가」는 상엿소리를 통해 한 사람의 죽음과 죽음의 주인공이 타자들과 서로 관계했던 행적을 노래한 시다. 자아는 망자에게 "흰 장미와 백합을 가드윽히 얹어" 그의 생전 행적을 기리고 있다. '흰 장미와 백합'은 카톨릭에서 '성모마리아'의 상징화로 나타난다[23] 따라서 망자는 생전 행적으로 겸양과 정화를 실천했던 분이란 걸 알 수 있다. 자아가 한 사람의 죽음을 두고 겸양과 정화를 말하지만, 망자의 몸에서는 이미 시체 냄새가 난다. 이 부분에서 노천명의 시적 미숙함이 드러난다. 가령, "그대의 추기를 고이 싸려 하오" 표현이나 "죽음이 냄새를 피는" 등의 표현법을 쓰고 있다. 미숙한 표현은 노천명이 망자를 생물학적 죽음으로만 연상하는 데서 알 수 있다. 또한 「喪章」에서도 사유없이 영탄법을 드러내어 현실감에 대한 능력 저하를 내보이고 있다. 이러한 관점에서 봤을 때, 노천명의 죽음의 시는 어릴 때 겪은 신체적 고통 때문에 시작과정 전체를 승화의 단계로 끌어올리지 못하고 미성숙함을 보여주고 있다. 따라서 죽음에 관한 노천명의 시의식은 아직 고독상태에 머물러 있으며, 어렸을 때 찾아온 병약함이 순간순간 무의식적으로 나타나 죽음을 한 인생사로 포괄하지 못한 채 사고의 한계를 드러내고 있다.

「省墓」은 추석날 어머니의 무덤에 성묘 가서 느낀 심정을 나타낸 시이다. 이미 오래전 고인이 된 어머니는 시적자아에겐 조실부모한 한으로 쌓여있고, 때때로 가슴 저미는 허무로 자리하고 있다. '발밑의 흰 떨기도/눈물 젖어 있더라'에서 감정이입은 시적자아의 큰 슬픔이 최고조에 달했다는

---

23) "나는 샤론의 들꽃, 골짜기들 아래의 나리꽃/ 가시덤불 속 한 송이 나리꽃 같아라, 아가씨들 가운데 내 사랑은!/ 숲 속의 사과나무 같아라, 젊은이들 가운데 내 사랑하는 님은! /그의 그늘 속이 너무나 즐거워 내가 앉았고, 그의 열매는 내 혀에 달콤하였네. ─ 노래들의 노래(=구약 아가) 2'1─3에서 (사역)에서. 이처럼 '흰장미와 백합'에 대해 카톨릭에서는 성모 마리아로 상징한다. 상징은 겸양과 정화를 뜻한다.

걸 알 수 있다. 병약한 몸에서 오랜 세월 눈물을 흘리고 그것이 허무의식으로 나타나 노천명을 피해망상증과 강박증에 시달리게 하는 이유가 된다.

이와 달리 『창변』의 시편에 오면 죽음의식은 「墓地」, 「새날」에서 보는 바와 같이 죽음의 욕동 속에 연결된 삶의 욕동이 일어난다. 이 욕동으로 인해 자아가 홀로서기에서 벗어나 타자까지 환대하고 맞이하는 역할을 한다.

> 황혼이 무서운 어두움을 뿌리면
> 내 안에 피어오르는
> 산모퉁이 한 개 무덤
> 비애가 꽃잎처럼 휘날린다.
>
> —「墓地」 일부분

> 오랜만에
> 부드러운 정과 웃음과 흥분 속에 다시
> 사람들은 안에서 '희망'이
> 포기포기 무성하고
>
> 나 이제 호수 같은 마음자리를 하고
> 조용히 남창을 열어 수선(水仙)과 함께
> '새날'의 다사로운 날빛을 함뿍 받으렵니다
>
> —「새날」 일부분

위의 시 「喪章」과 「만가」에서 시적자아는 죽음 자체를 수락하지 못한 채 피상적인 상태에만 머물러 있다. 하지만 「墓地」에 오면 자아는 흰색과 검은색이 주는 죽음에서 벗어나 황국의 색채 제시를 통해 죽음을 수용하고, 한편으로는 죽음에서 탈피하고 있다. 자아는 죽음을 수용하는 것이 꽃잎 같은 '비애'라고 한다. 이는 죽음 안에 고통과 아픔이 있지만 신비도 있다는 걸 뜻한다. 인간 존재의 근원적인 의미가 시인의 시작업이라고 할 때, 비애가 꽃잎으로 신비화 하는 이면에는, 시적 대상인 황국이 있다. 이 꽃이 노천명에게는 소외의 고통보다 내면성의 닫힌 세계에서 밖으로의 초월을 가능케 해 주는 존재이다.[24]

「새날」은 자아의 신체적 고통 때문에 죽음욕동이 생기고, 죽음욕동에는 삶의 욕동이 연결되어 있다. 자아는 죽음의식에서 벗어나 타자를 환대하고 그 속으로 뛰어들어 희망을 노래한다. 생명력을 말하는 노천명 시는 죽음 의식을 생각하면서도 고독 속에 머물러 있지 않고 자아의 관념을 통해 타 자에게 생명력을 귀속시킨다. 따라서 노천명은 신체적 고통을 통해 고독 속에서 자신을 돌아보고, 타자를 열린마음으로 세상을 바라보고 있다. 그 랬을 때 노천명의 존재는 자신에게 향했던 무게를 '타자를 위한 존재'로 변 모시키게 된다. 이런 인식으로 인해 그는 죽음에서 오는 삶의 무의미성과 비극성을 극복하게 된다. 노천명의 고독과 죽음은 자신과 타자들에게 편입 되지 못한 지난날의 세속적 결핍과 작가의식에서 온 결핍을 아우르기 위한 초월적 성격의 승화인 것이다.

4. 고독의 탈피로서의 초월

노천명에게서 고독의 탈피는 초월적인 의미를 띤다. 나르시시즘적 고독 에서 그는 이상화된 자아를 그리지만, 탈피로서의 고독, 즉 죽음의식에서 는 죽음의 성격을 띤다. 이는 인간에게서 죽음이 최후의 고독을 말해주는 것이어서 현존에서는 죽음 욕동 속에 삶의 욕동이 연결되어 있다. 다시 말 해 자아가 고독하다는 것은 죽음의 탈피로서의 초월의식을 갖는다는 격일 까. 이 초월은 자아 밖에서 존재하며 자아를 바라보는 '존재론적 지평에서

---

24) 임마누엘 레비나스, 앞의 책, 142쪽.

의 돌파'라고 할 수 있다. 이제 노천명이 고독에서 벗어나 작가의식이나 세속적인 세계를 흡수하고 타자와 통합하고자 한다. 하나의 존재 양식에서 다른 존재 양식으로의 변모는 제약된 생존에서 제약 없는 존재양식, 즉 완전한 자유에로의 이행을 뜻한다.25) 환언하면, 노천명의 자아가 고독 상태에서 벗어나 타자와 향유 속에서 빛을 느끼는 걸 말한다. 빛의 근원은 보편적 상징으로 볼 때, 존재가 하늘에 잇대고 있어 '상승' 기류를 탄다고 한다. '상승'이란 '무엇을 넘어서는가'와 '무엇에 이르게 되는'가로 존재의 의미 규정을 짓게 되는 차원이다.26) 노천명에게서 '무엇을 넘어서는가'와 '무엇에 이르게 되는가'는 초월의 의미이며, 의식의 차원인 '고독'에서 인식의 차원27)인 '신의 의탁'으로 변모해 간다는 의미이다. 노천명이 '신의 의탁'을 통해 고독 속에서 빛의 주어짐을 인식하는 과정이다.

노천명은 「感謝」를 쓸 때까지만 해도 초월의 빛인 '하느님'을 구체적으로 제시하지 않는다.

저 푸른 하늘과
태양을 볼 수 있고

대기를 마시며
내가 자유롭게 산보를 할 수 있는 한

나는 충분히 행복하다
이것만으로 나는 신에게 감사할 수 있다.

— 「感謝」, 1945년, 전문

---

25) 김인섭, 『김현승시의 상징체계 연구』, 보고사, 1999, 244쪽.
26) 손미영, 「현대시에 있어서 존재론적 사유의 전개 양상」, 『우리문학연구』 제26집, 2008, 250쪽.
27) 언어에서 초월성, 즉 인식의 차원이란 '무엇'과 '그 곳'에 대한 인식을 말한다.

이 시에서 노천명은 고독상태에서 벗어나려는 태도를 보인다. 고독은 '푸른', '태양', '대기를 마신다', '산보' 등의 시어를 통해보면, 주체는 대상화된 타자의 모습에서 하느님과 같은 경외감을 느낀다. 그것은 희망, 세계, 화해라는 밝은 시어들을 통해 「感謝」하는 마음으로 나타난다. 신은 어떤 종교와 관련지어지지 않는 타자와의 향유인 초월이다. 이는, 노천명이 고독의 은신처에서 자신을 그대로 눌러있지 않겠다는 뜻이며, 타자에게 속죄하겠다는 의미다. 이때 속죄의 의미는 시적자아가 대상화된 타자의 모습에서 '행복' 한 마음을 갖는 것이다. 따라서 노천명은 작가의식에서 오는 결핍과 신체적 고통에서 오는 고독에서 벗어나 자신을 개방하고 죽음도 비교적 성숙한 인생사로 받아들이겠다는 뜻을 내비친다. 그 이유가 초월의 빛인 하느님 때문이다.[28] 그것을 그의 일기형식의 수필에서 찾을 수 있다.

> 오늘 나는 가톨릭 교회엘 나가 영세를 받았습니다.
> 아침에 목욕을 하고 새로 만든 흰 옷을 갈아입고 형님을 따라 성당으로 향하는 길은 내게 있어 진실로 처 음 갖는 엄숙한 길이었습니다.
> 수녀님은 화관을 씌워 주시고 신부를 만지듯이 만져주신 후 본당 신부님에게로 인도를 하셨습니다. (중략) 신부님은 나에게 '베로니카'라는 본명을 주셨습니다.
>
> —수필, 「바닷가를 찾아서 4월 24일」 일부분

이로써, 노천명 시인의 결핍과 고통은 고독과 죽음에 대한 사고를 뛰어

---

28) 노천명에게서 카톨릭으로의 귀의는 고독에서 온 죽음의식과 연관된다고 할 수 있다. 그것은 신체적 정신적 고통으로 왔는데, 어릴 때 앓았던 죽음 직전에서의 홍역과 영어생활에서 얻은 빈혈에 의한 고통이다. 또한 혼란된 질서와 현실 속에서 자신의 이념을 펼 수 없어서 오랜 고독 상태에서 얻은 허무도 한몫한다고 할 수 있다. 노천명은 세계를 윤리적 도덕적 부활을 시켜야만 한다는 카톨릭의 올바른 종교관 때문에 귀의 한 것이 그 이유이다.

넘어 인생 전반을 카톨릭에 귀의하는 등 인간적 성숙을 드러내 보이고 있다. 다음 시「秋風에 붙이는 노래에서」노천명이 천주교 신앙인으로서 하나님을 환상으로 조응하고 있다.

가을 바람이 우수수 불어 옵니다
神이 올아오는 비인 馬車소리가 들립니다
웬일입니까?
내 가슴이 써―늘하게 샅샅이 일어둡니다
「人生은 짧다」고 실없이 옮겨본 노릇이
오늘 아침, 이 말은 내 가슴에다
화살처럼 와서 박혔습니다.

―「秋風에 붙이는 노래에서」일부분

시적 자아는 가을바람 때문에 신의 환상을 경험한다. '바람'은 가톨릭에서 성령의 현현을 의미하는데, 이 시에서 신의 환상은 마차 오는 소리에서 나타난다. 신이 자신과의 조응을 위해서 온다고 보지만 시적자아의 가슴에는 그 바람이 "써―늘하게 샅샅이 일어"서는 두려움으로 온다. 이처럼「秋風에 붙이는 노래에서」의 환상시는 이미지적이고 감각적이다. 신이 자신에게 온다는 것은 초월적인 존재와 조응하는 단계로 승화되었다는 걸 의미한다. 환언하면 자아가 하느님과의 운명의식을 관조적인 경지에서 보고 있다는 말을 하고 있다. 그 예가「人生은 짧다」에서 드러나고 있다. 이 시는 지난날 작가의식에 의한 결핍과 신체적 고통에서 오는 고독과 죽음의 죄의식이 배면에 깔려 있음을 알 수 있다. 왜냐하면 노천명이 그 고통에서 멀리 벗어나 하느님께 돌아온 자신을 발견했기 때문이다. 술을 죄의식으로 치른 노천명이 성숙된 자아의 참 모습을 발견하는 지점이다. 따라서 고독의 탈피로서의 초월은 타자와의 경외심을 통해 하느님에 대한 아가페적 세계관을 드러낸다. 이는 시집 전반을 차지했던 나르시시즘적 고독과 죽음의식에서 오는 고독에서 벗어나 인식의 차원으로 확장되어가는 통로이다.[29) 거기에 합당한 시가 「성탄」이다.

　　땅 위의 영광을 당신에게 돌리나이다
　　가슴속 헤치며 드는 저 성당 종소리
　　탕자도 도둑도 당신의 죄 많은 아들들이
　　성당의 첨탑을 우러러보며 십자를 긋습니다.

－「성탄」 일부분

　　온 누리에 그 소리 널리 퍼뜨리며
　　성당 종이 웁니다
　　벌써 몇 차례를 성당 종이 웁니다
　　새벽 미사엘 가는 사람들의
　　바쁜 걸음 소리가 어둠 속에 들립니다

－「새벽」 일부분

「성탄」, 「새벽」은 노천명의 초월적 의미인 아가페적 세계관을 드러내고 있다. 신의 섭리가 인간의 역사 속에서 타자들에 대한 경외로 실현되는데, 타자들은 나뭇잎, 호수의 물결, 낯선 타인의 얼굴 등으로 존재한다. 그 예로서 예수는 세속화된 타인의 얼굴로 현현한다. 그 얼굴은 인간의 구원과 속죄에 관한 신적인 메시지를 전달하는 최고의 가치이며, 인간존재의 초월성을 상징한다. 이 시에서 "도둑이나 탕자도" 속죄양을 통해 절대타자의 존재인 예수가 될 수 있다. 이처럼 정화된 타자의 얼굴은 이미 노천명에게 윤리적인 질서를 전달하고 있다. "성당 종소리가 퍼뜨리며 우는" 행위 역시 모든 타자들이 '무엇에 이르게 되는' 것과 연결되어 타자들의 '정신 부

---

29) 박경혜, 「노천명 연구」, 연세대학교 석사학위논문, 1975, 27쪽.

활'을 의미한다. 사람들의 인식은 '새벽'을 통해서 부활을 드러내는데, 새벽
은 어둠과 한낮의 중간인 '미명'으로 나타나 타자들에게 밤의 미분화에서
벗어나 진리를 깨치는 시간이다. 따라서 노천명의 고독의 탈피로서 초월의
식은 지난날의 작가의식과 세속적인 고독에서 벗어나, 윤리적. 도덕적 부
활인 진리의 영역으로 들어가는 것을 의미한다. 노천명은 고독의 발생요인
이었던 모든 모순과 편견, 고통에서 벗어나 현실 자체를 받아들이고, 타자
를 향해 아가페적 세계관을 확장해 나간다.

5. 결론

노천명 시에서 고독은 노천명 본인도 언급했고, 몇몇 논자들에 의해서
연구되었던 바이다. 그러나 연구자들은 표피적인 연구에 그쳤고, 이인복은
심도 있는 연구를 하였으나, 전기적 고찰 속에서 부분적으로만 연구했기에
고독 자체를 전체적으로 끌어올리지 못한 아쉬움을 남겼다. 이에 본고는
고독을 실존적 한 표현으로만 드러낼 수 없는 특성을 지니고 있는 것으로
판단되어 고독의 변모 양상을 추적하고 시 전체에서 어떤 의미망을 형성하
는지 규명해보고자 했다. 이러한 연구 결과 내린 결론은 다음과 같다.

노천명 고독의 의미는, 세상을 바라보는 시선의 민감함과 여성시인에게
주어진 칭송에 답하기 위한 세속의 버거움 등 복합성으로 드러났다. 또한
『산호림』 출간 이후 여류시인이라는 희귀성과 특별성이 그를 비일반화에
편입되게 하는 계기가 되었다. 신체적 고통과 허무의식은 병약함에서 오는
자존감의 결핍으로 드러났다. 이 결핍은 자아와 타자 사이의 상호관계가
원만하지 않아서 나타나는데, 이때 노천명의 심리는 나약하고 불만조차도
제대로 토로하지 못하는 성격이었다. 보편적이지 않은 성격은 시단에 반어
적 의미를 띤 채 자애적 나르시시즘화 양상을 드러내었다. 결핍에 의한 나

르시시즘적 고독은 이상화된 자아와 관념화된 고독을 대상으로 나타나는데, 이상화된 자아는 나르시스적 사랑이 이상화된 세계 속에서 자신을 투사하는 것이기에 물과 하늘, 구름 등으로 절대 자아를 향해 나아갔다. 거기에 비해 관념화된 나르시시즘은 노천명의 자아가 현실의 도덕적 질서를 극복하지 못한 채 폐쇄된 관습의 정서로 드러났다. 또한 신체적 고통에서 오는 고독은 죽음과 허무의식을 드러냈다. 노천명은 신체적 고통으로 인한 죽음에 대해 초기 죽음의식을 피상적으로만 보다가 『창변』 이후에는, 색채를 통해 죽음에서 벗어났다. 또한 반복강박증은 죽음 욕동과 연결된 삶의 욕동이다. 자아가 고독에서 벗어나 타자를 환대하고 받아들이게 되는 과정에서 나타났다. 이때 대부분 논자들은 노천명의 고독을 죽음까지 끌어올리지 못했다. 이인복은 노천명의 죽음의 시를 보면서 범상한 여인이 죽음을 두려워해서 내뱉는 푸념이라고 했다.

그러나 본고는 노천명의 신체적 고통과 허무의식이 고양작용을 하여 죽음의식까지 이르게 되었다고 보고 있다. 이러한 고독과 죽음은 노천명에게 이를 탈피하는 방법의 하나로 자기 성찰적 초월관을 갖게 되었다고 보았다. 초월의 의미는 타자를 통해 드러났다. 타자의 얼굴은 예수처럼 인간의 구원과 속죄에 관한 신적인 메시지를 전달하는 최고의 가치이다. 이처럼 노천명의 시정신은 정화된 타인의 얼굴까지 이미지화시켜 윤리적인 질서를 느끼게 했다. 따라서 노천명의 고독에 관한 문학적 의의는 타자와 관계의 흐름에서 단절되어 있다가 정신적 부활을 통해 초월적 세계관을 보여주는 것이라고 할 수 있다. 이는 고독에 대한 속죄양을 의미하며, 속죄양은 아가페적 문학관을 형성하는 바탕이 되었다. 그의 문학관은 인간이 하느님께 보내는 사랑처럼 타인의 얼굴에서 신의 섭리가 작용하는 것을 의미한다. 그의 시가 고독에서 끝나는 것이 아니라, 타자들에 대한 경외를 통해 아가페적 문학관으로 확장 실현된다고 보았다. 노천명의 시사적 위치는 타자들에 대한 경외심의 점유라고 할 수 있다.

참고문헌

1. 기본자료

노천명, 『사슴』, 노천명 전집, 솔출판사, 1997.
_____, 『사슴과 고독의 대화』, 서문당, 1988.

2. 단행본

김인섭, 『김현승시의 상징체계 연구』, 보고사, 1999.
이동용, 『나르시스, 그리고 나르시시즘』, 책읽는 사람들, 2001.
이인복, 『韓國文學에 나타난 죽음意識의 史的 研究』, 悅話堂, 3. 단행 1978.
이정호, 『텍스트의 욕망』, 서울대학교 출판부, 2003.
라이너 마리아 릴케, 이영일 옮김, 『죽음의 미학』, 전예원, 1988.
레비나스, 윤대선 지음, 『레비나스의 타자철학』, 문예출판사, 2004.
샌디호치키스, 이세진 옮김, 『나르시시즘의 심리학』, 교양인, 2005.
알프레드 쉐프, 김광명·짐정현·홍기수 옮김, 『프로이트와 현대철학』, 열린책들, 2001.
임마누엘 레비나스, 『시간과 타자』, 문예출판사, 2004.
딜렌 에반스, 김종주 외 옮김, 『라캉 정신분석사전』, 인간사랑. 2004.

Gason Bachelard, *L'et les Reves*, 이가림 역, 문예출판사, 1980.

Sigmund Freud, *On Narcissism: Introduction*, 이용호 역, 백조출판사, 1975.

3. 논문

권도현, 「고독과 니힐의 부정문학―천명과 청마와 작가의 고뇌」, 『현대문학』, 1973.

구창남, 「盧天命의 詩世界」, 『한민족문화연구』 제22집, 2007.

김지향, 「사슴과 고독, 그 허상과 실상」, 『시문학』, 1973, 10월호.

김현자, 「사슴 해설」, 『노천명 전집』, 솔출판사, 1997.

노병곤, 「고향의식의 양상과 의미―지용시와 천명시를 중심으로」, 『한국학 논문집』, 한양대학교 한국학 연구소, 1995.

박경혜, 「노천명 연구」, 연세대학교 석사학위논문, 1975.

박수연, 「노천명 시의 서정적 내면과 파시즘」, 학술진흥재단 기초연구지원인 문사회 연구, 2006.

문혜원, 「노천명 시에 나타나는 자아 정체성 연구」, 『성심어문논집』 제23호, 2003.

성낙희, 「향수와 고독(천명의 시와 세계)」, 『청파문학』 13호, 숙명여대 국어국 문학과, 1980.

손미영, 「현대시에 있어서 존재론적 사유의 전개 양상」, 『우리문학연구』 제26 집, 2008.

이명찬, 「고향에 이르는 길―노천명론」, 『문학과 교육』 10호, 한국교육미디어, 1999, 가을.

이성교, 「노천명 연구」, 『성신여자사범대학 연구논문집』 1.

이인복, 「노천명론」, 『비평문학』, 2002.

최재서, 「시단전망」, 『문학과 지성』, 1938.

허영자, 「고독과 향수의 시인」, 『한국대표시평설』, 문학세계사, 1975.

권영옥 ──────

시인이자 문학평론가, 안동에서 출생, 한양대학교 인문대학원 국어국문학과 (석사)와 아주대학교 대학원 국어국문학과 졸업(문학박사)했으며, 연구서『구상 시의 타자윤리 연구』와 저서『한국 현대시와 타자윤리 탐구』가 있고, 시집 『계란에 그린 삽화』,『청빛 환상』,『모르는 영역』이 있다. 아주대학교 시간강사, 상지대학교 외래교수를 거쳐 현재 ≪포스트 24≫와 문학지에서 시평론을 연재하고 있다. 두레문학상 수상.

비시간성에 의한 그림자 시학

초판 1쇄 인쇄일	2023년 1월 27일
초판 1쇄 발행일	2023년 2월 3일
지은이	권영옥
펴낸이	한선희
편집/디자인	우정민 김보선
마케팅	정찬용 정구형
영업관리	한선희 정진이
책임편집	김보선
인쇄처	으뜸사
펴낸곳	국학자료원 새미(주)
	등록일 2005 03 15 제25100-2005-000008호
	경기도 고양시 일산동구 중앙로 1261번길 79 하이베라스 405호
	Tel (02)442-4623 Fax (02)6499-3082
	www.kookhak.co.kr
	kookhak2010@hanmail.net
ISBN	979-11-6797-103-6 *93800
가격	18,000원